短篇小说选第一辑

主编：郑润良
符浩勇

# 天下洁白如哈达

杨　沐◎著

黄河出版传媒集团
宁夏人民出版社

**图书在版编目（CIP）数据**

天下洁白如哈达 / 杨沐著 . —银川：宁夏人民出版社，2017.11

（中短篇小说选 / 郑润良，符浩勇主编 . 第一辑）

ISBN 978-7-227-06783-2

Ⅰ . ①天… Ⅱ . ①杨… Ⅲ . ①中篇小说—小说集—中国—当代②短篇小说—小说集—中国—当代

Ⅳ . ① I247.7

中国版本图书馆 CIP 数据核字（2017）第 290277 号

**中短篇小说选（第一辑）** **郑润良 符浩勇 主编**

**天下洁白如哈达** **杨 沐 著**

责任编辑 丁丽萍
责任校对 赵学佳
封面设计 格 林
责任印制 肖 艳

黄河出版传媒集团 宁夏人民出版社 出版发行

出 版 人 王杨宝
地 址 宁夏银川市北京东路 139 号出版大厦（750001）
网 址 http://www.nxpph.com http://www.yrpubm.com
网上书店 http://shop126547358.taobao.com http://www.hh-book.com
电子信箱 nxrmcbs@126.com renminshe@yrpubm.com
邮购电话 0951-5019391 5052104
经 销 全国新华书店
印刷装订 泰安市恒彩印务有限公司
印刷委托书号 （宁）0007201

开 本 690 mm × 960 mm 1/16
印 张 19
字 数 226 千字
版 次 2018 年 1 月第 1 版
印 次 2018 年 1 月第 1 次印刷
书 号 ISBN 978-7-227-06783-2
定 价 42.00 元

# 目录

# 香巴拉

多年前，我跟杉子在藏地游荡时遇到一面湖。那是5月，云贵高原上还是早春，有积雪在远处的山头，红柳在河谷静悄悄地泛出冻红。我们四五里外先闻到湖的气味，那跟平地湖不一个味儿，它像个罩子，自成体系，四周洁净的气流向一个深处滑入。我们走着，能觉察带入感，有种被牵引进入的踉跄。

那是高原一处湿润的涡处。高原在这里撕开两个口子，将多出来的物质旋出一个小坡。云杉长在坡的深处，白桦林布在湖的边沿，高山草原以音乐的姿态深情地起伏着，一棵、两棵孤零零的树站着，树上冒出轻小的绿芽，仿佛风一吹，就会吹下树去。草原上也有开的紫色小花，淡得仿佛不经意，那一抹抹淡紫，好似少年时对远方遥不可及的想象。天下着斜雨，这雨有时变成随风飘的雾，从身后飘来，穿过我们，又从身体的空隙飘出去。我套着吉卜赛红披肩，杉子从司机那里借了件军大衣，我们忍着震惊和内心的狂澜，谁也不说话，走近潮湿的涡处。

杉子是我在途中遇到的，刚才将军大衣披上身时她深吸一口气，说，她喜欢卡车司机身上的味儿，那是荷尔蒙、汗水和汽油的混合。汽油加尘土的味道，自小就给她关于远方的想象。她喜欢远方，也不断将自己抛到远方。她是卖首饰的女孩儿，30岁，把藏式首饰卖到了巴黎。

我第一次见她就喜欢她身上的气息，那是地下酒吧、墙壁文化、街头艺术混杂起来的味道，破碎，被伤害，又桀骜不驯。杉子喜欢远方，也就是任何地方都不是她的此处，她总向往没去过的地方。

“你永远找不到任何可以让你住下去的城市。”她说。

“我总是从一个城市迁到另一个城市，住一段时间就感到恐慌。”她说。

“因为一个男人定居？我倒宁愿这个人是女人。可女人又留不长我，时间长了，她们讨厌我。”她说。

有风，雨斜着下，像一根根细剑挑开你的外衣，挑开你的皮，让你仅以一颗心脏，一个大脑，面对这景物。我一边顶着小风向湖边走，一边这样剥开自己。我说，一到这样的景地，这样的时刻，就想念爱情。杉子说你有爱情么。我说没有，爱情似乎总在远方或幕布后面。杉子说她的生活总在远处而爱情总在眼前。爱情是一触即发的事，就像盈盆的水，一碰，水就出来了。我们呵呵地笑。杉子说，她愿意跟刚认识的男子在大自然里催发爱情，就像植物在大自然里生长。同时，也愿意跟多年的老情人在老酒馆里讨论哲学。杉子读过萨特全集，甚至能背诵其中的戏剧片断。她说人一辈子不可以不了解一位哲学家，就像不可以从不读一部文学作品。她时不时说爱我，并说一个人不可以一辈子没有爱过一个同性。“我现在把你爱了，运气好，老了再爱一个小姑娘。”她漫不经心地说。我总被女人依恋着，这是我在男人那里总找不到爱情的根本原因。杉子说，我找不到的原因是想在男人那里找到女人般的爱，所以事情便那么不可能。

去湖边，要先经过一片白桦林。白桦林外有间原木搭成的木屋，我们进去看了，墙上挂着画在白桦树皮上的风景小画，外屋是伐木工具，里屋是木床，床上铺着狗皮褥子，一盆火炭在一旁烧着，潮暖的空气吹得人脆弱而缱绻。杉子说你得拉我出去，不然我会在这儿睡一觉。这是旅游区的摆设，一切安排都是道具，而我们总在道具前感怀。杉子喃喃自语，为什么人们喜欢风景区的木屋？我说，从表层说，这是童话里经常出现的道具，人们的原初心理都有童话情结和王子公主情结，对人的失望让大家的注意力从人转到物。没有王子公主，至少有个小木屋，一腔无法妥帖的浪漫情愫便找到了寄托。从深层来说，人不管怎样都有归属的心理需求，身的归宿和心的归宿。大自然中的小木屋，便是这归属的替代物。你走进去，在一个小小的、烧着火盆的空间，至少身体有被包裹的感觉，心暂时也有了依托。杉子说她不愿将自己教给一个物，如果一定是个物的话，那也是自己的身体。说完她折回去跟卡车司机调情去了。她的不满足感来自胃和子宫，她说她像体力劳动者，这两样充满了，就什么都充满了。

杉子折了回去，我继续往草原深处走。隐忍着风景的无端美丽和对幸福的向往。

香格里拉的玛琼此时在湖边，穿着康藏人的服装，我还没在意她，不过已经瞟到她小小黑黑的影子。此时她可能在唱歌，一群人在唱歌，都是男人，玛琼夹在中间，身影忽而有，忽而又没了。歌声突然就起了，像草地上乍起的鸟儿，一下就飞到天空。玛琼也像飞在半空的鸟，不停地起起落落，飞起的头发有身体的一半长。

“你去过哪儿？”回到草棚的杉子一定这样问司机多杰。她把酒摆在桌上，多杰一定喜欢喝酒的而不是话多的女人。

“去过稻城。”

“稻城，那里有稻子吗？”尽管去过布达佩斯，还在布拉格街头听人拉小提琴曲《春之声圆舞曲》，杉子还是对每一个陌生地名充满幻想。

“稻城没有稻子，有青稞。”

杉子和我在香格里拉分手后，就坐多杰的东风小卡去了稻城。当然这是跟多杰有了这天晚上的交情之后。多杰从家里灌了两塑料桶青稞酒放在后备箱，带着杉子在高原上横行一千公里。杉子喜欢长途卡车司机、向导、马帮里的走脚，因为他们是跟她一样的人，都是属于路上的人。后来她听说西藏的墨脱县是全国唯一不通公路的县，存在马帮，她就跟着向导去了墨脱。一年后她来找我，已怀身孕五六个月，要堕胎，这时她想到了我。爱我的女子们总在自己走投无路时找我，她们知道，即便全世界都抛弃她，我也不会抛弃她。杉子怀了走脚的孩子，她一直打算把孩子生下的，以致把胎儿怀了 5 个月。而在一天清晨，她大叫一声被自己吓醒，然后收拾东西被走脚放在马背上，带出了墨脱。她对我说，她的心仅仅在自己身体里，她的身体就是她的家。她无法接受从此以后，她的“家”是一个小孩，因为这个小孩，她不能去还没去过的远方。她被这可能的事实吓住了，她不想拿自己的一生和小孩的一生开玩笑，她逃了回来。

我呢？我想我是守心的，我一直向往这种情景：森林里或草原上孤独的小木屋里，烧着火盆，床上铺着狗皮褥子，墙上挂着画在白桦树皮上的画，守着一个激情的沉默寡言的情人。和那个情人，面对面还想念，转过身，想得都能把对方忘了，于是赶快转回身，脸对脸，眼对眼——只是这样的情景总存在于想象和书本里。我向草原深处走，瑟瑟开着的野花抚着我的脚踝。

我几乎把玛琼忘了的时候蓦然走到她的近旁。这是一个 11 岁的女孩，因为营养关系还处在发育前的天然期。她毫无芥蒂地混在男人中间，穿着男孩子的藏服，戴着康藏男人的礼帽，脚蹬秀花纹藏靴，正在跳着男人舞蹈。那是一种“哇——”地平地炸起、唱起来就切入高潮的歌曲；是一种没有降调，一路向上攀升的歌子。那舞蹈，每个舞步都跳的很高，脚在地面停留的时间极短，身体仿佛停在半空中。玛琼和康巴男人们把四周空气搅动着，唱，和跳着。

我对不能区分性别的年龄段非常着迷，这个年龄段的女孩有种男孩样儿，有少不更事的赤子心。玛琼看我举步维艰就过来拉我，她看着我，像是能看到我眼里去。我竟有点儿羞涩，被一个小女孩看着，像是在男人面前的不自信被她一眼看穿。边巴是玛琼的哥哥，他说你跳舞吧，跳舞就不冷了。两小时后我坐在他的马背上，他掌着缰绳带我去远处的湖。他摘了一支野杜鹃给我，什么话也没说，我也没说。

边巴教我舞蹈，我也就跟他们跳男性藏舞。于是我再次验证一个私自经验：在性别止步的地方再迈出一脚，你能意外获得与以往大相径庭的认识。当我跳男性藏舞时，能获得一种可能类似于男人的、对大地天空太阳的认识，这种认识至少包含宗教的虔诚。

跳起来舞，玛琼不再旁顾，她跳着男人的舞，学着男人的神态，有副很远的眼神。可能是在草原的缘故，她的目光像马驹看着远方，像山上的小羊，从这个山头望着那个山头。说不好哪点神秘，她一个放羊孩子身上有团迷蒙的东西，同时又是清澈的。她的清澈让你打眼一看，居然看不出是男孩女孩，看不出她想什么，她的倾向。一个平地孩子，七八岁后就能看出社会在其身上的烙印，能看出其个人取向，而在玛琼身上没有。

那天，玛琼好像把所有会唱的歌都唱完了，最后就唱到《香巴拉》。我没怎么在意，也没听出这首歌比其他歌更深情悠扬，只看见11岁的玛琼头发一甩一甩，大幅度跳着，胸腔像风箱一样鼓着，唱着唱着，在我的注视下，唱得泪流满面。眼泪毫无征兆地流出来，歌声并没停止。我听不懂唱的是什么，只能听出香巴拉、香巴拉的呢喃。边巴伸手给玛琼抹泪，玛琼的小辫子一蹦一蹦还在跳。

“我会死的。”边巴手上的黑泥把玛琼的脸抹花了。玛琼突然不跳了，喘着气说。边巴又一下一下替玛琼抹去脸上的泥。

“她说什么？”我没听清，或者，我不相信一个孩子说这样的话。

“她说，她会死。”边巴难过地看着玛琼，解释给我听。

“谁不会死？！”他大声安慰玛琼。

“因为唱这歌，你就担心自己会死？”

“我可能活不到见到香巴拉……”

一股悲怆登时从我脊椎的底部窜上，又从咽喉深处、烟雾一样冒出来。在此之前，香巴拉于我只是一个与藏族有关的词汇，而此时，在玛琼唱着唱着就流出的眼泪里，我感觉到，香巴拉是摆脱苦难生活的最甜蜜的去处。

玛琼说，我要去拉萨。

这又过去些许年份，2006年8月，我从格尔木，沿青藏公路进入拉萨。拉萨像遥远的西天的上处，世世代代安存在那里。而我，则跌跌撞撞扑进去。我的天灵盖和风中发出声响的金瓶共振；我的眼睛在千折百回的庙宇深墙中眩晕，丢失方向；我的双脚和步伐被拉萨的太阳光几何状切割；气味，像起伏的远处的调子；静，不是没有声音，是声音消散在厚墙、楼宇、土地或天空中的迅速，四周以似乎听不到任何声音的惊心动魄，啮食着你的耳膜。

我又见到杉子，在拉萨八廓街的缤纷里。她依然卖藏式首饰，不过不再声称读一门哲学，而是寻求修一支宗教。见到她时，我被她的形象镇住了：她苗条而白皙，眼眸灵活而潮湿，脸上漾着婴儿睡着时的微笑，也就是，这种微笑不对任何人，也不对任何事，慢慢地，从深处，像水波一样，一波一波荡漾开来。她头顶的头发全白了，没有一根杂丝的白，这些白发，一部分打碎作刘海，另一部分和后面灰色的头发挽成一个练功攥儿。杉子会跳舞，她把衣服缠在腰里给我跳藏舞《母亲》。舞蹈中，她的背始终弓着，脸从与地面平行的位置仰起，舞动的双臂，像是安抚世间的苦难和不平。

杉子一年前摘除了子宫。也许因为伶仃苦寒、居无定所，也许因为早年混乱、过度的两性生活，她那曾经孕育过不成熟生命的子宫，长出像葡萄一样繁密的癌细胞，就像一个包衣包着一包毛栗子。于是，医生连疱衣一起摘走了。杉子留着那个挤满毛栗子的疱衣，泡在福尔马林里，放在她西藏的家中。她依然单身、依然总做出格的事，只要动一动，就惊着别人。

"对于病，你只能忍受，并把它作为神力赋予你的生命体验。你心平气和地体验疼痛，体验器官坏死，长满我们还不能理解的物质，体验器官从天经地义的身体里摘除，体验身上的疤痕，体验零子宫的空荡感，体验没有子宫的性爱，体验从前的快感变得若有若无，成为遥远的、遮蔽在雾后的记忆……这是一种病么？是的，也不是。就像有臂的维纳斯，它给你一种感受；如果你创造了断臂的维纳斯，难道不也是一种感受吗？实际上是的，只是它是另一种罢了。子宫癌，给我的，就是这样的体验和不一样的生活。”

我很想跟杉子当街接吻，既然她已经没有子宫，她就是跟我不一样的人，我就可以把她当作没有女器的人来爱——就像她对上师那种没有性别的爱。

两天后杉子带我去见她的上师。路上，杉子对我讲起她第一次见到上师的情景：“我无法忍受身体的难受，必须用皮肤接触上师，才能缓解倾心皈依的剧烈心绪。我有种将自己祭献的冲动。祭献就是，将自己劈开，展开来，呈现到上面去。

“我泪流满面，在上师轻声说了一些话之后。那些话是大悲咒。地球是围绕太阳转的，人是围绕大自然的季节和时间转的，而神祇有另外一个时间，地球之外的时间，上师就存于那种时间和空间，用那里的节奏对我念大悲咒。

“我吻了上师的手。上师不动，却怀抱了我。我渴望被一个巨大胸怀环抱，让我就此安心，就此安定。”

我和杉子拜谒了她的上师，在杉子身上出现的情形在我身上没有重演。杉子找到了她的香巴拉，而宗教救不了我。

我在黄昏的哲蚌寺的深墙窄巷中徘徊。一举目，望见一方墙屋的错落；一回眸，惊艳一袭紫红僧衣的飘曳。耳边有风铃的叮当和晚诵的低回诵唱；鼻翼里，像黏膜一样粘着酥油的奇异芳香。我还是只单影薄。让我变成一句经文吧，被人诵起；或变成一首歌吧，被人传唱——在层层叠叠墙的褶皱里，让我变成非物质的形态，被人时常说起，又被人经常忘记。

我在哲蚌寺悠悠荡荡两三天时间，自己也不知道在找什么。一天下午，在哲蚌寺墙外，在靠墙的角落，见到一个也叫玛琼的女孩。这个玛琼应该不是我在香格里拉见到的玛琼，因为，她比香格里拉的玛琼要小得多，六七岁的样子，不过其他特征就太像了，穿着男孩子的藏袍、藏靴，戴着康藏男子的毡帽。最像的是也有一副男孩子神情，飞舞着手脚跳着男人的舞蹈。最奇异的是，她唱着一首呼喊着“香巴拉”的歌，那歌声像平地乍起的鸟群，呼——地一下飞起，扑啦啦的，四周都是歌声。

这个哲蚌寺外的玛琼和几个女乞丐在一起，她们面前放着用搪瓷缸子或铁罐盛放的青稞粉，晚上还点着酥油灯。女乞丐们坐在和神祇相通的时间里，转动着转经筒。玛琼在浑然不觉中唱歌跳舞，她扯着嗓子用男声唱着，大幅度地舞着身体，唱着唱着，眼泪从戴着的大帽檐下淌出来，滚在下巴上，打在前襟上。

在昏黄、变形的时空中，我感觉，哲蚌寺外的玛琼是香格里拉玛琼的又一次投胎。这个像小男孩一样的玛琼永远长不大，永远在长成女人之前就重新投胎，重新获得父母的手捧怀抱，一次又一次地重复小女孩的甜蜜和欢笑，一生又一生满怀希望地寻找和等待，由双层雪山包裹的、开着鲜花、流淌着酥油的香巴拉。

我在哲蚌寺日夜不息地流连了三天，熬得形销骨立，灵魂出窍。杉子第三天来接我，说我的头发也会白完的。我说好吧，回去吧。我回到拉萨青年旅馆，忍着快要昏倒的眩晕，在层层叠叠的留言帖中翻找。我跟杉子说，不找到我不睡觉。于是，杉子和我一起寻找。她说我得放下。我说，找到了，就放下。人不能一辈子一次都找不到。杉子不再出声，她理解我，就像过去我理解她。

我们一人点一支蜡烛，趴在留言墙上寻找。一些人出来一次看我们趴在上面，再出来一次还看到我们趴在墙上，于是，他们站住，先是打量我们，然后明白了点什么，也帮我们找，或者帮我们举着蜡烛。午夜的时候，留言墙前聚集了很多人，一部分人面向留言墙，大多数人背着留言墙围成一个圈。他们点着蜡烛，点燃好几盏蜡烛；有人拿来吉他，有人拿来啤酒；有人唱歌，有人乘兴跳起舞来；有人尖叫，当然也有人调情。大家把它当作又一次狂欢。人生尽欢有几时？

我找到了两年前一个男子留在这里的留言帖。我知道有这张留言帖，两年来一直没来取。我撕下纸贴，大家竟是一阵欢呼“找到了”，于是大家为“找到了”，再把狂欢推向高潮。

那张纸贴上面写着：我是你的喜剧！

我踱回房间，撂下欢情的人们，把自己撂到洁净的床上，叹口气，睡着了。

在一切的深处，可能就是那个香巴拉。经过这许多年，玛琼、杉子和我，可能都各得其所了。

# 天下洁白如哈达

肚子里的小鱼儿一拨，肚皮一阵微颤，我醒了。

河水似的灰光从天窗挤下来，太阳老人应该还在东山背面喝酥油茶，婆婆去佛龛前供灯的脚音像踮在草垫上，哦吖，又在早晨醒回来了！唵啊吽！[①]托上辈子福报，才让我身边拱着热乎乎的儿子，顶头睡着小羊似的女儿。我还有个5岁的儿子跟爷爷睡在大屋，还有个孩子睡在肚子里。感谢三宝！我有三个丈夫还有两个未成年的小叔子，听说山外不是这样的……孩子们有几个爸爸这件事——人家是怎么忙过来的没人给我说清楚过。反正我们家得五个男人才能把一年的活干得差不多，才可以在过新年的时候，穿上好衣服带上酥油，去八宿的金顶寺转寺院。孩子们有几个爸爸这风俗我们尼巴村、我娘家的普龙村、舅舅家的叶巴村都是这样的。三宝啊！我家的日子越来越周全，一定是公公婆婆叔叔前世积的德，也是我亲爹娘今生行了善。唵啊吽！天窗越来越白了，这就起床罢。今天，六叔子和女儿梅朵要去八宿上学呢，索朗拉姆说炸点油果子。

“卓玛，把牛牵出去吧。”听见我出小屋，礼佛的索朗拉姆交代一声。跨过高门槛，外间就是牛圈。天上的白线从门缝里掉进来，两头牦牛已经闻到天亮的味道，鼻子搭在门闩上，黑眼珠子朝我，这是对我撒娇呢。可不是么，我当妈妈已经当了三回，马上要当第四回，大黄才是第一次当，我看它就像看刚出嫁的闺女。它们挤在我身上，就像三个孩子热烘烘、软烘烘地围在身旁。

开门声惊动了烟囱边的野鸽子，它们呼地飞起，一圈一圈搅动，把天上的“亮”赶了下来。吖！吖！天亮的气味是甜的呢。除了两头牦牛，我家还有两棵核桃树，三棵苹果树，野鸽子要说不是我家的，就因为我天天对它们说话，它们就夜夜睡在我家烟囱上。阿妈说，屋檐栖鸟是善人之家。阿妈说的每句话都对。扎西顿珠说的每句话也一定是对的，虽然不是每句都能听懂。但是秘咒师这句话我听懂了：每天醒来都是一次新生。我已经活了 29 年，多少天是算不过来了，但每天活着醒来，真是佛祖保佑啊。唵啊吽！我叫桑吉卓玛。尼巴村的桑吉卓玛。

出门第一件事就是给牦牛挤奶。大黄奶胀呢。小黄也等着吃新生的第一口奶。大黄小黄是白玛赤列给起的，他还给核桃树、苹果树起了名字，还给前面的山、后面的山起了名字。达瓦央珍说我们家出了个诗人呢！诗人是什么人呐，扎西顿珠那样的人吧？他会咏诵《格萨尔》呢。奶就在家门口挤，挤前先让小黄拱几口。第一罐牛奶献给佛法僧三宝，第二罐牛奶送给工作队的央珍，她是拉萨人呢，前世的善缘让她来我们村扶贫，一个人住在村委会。她弄了个“太阳能”让大家洗澡，虽说村里人总忙得没时间去洗，我们还是说她是好人。挤第三罐牛奶时，太阳老人跳出了东山。白玛赤列怎么说的？“日出东山西山红，哈达托起玛瑙峰。”说的就是我每天看到的。我们四周层层叠叠的山就像莲花瓣，尼巴村就坐在莲心上。

第三罐牛奶没多挤，得留给小黄吃饱肚子。娃娃家，盼着这口奶呢。挤完牛奶，我提着两罐奶，沿坡道下一个坝子，村委会门前的水泥坝子是我爱去的地方。我们尼巴村有两条山溪护佑，一条青溪从玛瑙峰流出串起四层坝子，住着 12 户人家，我家在最高层，村委会在第三层，扎西顿珠家在第二层，丁增尼玛家在底层。还有一条白溪奔流在我们这面坡和对面崖之间，上游有树、有杜仲、有鬼臼，是尼巴村人年年讨生活的地方。今年，我家三个男人在山上呢，叔叔和他两个儿子。叔叔和公公都是索朗拉姆的丈夫。多吉、群培和赤列，是我的男人。春天，达瓦央珍刚来的时候问我喜欢哪一个？我看着她笑。核桃树都坐果了我才敢问她，你有几个男人？她笑得流水一样响，说就有一个还离婚了。哦吖！我可想不通，她一个女人可怎么活。

村委会大门“哦呀——”一声开了。达瓦央珍出来，问候我说一声，我也问候她一声，把奶罐挂在木栏上就回家了。央珍会把两罐奶煮熟，其中一罐再挂出来。寡居的唯色、鳏居的次仁或家里有娃娃没有奶水的会来拿走。大黄和它的孩子已经在向阳的坡子上吃草，我薅了一把野花，沿石子坡爬一个拐，回到家院。

家里已经煨了桑。桑烟接通了天，太阳光顺着烟子落到烟囱上，鸽子的翅膀都飞红了，它们的叫声能传到天上。婆婆正在大灶上炸油果。这一年，索朗拉姆已经炸过两次油果，山路刚开化，达瓦央珍带五叔子和另外四个少年去拉萨学画唐卡，婆婆炸过一回；叔叔带多吉和赤列进山伐木，又炸过一回；今天是第三回了。哦吖！扎西顿珠坐儿子的摩托车前来送行。秘咒师高大而谦虚，像房子一样蓄着温暖。他对两个孩子训诫：“带上念珠。上课的时候不能捻，下了课，多捻一捻。”

梅朵回过眼仁瞥我，她一双羊羔似的善眼把我扎得肚子疼。为什么要上学呢？还到县城去上？一去半年回不得家。但个个孩子都要上学呢。达瓦央珍是个好人，她求我让梅朵上学，我不想让她为难。群培跟孩子们站在一起，他脸上的红疤被太阳老人照得发亮。怒江没把他收走真是莲花生护佑，我不嫌他孩子们也不会嫌他。秘咒师训导完、把加持过的金刚结系在上学人的脖子上，最后叮嘱："别光学藏文也别光学汉文。两个都要学。不能忘记妈妈不能忘记传统。"我不知道传统是什么。这个村只有扎西顿珠拿起书本能念，他的话我不是每句都懂，但我爱听。

端出酥油茶和油果子，张开手臂拥抱。我把梅朵捆在群培的腰上，用的是出嫁时阿妈缠在我腰里的红背带。阿妈说，将来用它背孩子。十年了，已经背过三个，现在用它把孩子跟大人绑在一起，他们要在怒江边的峭壁上跳六个小时呢。白玛赤列怎么说的？想起来了，"羚羊跳"。我可没见过羚羊，赤列说这句话时我看他一眼就连忙低下头，而那一整天，赤列的眼睛嘴巴胳膊屁股都是笑着。摩托车发动的一刻我抱住梅朵，女儿小小的身子在发抖，她在我胸窝里小声说："阿妈拉，你生完弟弟去八宿看我。"我从怀里抽出念珠悄悄塞进梅朵的衣筒，把额头贴在孩子的额头上。六叔子的摩托车经过时，我帮他拉了拉歪斜的衣领。"我不会让你当我媳妇的！"说这话时白玛赤列也就六叔子这么大。那年，叶巴村中心小学成立，叔叔骑马送赤列去上学。上了一年就回来了，"我太大了！"但他学会了说汉话。这些事说说都是好笑。两辆摩托车拐一道弯下到水泥坝子，下到第三道弯时拉增家的摩托加入，下到第二道弯时次捷家的摩托加入。他们排着队下到山底，经过一个石板桥就转到山那边了。索朗拉姆怕是也听到摩托车过了石板桥，她翅膀下的小雏越来越少了。

扎西顿珠进大屋问候了公公就走了。公公四年前断了腿后就再也没下过床。我去把天窗玻璃扫扫，坐在天窗下的公公能多一点亮。这是最后一年住这个地堡，伐木的男人回家就可以拆料锯板子了，明年夏天新屋就可以动工了。

“叔叔他们这两天就回来了，您不要担心呐。”我对站在地堡顶上瞭望的索朗拉姆说。

“你也不要担心呐。梅朵有老六呢，哭了有人哄呢。”

我心里一酸，手搭凉棚遮住了眼。地堡后，一块荞麦田，是太阳光色，另一块荞麦田，是河水翻起的浪花色。金荞麦地和白荞麦地的远处是杂树，杂树的深处就是青溪。白玛赤列上山那天，蹙起薄薄的眼皮说：“荞麦花开的时候，我们就回来了。”

吃了一个面果子，喝了一碗酥油茶，我又快乐起来。孩子上学就是要当公务员呢。公务员是什么真是说不好，但达瓦央珍就是公务员，她住在圣城，嫁一个男人、不喜欢了还可以离婚。她一年挣的钱比这里的男人一辈子都多，样子也好看。她穿单薄的白袍子在水泥坝子上走来走去，就像月亮从东飘向西，我爱看她在自己接的水管子上洗菜，那些大叶子菜就像绿玛瑙在她手上闪光，而珍珠耳坠把她的眼珠都照亮了。我怎会不愿意梅朵将来是她那模样？想想我都会笑出声。我天天去工作队还是因为达瓦央珍爱说话——我们尼巴村人好是好就是不爱说话；央珍好是好，就是不像我们这里的妇女爱笑——不笑，怕是有心事呢，就像赤列，他们想心事的样子教人心疼。

“兄弟三个，你喜欢哪个啊？”达瓦央珍刚来时总是眼睛动眉毛动地这么问。我阿妈说要对兄弟仨一样好，我就不说话只是笑。央珍在村里住了两个月就说这样的话：“这三兄弟，多吉的劲儿使在手上，群培的劲儿使在腿上，老三赤列的劲儿都用在嘴上。一说话，像牛铃一样叮当透亮。”我的脸就被她说红了。白玛赤列一说话，一个脸都是动的，越说越红，像苹果花被太阳风吹着。他说话时，前心像一面鼓，声音在鼓面下滚来滚去。我每天来水泥坝子，就是想听央珍说兄弟仨，还想听拉萨城里的故事，汉人有很多笑话，每一次都够我笑得脸麻。

“炸了果子，索朗拉姆让我给你拿来。”这是今天第二次来水泥坝子了。

“我们的小尼巴公主上学去了？高兴吧？”

我身上掠过一阵凉，要过多少年梅朵才能穿上这种白袍子啊。“她惦记你呢，站在坝子口往下看。她说你给她招手了。”

央珍过来拍了一下我的肚子：“等着享她的福吧。”

“你上回说的……避孕是什么呢……”

“哈，你愿意避孕了？”我好几天没看见央珍笑了。

“这个生下，就四个了。”

“不想再生了是不是？”

“三兄弟找一个，可以。四兄弟找一个……”我摇摇头。

“你是说儿子们将来找媳妇？”央珍的笑声像她的白袍子一样又薄又软。我们都不知道她有多少岁，有人说她三十多，有人说她四十多，有人神秘地说她快五十了。她笑时的脸，像热酥油一样金黄透亮。

“你还是想想你自己吧。生四个，够了。”

我难为情地冲央珍笑。不想再生不是因为我自己，是……我也说不清楚是因为什么。“生完这个，我带你去八宿县，在手臂上埋根线，如果想生了还可以取下来，不耽误再要孩子。”

“那时候你都回拉萨了吧？”一想到下雪的时候央珍就走了，我就难过。

“你动员几个姐妹一起去。”我哪敢动员别人，我连三兄弟都不敢说。央珍看着我的脸，她什么都能看出来，最后说："明年春天我可以再过来一趟。"一想到明年春天苹果花开得像雪一样白，我又高兴一点。"怕是，不到你来，我又怀上了呢。"我想跟央珍多待一会儿便说，"我想在这里洗个澡，不知道那个'太阳能'能不能用？"

"能用啊。建起来就是让大家用的啊。"

"洗澡对孩子……"我担心地看着达瓦，她立马明白我的意思。

"洗澡对小孩好呢。至少一个月要洗一次。"

我的脸像紫葵一样红了——央珍总说我笑起来像紫葵，她从手机里找出紫葵的图片给我看，我想不出自己跟这朵花有什么关系——我也没想过洗澡跟两兄弟回家拉什么因缘——但是，我真的可以洗得干干净净盼着亲人回家。

我健康的身子像一个陌生而新鲜的女伴，度母送过来的一般，冒着热气呈现在我眼前。我看着害羞，慌乱把衣服穿上了。

太阳快到头顶了，我靠在坝子边一块孤石上，把长发搭在石头上晒。寡居的唯色过来把那罐牛奶取走了，她给了央珍一个角瓜，央珍切了半个给我。鳏居的次仁来找央珍要止疼片，央珍说，你不能天天吃止疼片。老次仁说，吃了止疼片我才能干活。央珍只给了他一片。次仁从石头边经过时对我说，你晒头发就像晒唐卡，吓得我赶忙从地上爬起来："老次仁，可不能乱说，我这卑贱的头发怎能跟神圣的唐卡相比。"太阳光刺得我睁不开眼，背过脸，我把头发从发烫的石头上拽过来，收成一把，提着头发回家。头发要在核桃树下梳，我们油光发亮的头发都是核桃树护佑的。

回到家，索朗拉姆背着小孙子正在对打酥油。索朗拉姆要将每一滴牛奶都打成酥油，天一冷，要用酥油的地方多着呢。我心愧，两个孩子不管自己跑去洗澡，自己的阿妈都要责怪了。我连忙把围裙解开包住干净的辫子，躬身走到索朗拉姆身边说："阿妈拉，央珍阿佳[②]说汉地核桃不像我们这里一个一个砸开皮，是放到草堆里沤，七天，青皮就掉了。"

"哦吖，七天就掉了。"

"我去打一盆试一试？"

"试一试么。"索朗拉姆是天底下最会跟家人说话的婆婆。"伐木头的人，该回家吃核桃了。"

索朗拉姆这是想出门的人了。多吉是牦牛头，群培和赤列是牦牛腿，哪个都是家里的顶梁柱，我可不能光想赤列。太阳有点热了，把两只胳膊从袍袖里抽出，衣袖系在腰上，对索朗拉姆说，我去把公公从地堡里背出来，看我们打核桃。

丁增尼玛的摩托车声从坝底传上来，一个拐一个拐地荡，把人心荡得两边晃。摩托车在扎西顿珠家停下，过一会儿，秘咒师敲响了铜钟。索朗拉姆迎到木栏门口，丁增尼玛的摩托车已经拐上坝子垭口。

"赤列摔了。多吉回来报信，在阿巴家[③]。"

索朗拉姆身子向后仰，我伸过去打核桃的木杆，顶住婆婆的后心。

"赤列……他还会说话么？"

坐在地上的索朗拉姆拉着丁增，而送信人的脸因为坏消息闷得发黄。我扔掉棍子，把大儿子拉到婆婆身边，回头看看公公，他眼睛像黑洞，正仰着脸看这边。

"我去阿巴家。给奶奶倒碗油茶。"

嘱咐儿子后，我提起裙子跨上摩托车，鼓出的肚子挨着丁增的后背，也顾不得规仪了。摩托拐下垭口时，听见儿子放声大哭。“赤列在哪儿摔的？”我拽住丁增的衣襟。“晒经崖。”又是晒经崖！要收走多少尼巴村男人！

扎西顿珠家钟声当当。从摩托车上下来，我被门前堆放的白垩土绊了一下，扑向前，扑到扎西顿珠伸出的双手上。

“阿巴，求求你，救他！”

“救！在家的十六岁以上的男人都去。”

我真想亲吻秘咒师慈悲的手，但他把我的手转给她的夫人。我半跪着，把额头贴在夫人温热的手背上。

“白玛赤列活着。”夫人的话音滚到“活”的第一个音，我身上的疼就像深谷里飞上来的一只鸟，又像是一声叹息。旁边传来一声哭，我打晃的眼睛看到，是头发像鸽子窝的多吉。我这才看见他，突然另有悲喜，晒经崖还把多吉留给我。我的哭声滚在多吉悔恨的哭声里，像青溪滚进白溪。

“怎么掉下崖子的？”

“一棵大材卡在崖子下那个黑石板上，他去扳……”

“每次都跟你们说！卡住了就是山收住了，还去扳？你叔叔没有跟你们说？”

找来粗绳和铁钩的扎西顿珠听到这话，痛心地责备。多吉哭得更凶。

“赤列舍不得那根大材。”

屋外聚集了听到钟声赶来的村人，扎西顿珠背着绳子钩子出去了。夫人跟着送到院子。我回身抱住发抖的多吉，他反抱住我，发白的嘴唇干得像隔了年的牛肉干。

“我不敢回家。”他哭得像个孩子。

“不回。”我抓住他的手臂，让他坐下。他怕是一夜没睡，又赶了这些山路。

“见血没有？”回到大屋的夫人问，多吉抱住我的手松开了。

“怕是……”

我扑过去抓住夫人的手，把额头贴在她的手上：“夫人啊，我婆婆听到坏消息昏了过去。我替婆婆做主，求求您把家里的摔打药找出一些，让多吉带到山里。”

“我这就去找止血药，还有铜针、纱布。你给多吉打点茶。”

我煮了茶，多吉喝了一碗又喝一碗。他每根头发都粘着红土，好像血从头发里渗出来。

“喝了茶去太阳地睡一会儿。我回家。”

我的心在嘴里蹦，走出扎西顿珠家，爬上一道拐再爬一道拐。山道上的碎石像玛瑙山上滚下的魔鬼。扎西顿珠每到新年都说，“魔鬼”说不定明天就会滚下来，今天要好好吃糌粑。

“今天要好好吃糌粑呀！”

“今天要好好吃糌粑呀！！”

要多带点炒面、奶疙瘩，还要煮一壶酥油茶带上。如果赤列活不过今晚，至少让他喝碗热酥油茶。一团黑气堵在我嘴里，爬上村委会那道拐，我一张嘴，嘴里吐出的像一块黑夜。

“桑吉卓玛，敲钟是谁家出事了？”

达瓦央珍轻得像一片烟，她不是我们这儿的人，她快五十了还是透明的，而我们这里的人，即便像梅朵这样的孩子，都又实又重，是黑色的。

我吐了一口黑水，把事跟阿佳说了。她说要帮忙做什么，我用围裙抹了一下嘴角上的黑水，看着这个白云似的拉萨人。她能把坝子打上水泥，而对在山上搏命的尼巴村男人她能帮啥呢?

“帮我安慰索朗拉姆。让他们备些炒面和酥油茶带到山里。”

我也不敢对索朗拉姆说。玛瑙山已经要了公公的腿，石头堆里还要留住她最聪明的儿子？我的心跳把山都震响了。

拉布和贡秋兄弟家跟我家是一层坝子，隔着青溪，青溪上搭着三根杉木，我们两家这么来往走动。我是走不到河那边了，魔鬼已经把我的眼睛绑走了，看什么都是转的。我得去求两兄弟。四年前，两兄弟把公公抬回家，如今求他们把我的赤列抬回家。我跪下来，听着流水，爬到三根杉木上。水白得像花，像滚动的石子，而膝盖下三根杉木像沉浮的小羊。我正在往下冲，赤列扳动的大木正往下冲，玛瑙山正往下冲，我肚子里的孩子正往下冲……一个口谕世代相传，被填平的青溪两岸叫“尼巴”。尼巴的意思就是湮没。

从木桥到拉布家有一段碎石头硬路，我摸着硬路爬到他家门口。

“慈悲的人呐……”我向赶出来的两兄弟呼救。

拉布和贡秋兄弟听我说完话，沉默地回屋找担架。每隔一年，这副担架就会找出来用一次，去年往外抬的是他家难产的媳妇。他们家里，今年还没有女主人。

尼巴村这面坡到底，青溪流进白溪，一座石桥跨在白溪河谷上，沿着河水向西是有树的西山，西山的背后是黑黑青石的大西山，早上，太阳老人刚出来的时候把它照得玛瑙一样红，赤列这个巧嘴的人儿给它起名叫玛瑙峰。赤列还把我一辈子也走不到跟前的东山叫金城山。一早一晚，金城山金闪闪的山顶飘着云，像莲花生盘坐的金莲花宝座。我们尼巴村没有寺院，就在石桥边的向阳坡立一个转经筒。我们早上拜金城山，晚上拜玛瑙峰；如果村里出了祸事，也来这里祷告。

索朗拉姆和达瓦央珍已经在转经筒了，还有夫人、寡居的唯色和鳏夫次仁。我坐在他们中间。多吉和拉布兄弟来到石板桥，多吉走到索朗拉姆身边跪下，把额头靠在阿妈拉摊开的手掌上。他的身子在发抖，索朗拉姆托他的手在下沉。我从旁边伸手托在阿妈拉手下，索朗拉姆都不一定知道，多吉这是睡着了。这个爱头疼的男人靠在什么地方都能睡着。拉布和贡秋听完夫人的交代，叫一声多吉，可怜的多吉身子一跳，膝盖在打战。

“看好你和叔叔的命！”索朗拉姆拉住多吉的衣服，她大儿子腿上的肌肉一抖一跳的。

多吉站起来，我在他要站还没站直时，在他裆里捋了一把。这累得快灭灯的男人现在腰上会生出一盆火炭，这下他能撑到天亮吧。多吉仓皇地瞥母亲一眼，都没顾上往我这边丢一眼，就跟在拉布和贡秋后面，沿溪水西去。

“要给赤列说话，不能让他睡着。”达瓦央珍喊道。

“先把伤口缝住。”夫人冲着搏命的年轻人喊。

河谷里的风刮来。灯点上了。玛瑙峰红得像血“玛朵”，河谷里向西的树叶黄得像金子、像金子在太阳老人的歌声里、像金子化成光。我的眼睛一定看瞎了，一个河谷里都是白亮亮的、像荞麦花一样绒绒的白、像苹果花一样粉粉的白，在白的轰鸣中，穿白藏袍的白玛赤列骑着白马而来。“等荞麦花开的时候，我们就回来了。”荞麦地里，花正开着的呀……

“多吉，把赤列带回来！”

我喊得、把肚子里的一腔血都喊出来了。河谷把我的叫喊吞进去，吐出来的只有河水；玛瑙峰把尼巴村的男人吞进去，把木材吐出来；达瓦央珍把字塞进电脑，钱从拉萨的“公务员”吐出来；白玛赤列白得像云，跑起来像骏马，说起话来像小苹果又青又脆，夏天把他吞进去，而被秋天吐出来时……难道要像公公一样从此躺在床上……唵啊吽！唵啊吽！

没什么女人可以做的了，除了祷告和吊命。从丁增尼玛的摩托车进门，我的心口堵的都是石头，它把我的肚子占满了，肚里的孩子挤得翻不了身，坐在羊毛毡子窝里，我“哦——唉——”地长啸一声。我的一口气，像一根绳子从嘴里爬出，肚子里的乱石松了一点。我又“哦——唉——”地长啸一声，这河谷，一定放不下我的召唤，也“唉，唉，唉——”地接着我的喊声；这声音能不能像一双手，伸进山谷，伸到白玛赤列跌落的晒经崖，抱住正在流血的、冷得哆嗦的白玛赤列?！

被回声拽着，我从妇女们围坐着的大经筒边站起，走下山坡，独自站在石板桥上。石板桥正对着河谷，我的召唤能一声连着一声，让河神山神听见。玛瑙峰蓝了，玛瑙峰黑了；河谷看不见了，玛瑙山顶最后一根亮线也看不见了。只有山坡上我们十二户人家点的灯，还有石桥上我点的一念灯。我很感激夫人和达瓦央珍也盘坐在山坡上转经筒，在我两声吊命挡间，索朗拉姆去夫人身边坐了会儿，夫人的安慰话会像热酥油一样暖心。我们都知道，玛瑙山顶最后一根亮线也被黑夜吃掉时，山里还没人出来就只能天亮以后再救人了。我吊命的喊声就是不让命这根线断了。山谷里几世轮回的生灵回应着我的喊声，它们的黑眼珠映照着尼巴村妇女点起的灯火。索朗拉姆也来到石板桥上，坐在我身边。

“阿妈拉，我睁着眼做了个梦，梦到莲花生许你的儿子都回家。”

我没有诳索朗拉姆，我说的都是我看见的。白溪和青溪混交的河谷，黑夜唱着高调的歌。

“那棵白叶子的树，就是驮赤列回家的白马……”

我的婆婆也“噢——唵——”一声长啸。她的大嗓门，像铁斧砍开树根、像闪电和雷扭滚在一起、又摔回我们的河谷，石滚水流。四年前我和婆婆在这石桥上吊过公公的命，现在又来吊她儿子赤列的命。我家男人的命，得我们自己吊！

尼巴村的女人供灯、祈祷，又把太阳老人请出来了。祷告了一夜的妇女从破羊毛毯子里蹒跚而起，一个一个过来，跟拉姆拉拉手碰碰额头，也跟我拉拉手贴贴额头，回家给牦牛挤奶了。索朗拉姆也要回家给公公翻身、给大黄挤奶、给孙子孙女喂糌粑。她把热水瓶里最后一点酥油茶倒给我，摸摸我的肚子，走了。

“你肚子重，回家歇把力吧。”夫人过来劝我，我抓住她的手说：

“赤列就是腰断了，不会走了，那是他还清前世的债。只要把人给我带回来……我背他出来晒太阳，将来，孩子们背他出来晒太阳。”

夫人苍白的嘴唇动了动，什么没说就走了。

都走了。

我围坐在羊毛毡子里，刚刚红起来的玛瑙峰把它金针般的光刺在我脸上。我的脸漏了。我身体里的白玛赤列化作无数的光芒、顺着阳光扎开的空隙，从我皮肤上飘出去。他是不是已经往生了？这一念刚起，我就使足全身力气，“哦——唉——”一声长啸。我的亲人呐，这世上哪还能找到苹果花一样甜的人呐！佛法僧三宝，保佑他不要沉下去呀……

太阳的滔滔大响轰得我睁不开眼，眼前是黑的，血被太阳晒干了，我吊命的喊声也被太阳晒干了……

太阳晒到头顶上，回家的妇女又回到石桥。她们跟太阳老人对坐。

天上的云把暗暗的影子投在峡谷，逆着水向上游跑，像是替我们迎接村里的男人。

男人们终于抬着担架、把索朗拉姆的三儿子抬了出来！我的白玛赤列把身上的血流光了，脸像白云一样轻一样白。原先红玛瑙似的嘴唇现在白得像奶疙瘩，两帘睫毛在太阳光中抖动，好像马上就会睁开。索朗拉姆看过一眼自己的儿子，太阳老人就把赤列收走了。在石桥上，我看见骑白马的赤列像烟一样升起，飘在山头、盘桓在树腰间。这股烟一直在我看得见的房子油灯核桃树牦牛溪水荞麦地围绕，我没告诉别人，我想这是白玛赤列让我单独看见的那个他。

索朗拉姆和公公、叔叔请扎西顿珠在家念了三天经。村里的妇女喂了孩子喂了牛也到我家念经。酥油灯在地堡的暗黑中静如一颗星，整整三天，我忍住不哭，不去想赤列的脸，把他好听的说话声念到玛瑙峰山尖，送它飞远。第五天天不亮，背尸人把裹扎好的白玛赤列背走了。我用捆梅朵上学的红带子，把赤列捆在背尸人的背上。背尸人要把赤列送进更汹涌的怒江。我们不敢点灯，这一天，尼巴村家家户户没有点灯，怕索朗拉姆最疼爱的儿子舍不得家乡。我肚子里的胎儿颤抖得厉害，他不是踢腾而是在我幽暗的肚子里，哭得浑身颤抖。

索朗拉姆煮了一壶又一壶的酥油茶，把冬储的酥油都给来家里念经的村里人喝了。公公和叔叔只要醒着就念经，多吉和群培把六叔子和梅朵也从县城接回来，看赤列最后一眼。过了头七，又把他俩送回学校。当多吉和群培从八宿县城回来后又进山了。伐了十棵木，只有两根顺水冲下来，他俩要再给绊在河床里的木头推把力。

我的心空了，后心穿开一个大洞，白溪河水、石头、树枝、原木、山上的野物、虫子，从我的后心穿到前心，在我的眼前冲向前。天一黑下来，这个洞把我的身子拽得像没有木柱的地堡，我被这塌了的身子压得、比尼巴村的黑夜还黑。

白天我去坡上割草遇到夫人，就上前对她行礼后说：“夫人呐，你的铜针借给我用用吧，还有县城买回来的好线也送给我两尺。”夫人问我要针线做什么，我说，我的后心穿了一个洞，风从后面灌进来，把我的身子吹薄了。夫人的个子比我还高，她低头看我，像绿度母从神龛往下看。她替我背上我割的草，送我回家。夜里，我在家人都睡下后也脱了衣服、手背到后背摸摸，摸不到什么洞，可我明明看见山中物、闪着明亮的光、从我胸前这个洞穿过，扭滚着奔向前。摸不到，大概是因为我的手瞎了。瞎的不仅仅是我的手，还有索朗拉姆的嘴。那天在石桥上为三儿子吊命后，索朗拉姆就不说话了。她坐在佛龛前的时间越来越多，有时忘了打酥油，有时忘了给公公翻身。每天天刚亮，我还是给大黄挤奶，之后提一罐牛奶挂到水泥坝子边的木围栏上。给赤列办事，家里过冬的酥油都招待客人了，扎西顿珠不让我送两罐奶；有时候，拉布家还打发孩子送过来一些奶。荞麦已经收过了，晒草架上搭着一捆捆的荞麦，也有晒的干草，大家都在抢最后的太阳，把一年的收成收回家。身上的疼忍不住时，我来找达瓦央珍要止痛片。

“阿佳……我的心，穿了。”

达瓦央珍看着我，就像白度母从唐卡里垂目于我。

“你不是身上疼，是心里疼。”她说我心里疼，哭声就被阿佳从嘴里吊出来。央珍把手放在我背上，那一会儿，就像堵住了我后背的洞。“止痛片没用，不能吃，你还怀着孩子。”

我为哭泣而羞愧，怕惊扰了赤列的轮回路。没处放的双手像拽一根绳子拽住自己的辫子。

“桑吉卓玛，尼巴村如果不改变，大山还得收尼巴村男人的命。”

“你说是不是……”央珍的话我听不懂，自己想说的话又不敢说。可央珍快要走了，有些话再不说就没人可以说了。

“你说嘛。”央珍坐在村委会门里，凑着阳光整理西药。我看见了止疼片。我站在门外的太阳地，太阳晒着，后心上的洞才不那么冷。

“是不是……”我扯着自己的辫子，“是不是赤列不愿跟我成亲……就留在山里了？”这话一出口，天上的盖子就跑了，我周身没了遮挡。我抱住自己的辫子取暖。

“他说过不愿跟你成亲？”

“他们几个去拉萨学唐卡，阿妈不让他去让老五去，他就跑了，半个月不回家。群培找他，把脸都摔烂了。”

“群培摔坏脸是因为找他？我都不知道……学唐卡当然年纪越小越好，赤列都过了二十岁，老五才十六，当然老五学更有利。你婆婆是对的……”央珍的黑眼睛又盯着我，“赤列是你丈夫么？”

我扬起脸想了想，应该是点头吧？可他一直说要出去的话。公公摔断腿那年，赤列和我在开花的荞麦地里干活，他一边用杆子拍花粉一边说：“大哥二哥当你丈夫吧，我和老五要去拉萨的。”我拉着杆子的另一头，花粉是金金白白的雾，赤列趟在金金亮亮的雾气里，好看得像个小菩萨。他说什么我都是笑，还没成男人的孩子说什么能当真？再说，他当不当我丈夫是索朗拉姆做主。可这次进山伐木，他看着脸上黑疤还没掉的二哥群培说：“荞麦开花的时候我们就回来了。”他没看我，可我肚子里存着他身上最珍贵的东西。这怎么说呢？我对央珍点点头又摇摇头，走了。

改一天，我抱了家里种出的最大的萝卜去找扎西顿珠，秘咒师在房顶上，跟他儿子一起晒荞麦。

“阿巴，给我念念经吧。我心里空成一个洞了。”

夫人给我抱来两张氆氇，让我坐得稳当点儿。扎西顿珠从房顶上下来，拍了拍身上的土，在盆里撩把水洗洗手，裤腿上抹干，取下挂起的念珠，给我念经。扎西顿珠念的经，像一根捻着的羊毛线，穿过我的脑壳，穿过我的嘴，把我肚子里的黑气、顺着毛线捻了出来。我从氆氇上滑下，跪着，行了两步，握住扎西顿珠的手。

“阿巴，白玛赤列往生到哪里了？”

“去寺院算一算吧。”

“我现在是走也走不动摩托车也坐不得，你就给我算算吧。”

“你就记住，生生不息啊。”

我没有话要问了。我把额头贴在阿巴的手上，用袖子揩去流到下巴上的眼泪，撑起身子站起来，夫人在旁边搀了我一把。我说：

“夫人啊，您开导我几句吧。”

“高山水长流，母亲心暖热。白玛赤列转到下一世了，你别哭了，好好把孩子生下来。”

夫人给了我四个土豆，我抱着，拐两道弯，回家了。

再次进山的多吉和群培回来了，说，伐了十根木，漂下来九根，四根撞坏了，只能做短材。赤列那根大材还卡在石板里，就是冲下来也要等到明年大水时。两兄弟回家就开始收核桃，我这才想起沤在草堆里的那盆核桃，便跑去院墙角扒开已经沤烂的草堆，核桃壳都乌黑了，我用土又把它们盖住。这是给赤列的，就由他带走吧。收了核桃，叔叔和老二群培带上炒面奶疙瘩，拉上核桃雪莲晒干的鬼臼果去县城了，他们要把三宝赐予我们的珍宝变成全家的新衣服、摩托车汽油、去拉萨的车票还有盖房子的工钱。多吉在家等着我生产，他从来不说老三弟弟，也不说伐木的三个月。他为公公翻身，去扎西顿珠家帮忙盖房子，帮拉布和贡秋兄弟把去世媳妇的姐姐娶过来。他在家一个更重要的事情是，把顺河水冲下来的碎石掏清。“尼巴”，我们都没忘记就是湮没。达瓦央珍的工作队走了，我没去送她。全村人都在水泥坝子上，我就站在我家那层坝子角，向下对她招手。她坐上摩托车时看见了我，也向我招手，我觉得这辈子再也见不到这个好人了。

雪在央珍走后就下了，我心上的洞就盖上一层。第三场雪下起那天，我生下第四个孩子，一个儿子。我生头胎都没这么艰难，这孩子像个石头卡在我肚子里，身上的血都快流干了。地堡的天窗白白的，像春天苹果开的花，一些好听的笑声从花嘴里亮出来，一张张好看的脸在我眼前过：我的梅朵、达瓦央珍、十六七岁时的白玛赤列、摔伤前的群培、刚嫁过来时的多吉，还有我自己的脸，达瓦央珍说像紫葵……想到去年拉布媳妇难产死，我想自己可能也快死了，不知下一世，我轮回成人还是牛还是山上的猕猴。多吉坐在床边一直跟我说话，说一大堆没用的话，我想起那天石桥上，达瓦央珍对多吉喊：“你要跟他说话，不让他睡着。”眼下一定是为了不让我睡着，多吉把话说得像断不了的流水。我看见光耀的河谷，右岸的白叶子树上，每一片叶子都被太阳热气吹得颤抖，风撩开树叶，树上的小果子胖胖的，红的、黑红的，使劲地鼓着……我身上来最狠一次疼时，我知道这是最后一次努力了，不然，生下的就是石胎了。我把气提到脑壳顶上，分明看见漫天雪花向下扑来，他们是一个个笑脸，是嘴角上翘的度母的法相。我肚里的第四个孩子，像我家男人顺水放下的木头，乒乒乓乓撕撕撞撞，滑出黝黑，冲进光明，哗啦，啦，啦……河水在玛瑙峰下扭绕，一个红冠小鸟飞上树梢，飞上血红的玛瑙山顶……我听见拉姆说：

“哦吖！这孩子白得像瓷！”

藏历新年前，六叔子和梅朵放假，在县城卖核桃的叔叔和群培采买了一大堆新货，一人背了一大捆，带上两个上学人在漫天白雪中走回家。又重逢了已经长高变样的梅朵，她扑过来抱住我，哭了两声又笑了，跑去看床上的小弟弟。我也重逢了六叔子，夏天他就该上初中了。他在屋顶铲雪时我跟他说，初中去拉萨上吧，跟老五在一起。六叔子骄傲的模样就像当年的赤列，他看我一眼转到旁处铲雪去了。这个土夯的地堡也是最后一年住了。木头和木头间的空隙，留着公公的爸爸、爷爷的爸爸活着的日子，随手一摸，手上都是往复的生死。

晚上，梅朵睡在我顶头的床上，学校的事说哇说不完。后来梅朵不作声了，我以为她睡着了，喂着小桑丹，望着蓝蓝的天窗。雪又开始下了，一层一层，把天窗湮没，我听见野鸽子在烟囱旁咕咕地叫。

“阿妈拉——”

“嗯。”

“下大雪了……”

“又下了。”

“咱们的桑丹像雪一样洁白。”

“生他那天就下雪呢……”

“阿妈拉，”梅朵翻起身，胳膊撑着身子，软软的小手扒拉扒拉我的头发，“你有没有觉得，桑丹是……大雪送给我们的哈达！”

唵啊吽！

唵啊吽！

新年的第一天，全家去村里的大经筒点灯、祷告。祷告完毕，给佛法僧三宝添了油，我背着桑丹下到石板桥上。火红的太阳从东边的金城山跳出，把天底下最红的光抹在玛瑙峰顶。“日出东山西山红，哈达托起玛瑙峰。”这是谁说的啊！唵啊吽！此时我的玛瑙峰堂堂红光，身下白雪如镜，白溪河谷像一个闪闪发光的金盆；我分明看见，一棵巨木，从山河的肚子里站起来，双手托着哈达，顺着雪白的冰河，向我们跑来……

注：

①唵啊吽是诸佛身口意的种子字，也是诸佛身口意的精髓、精华，完全能代表佛的身口意。唵嘛呢叭咪吽是它的扩充。

②阿佳，藏语，阿姐。

③阿巴，村人对秘咒师的尊称。

# 阿纳提的牵马人

*1*

马走出风景区的洼地，山坡呈现不为人踏践的静谧的处子样儿。被草覆盖的山体闭合着，草叶抻抻颤颤地，柔软地起伏着。马走出的山道是有的，好像很久以前就存在那里，绵长地蜿蜒着，不容辜负的样子。它和闭合的山没有冲突，羞涩地掩映在草叶里，马蹄踏进去又出来，疏疏的草们蜂拥着又将小路弥合。

这就是阿纳提高山牧场，一个小时前刚进山，现在已经骑在哈萨克青年牵引的马背上。我是个专业旅行者，每年大部分时间走在去某地的路上，目标就是不让自己停下来。刚开始是寻找更优美的风景，现在自己也不知道要寻找什么了。这情形从四年前开始，我在一个人的引导下开始明白一些道理，觉得时间紧迫，就辞去需要坐班的工作走了出来。我沿着某条路线一直走，走到厌倦为止。刚开始还做一些笔记，后来笔记也不做了，只看地图，朝地图标明的前方走。我拍些风光照片和风土人情录影带，将适宜发表的卖给固定媒体。我不做任务性质的工作，不接受约稿，这样报酬就有限但够支付旅行。我就用有限的酬劳和过去的积蓄，不停止地向前。

今天是八月四日。去年的八月四日我在东藏，和一个人，一直向西、向西，走到西藏的边缘。这次我和一个叫战士的女子来阿纳提，听她的名字就知道她的出身。我们是网上认识的，我在网上发照片她跟帖，慢慢熟络起来。我们是第一次结伴出行，却可以默契到一同出行各干各的事。在布尔津，她能一边跟我吃烤狗鱼，一边向别人抛媚眼，之后，她让我在夜市再喝两瓶啤酒，自己拿着房间钥匙跟人艳遇去了。现在她就让牵马人坐在身后，扬鞭策马跑到前头，很快就能听见她看到美景时的大呼小叫。她是个不错的摄影师。

“你也到拍电视的地方？”给我牵马的青年侧过头，说话时不看我。

“随便走。你们平时怎么走就怎么走。走到哪儿算哪儿。”

我坐在马鞍上长出一口气，尽管常年在外跑，看到美景我还是有种回家的感觉。我一边放眼风景，一边打量牵马的小伙子。这是我第二次打量他，第一次在租马区，在一群骑手中我看到了他，就径直走向他。我跟他谈价钱。风景区有个价格表，那是针对旅行团那些大手大脚的游客。我们是旅行者，花的是另一个支付标准的钱，另外我还希望在过程中跟当地人建立信任。我跟小伙子谈价钱，我说一句，小伙子对另一个骑手翻译一句。他们没跟我讨价还价，我说完，他们用哈萨克语说了会儿话，就同意了。

牵马人是那种不会笑的小伙子，蹙着眉，眼睛很深，脸上只有颧骨那儿是紫红的，其他部分也不知是脏还是黑。他脸上有种忧患神色，眼睛总是有力地看着别处。他穿件灰土色内衣，外罩靛青色粗条绒外套，上面是尘土和结了壳的泥水。光脚套着皮鞋，从裤脚处可以看到积着黑垢的脚踝。

他托我上马，在抓住我手臂时我感觉到异样。那是窘迫的，想避开的，他可能宁愿做别人的生意，但同时又不由自主向我趋近，并且被矛盾的思绪弄得心神不宁。不过这并没打乱他扶我上马、理脚蹬、甩缰绳这些活儿，那应该是从小练就的，每一步都显得深思熟虑并极有城府。

上路后，两个哈萨克青年用哈萨克语说着话，他们可能对我们带来的摄影摄像设备感兴趣。那个小伙子问，我的牵马人答，那个显然比他年长的小伙子信服他。

上了马，我和战士就形同陌路。我不同她说话，她也嫌我碍事。她老是要马跑起来，“怎么让它跑啊，这么慢吞吞有什么意思呀！”“哎，小伙子，我自己骑走了。”我的牵马人把战士的话翻译出来，那小伙子一跃跳到马背上。“你不认识路的。”青年商量着对战士说。他们扬鞭策马跑到前面去了。

也就是说，到了我这个年龄，即便是女人，也基本属于愤世嫉俗的坏蛋。说说我吧，我相信爱情，但不相信某个近在咫尺男子的爱情；我制止不了自己在爱情中斤斤计较、患得患失，最后总是将爱情沦为艳遇；我和周边的女友可以跟任何年龄的男子性交，从 20 岁到 50 岁，我们只求当时的瞬间美感；出来行走这些年，还给我惯出个奇怪嗜好，我只对农民（包括牧民）有好感，那些奔跑在乡间公路上的司机、卖艺人是我追逐的对象。当然他们本质上是农民，他们让我看到原始的生命力。

在来阿纳提的路上，战士跟我商量过找个当地小伙过夜，她说这是她最后一站了，一定要把艳遇的战旗插到阿纳提草原上。我说好吧，到时候你别碍我的事，有眼色点儿，看情况不对，就夹着行李赶快溜，到别处开房去。她说拉倒吧你，我就不相信你会比我快。而且我早就看出来了，你是个超级大意淫，也就意淫意淫。她在车上狂嗤嗤，我不笑。

正是能这样，我们才成为朋友。

在相马区，我走向这个牵马人时不是没考虑到这一点。我的牵马人不仅英俊，看上去还比其他骑手成熟。另外在他身上，有种说不出的新鲜动人的东西，那东西比容貌更吸引我。

上马后，我不再看小伙子，他也不看我。从我走向他、跟他说话，他已经从我身上发散的信息感觉到什么，只是不能确认。就像刚刚发情的小公马，既没弄清自己的情欲，也不知道身边的母马是否进入了发情期。他感觉每块肌肉和每根神经都在乱跑，但不知道自己是怎么了。他蹙着眉，些许羞愧，些许懊恼，同时又假装不在乎，以为没人发现自己身上的喧嚣；再或者这种喧嚣发生过不止一次了，每次都湮灭在无人看顾的死寂中，这一次也不例外。我们沉默地走过相当一段路程。

这里是北温带山区夏天的静谧景色。青山像波浪一样起伏着；山阴面的北欧松树像一排排刚睡醒的 20 岁小伙子；遍地野花颤颤地；微黄的草穗举着饱满的种子，被风吹着，一涌一涌的，在阳光下发出道道光芒。

“马好像更喜欢走泥路。”面对这样的景色你总会露出天性，那些做作很快就抛到了一边。

“唔。因为这个路软一点。”牵马人一个字一个字地挑选词语，就像在一筛豆子里挑选种子。他有意压制哈萨克语的调调，这样说出的话比乌鲁木齐普通话柔软多了。

“这路被山洪冲坏了？”我用下巴示意眼前的方砖路，它们可能是景区建造之初铺建的。

“这……一个是山洪，还有从山上拖东西下来，拖坏的。”牵马人回过头，瞄我一眼。目光像草原上的雨，一帘一帘地扫过我，最后投到别处。不过，这一眼让他决定改变总是回头跟我说话的格局，他拉过缰绳，站在斜坡上，一纵，跃上马。他左手从我腰前伸过来，拉住左边的缰绳，右手拉住另一边缰绳；现在他一手拉住一边缰绳，手就搁在我的大腿上。我明白为什么给旅客牵马的都是半大孩子。

我不太明白“从山上拖东西下来”指的是什么，对一些东西我不习惯弄得很明白，很明白就失去对它的想象。我只需一个概念，以这个概念为基点，思绪飘散开去。

“山上都是这样的路么？”一双手臂环在腰间，我的声音无意识地婉转起来。

“不是。”

“是羊肠小道？”

“也不是羊肠小道。就是，唔，怎么说呢？就是，人啊，马啊，走多了，走出来的路。”

我差点被逗笑。这影响了背后的青年，他从侧后面看我。在后面，他自由多了。他已经从上到下打量了我的装束，看见我脖子和手腕上丁零当啷的饰坠。

“你，16还是17？”

“16岁。”

我忍不住笑几声。跟战士讨论的那些，基本可以粉碎了。

“上学？”我继续问。我不想让失望的情绪滋生出来，那玩意一旦滋生，要不了几分钟就像多孢细菌乘级数繁衍开来。即便是艳遇也是可遇不可求的呀。

“唔。上学。”

这回答有些迟疑，不过我相信这青年上过学，不然汉语不会说得这么好。

“那上学不是要走很远的路？”

“也不远。骑马去，一个星期就跑一趟。”

我脑海浮现出一群半大孩子抱着书包、骑马上学的景象：金红的朝阳照得他们通红，那些天驹从草海中跳出来，跃上高岗，又奔红光而去。

## 2

牵马人的年龄让我放松下来，将注意力放在了眼前的美景。现在是下午5点，新疆的夏季要到晚上10点才天黑。我在北疆跑了一夏天，已经摸清下午什么时间最适宜拍照：乌鲁木齐附近是19:30到21:00；伊犁这边，是20:10到21:30。这段时间，我可以悠闲地骑马上山，用数码相机拍下一些备份用的景致。

我让小伙子教我用马鞭，我始终记得那句“细细的皮鞭啊，打在身上”的歌词。我感觉，作为女子最美好的感受之一就是，用细鞭轻轻抽打某个仰慕者，看他热烈又痛苦的眼神。我当然不能将一个16岁的半大小子当作仰慕者，但我可以跟他学学怎么挥马鞭吧。我思忖自己的想法应该不过分。小伙子伸出红皮红薯似的手这样那样地示范挥鞭，嘴里也是“这样”、“那样”地解释，之后将马鞭交给我，身子一下躲在一边。

这孩子气的动作把我逗乐了，我很想说难道怕我抽到你吗？话到嘴边没说出，我还是不招惹这年轻人吧。不过我的鞭法真不怎么样，鞭子甩起来又笨拙又幼稚，鞭梢要么没碰到马，要么挥过了，飞到后面去了。牵马人趔着腰，慌忙躲了两次，嘴里“呵”地发出声响，脸上有了喜色。他把马鞭收了回去，弯腰扯住一根长草，崴下来，把多余的叶子捋掉，递给我，意思是，我这水平挥挥草就行了。我终于忍不住哈哈大笑。

我和牵马人一前一后坐在马背上。我披红挂绿、腰杆挺直，转着圈摇着草秆；牵马人两只无欲无念的手搁在我腿上，牵着缰绳；他微微躬着背，下颏就在我肩头上方，有时候会无意碰到我；碰着我，他也没什么难为情的；他看着远处，间或看看我，顺手甩一下马鞭。

我的笑声将自己解放了。我开始用一种清越婉转的声音说话。我为什么不能用这种声音呢，我已经很少用了。我愉快地向牵马人问这问那，不过没问他的名字。我们路过一片整齐的小松树，我使坏地问，这是人工种的吧。因为一分钟前他告诉我，这山上的树都是天然的，没有一棵是人工的。我这样说小伙子也毫无窘意，马上说已经种五六年了。好像眼前的人工树跟他脑海里的林子不是一个概念。我对种了五六年、依然像刺猬一样趴在地上的松树大惊小怪，他蹙着眉头，用马鞭指点着告诉我，哪些是长了五六百年的松树，哪些是长了上千年的松树。我们走过一棵倒伏的枯树，小伙子告诉我，这棵树没倒多长时间，我问有多长时间呢，他说去年这个时候，语气里带着新近发生事件的近距离感和鲜活感。这新鲜粗糙的气韵让我愣怔了一下，眼前的景物在“五百年”、“上千年”的时间中，慢慢变扁、拉长，林子被透过来的阳光照得异常明亮的部分，甚至都虚幻化了。

小伙子看出我的出神，我收紧神思的样子显然打动了他。他在后面一动不动，不敢动缰绳也不敢抽马，有半架山坡的路程，他和我信马由缰。

“唱个歌吧。”

“唱个歌嘛，可以。”他看到我向后瞟去的眼风，伸长脖子，干咽了一口唾液。

牵马人想了想，唱起来。我听不懂他唱的什么，但旋律格外绵长，像阿纳提的群山，每一次起伏，都为了连绵得更长。牵马人在我的肩头连绵不绝地唱了许久，感觉唱了一首歌的长度，却只唱了第一段。第二段旋律不重复，就像第一条山脉消失后，旁边又生出第二条山脉，又同样向天边连绵而去。我的心绪被歌声拉长，身心随着马的摇晃而缱绻。我很想回头看看唱歌的小伙子，看看他唱歌时的眼神。我喜欢跟唱歌的人交流眼神，很容易被唱歌人的眼神打动。但我不敢，年龄让我自卑，我不能让小伙子有任何不好的感觉。我将满眼热情投向大自然。现在越来越多的情形是，我只能把满眼的热情投向大自然。

“唱的不好。”唱完，小伙子停了会儿，没听到我的评价，自己说。我沉溺于私心杂念，没意识到他已经唱完了。

“很好。”歌声能把相互的位置改变，我对他说话的口气已经变成对自己人了。小伙子随即发窘，将脸扭向一边，两腿夹紧马腹。

“这唱的什么？”

“歌唱家乡的。”

我的心情像糖浆一样一圈一圈荡漾。如果对方是一个成年男子我便能对他表达爱情；如果对方是诗人，我可以连绵不尽地对他说母语教给我的优美语言；而对方是个正在长大的孩子，一个粗通汉语的哈萨克族青年，我擅长的语言和爱情都无计可施。我的眼睛蓦地湿润，对青春、对爱情、对美，我已经无计可施了？

身后的小伙子看到了，他蹙着眉，抿着嘴，看着我。

“再唱个吧？”我说。我想他如果不唱，我就自己唱。在这优美的风景里，面对陌生人，有些东西，说不出，但能唱出。

牵马人马上答应了，而且立即开口唱起来。这次可能是首爱情歌曲，我从歌里听出“玛丽娅”、“玛丽娅”的呼唤，还听出一种愉快亲切的心情。

“真好听。”歌声刚落，我赞叹一声。我不想再让小伙子自己说唱的不好，“这是首爱情歌曲吧？”

“唔。”

“我听出玛丽娅、玛丽娅的歌词了。”

“唔。”

小伙子脸上滑过一层腼腆，不由自主地又唱了一句玛丽娅。上苍给我足够的时间，让我学会听辨男子准备付出爱情时那种雄性的欢唱。那种向着雌性的高调欢歌，哪怕仅有两句，也足以照亮此时的林子。我艾艾的心境在这句歌唱中哗啦啦啦地明亮起来，我微微侧身，瞟后座小伙子的面庞，他正侧脸看林子，不笑的脸上带着润色。

“我知道一首你们民族唱玛丽娅的歌。”小伙子收声后的第三次心跳，我说。我不想让这个时刻结束。整个夏天，我跑遍整个北疆寻找的就是这一刹那极致的美感，它可遇不可求，它转眼即逝，它不可能第二次出现，我要抓住它，让它持续得长一点，再长一点。没等再次心跳我就唱起来：

可爱的一朵玫瑰花，塞利玛丽娅，

可爱的一朵玫瑰花，塞利玛丽娅。

那天我在山上打猎放马，

听见你的歌声婉转入云霞，

歌声使我迷了路，我从山坡滚下，

唉呀呀，你的歌声婉转入云霞。

我唱的时候有意让自己沉浸在歌声中，也马上做到了。我现在越来越少有这样的时刻，使自己完全沉浸在单纯的美感中，在其中淬火。

16 岁的牵马人歪着头、看着我、一动不动。歌声大概使他忧伤，他抿着嘴严肃地看我唱歌，好像我的歌是看的而不是听的。这首名为哈萨克民歌的歌他显然是第一次听到，或者是第一次有人在他面前唱起，他听完背都塌了。

我唱完，这个被击伤的孩子也唱了一句“塞利玛丽娅”，他的声音是寂寞的，他可能突然发现青春的荒凉，突然没了着落，最后的音甚至淹没在自己的寂寞中。

小伙子不再说话，马儿爬山的时候，甚至连赶马的“却”、“却”都没有了。

马开始爬山，山上开始有风。牵马人小声说，这里冷了吧。我说有点儿。小伙子没再说话，他在一瞬间还原了一个牵马人的单纯和宁静，还原了一个正在从孩子长成大人、这个时间段特有的无与伦比的轻和新鲜。他用背和双臂环住我，为我挡住些风。他的衣袖轻轻挨着我，毫无欲念的，就像个长大的男孩挨着自己母亲。就在这一刻，我感觉到差不多十年没在我身上出现的、纯真的感觉。

## 3

我们在战士的取景框里慢慢爬上坡。战士过后说，整个山坡上的草、山坡上的野花，在我们上山的时候，都向我们吹拂。它们像花垫，像迎接国王的伸长的手臂。战士跪在地上，一手扶着摄像机，一手紧张地举着。她怕风停止，怕马儿走错路线，怕我和牵马人此时做出不妥的举动破坏她的画面。

“保持下好吗？看镜头。专注点，再专注点。小伙子眼神再无辜点。坚持一会儿。好了，好了，好了——啊——好！好了！ OK 了！”

马儿已经越过山的最高点，在战士的取景框里应该已经转到山背后。牵马人跳下马，然后顶着马鞍让我下马。之后，他松开马腹带，放开马嚼口，让马儿吃草，自己走到伙伴跟前，重新找回友谊似的热切地聊天。战士拍完一直跪坐在山坡上，此时，我也寻找她的友谊走向她。她热烈地看了小伙子一眼，对我说：

“那孩子情窦初开，别下黑手啊。”

“你以为我是狼外婆吗？”我不服地说，但拿不准对方是否看出我心虚。

马儿吃了会儿草。牵马人重新给马儿套上笼头、缚上腹带，走过来用马鞭指着山下一座毡房对我说，那是他的家。另一个小伙子也过来跟我说，那是哈里的家。我们目送哈里一路小跑着回家。这高头大马由哈萨克青年族骑着才叫好看。

“他叫哈里？”

“哈里。”

“你叫什么？”

“加仑。”

“你家住在哪儿？”

“那边。”加仑指着背后一片连绵的山脉，那里也应该是风吹草低、遍地野花的。

“哈里每次带旅客上山都要回家看看妈妈，”加仑注视着只剩一个黑点的哈里，语气里不知是羡慕还是担忧，“哈里总害怕他不在家的时候，他妈妈被狼吃了。”

我正在喝水，听到“吃了”二字，差点没把自己呛死。腿上的肉，好像也被野兽的利齿撕扯了一下。

“这样的事有过吗？”我瞪着眼。

“有。”

“那……这里的小孩最担心的，就是妈妈被狼吃了？”我的小腹有利齿切入的刺痛。

“不是。唔……是哈里……”加仑用生疏的汉语说。就在这时我听到对面山上的狼叫声。加仑告诉我，对面山上已经没有人家了，也就是说，哈里家住在人居的最边缘，另一架山上，找不到食物的狼有时候会下来。

我不再说话，想象一个总担心自己母亲被狼吃掉的孩子是怎样长大的。

哈里的马又一路小跑上山的时候，我从镜头里看他；哈里也在远处看着我；当他的马跑近，他便掉转眼睛。在马儿跑近前，我既没看到哈里背后的小家伙，也没看到紧紧追着马儿一路欢跳的小狗。

现在那狗崽跑近了，它一边热血沸腾地狂奔，一边仰脸看它的主子；它兴奋得刹不住车，在孩子翻身落地的当儿，没有分寸地将孩子扑倒在地。那孩子四脚朝天，乱踢乱蹬，使劲往外推小狗；那虎仔似的小家伙拼命又咬又扑，不知怎样欢喜了。跳下马的哈里，不得不把小狗的屁股往外一推，他的弟弟、那个敦实的孩子翻身从草地上爬起来。

我看见一个可以上旅行杂志封面的孩子。他从地下爬起来就两臂一插、像农村小板凳一样岔着腿，扎扎实实站着，快乐地、老于世故地看我们。我和战士几乎同时举起手里的家伙。那孩子眼珠一动不动地瞪着我们，他起先笑我们手里的“大炮”，不过最后还是被我们的目光弄害羞了，他放弃对我们的观看，把注意力放到小狗身上。他在小狗肚皮上抓一把，小狗的骨头又轻了，一咬、一扑，这次是孩子自动倒下，他四脚朝天，搂住小狗，一边和狗崽翻滚，一边偷眼看我们。这个只有 6 岁个头的孩子，哈里说已经 10 岁了。

哈里多少有点为弟弟的个头窘迫。他过去扳了一下小狗的屁股，让弟弟从地上爬起来。哈里用哈萨克语告诉弟弟些什么，小家伙摆出经典造型：岔着双腿，抱着两臂，瞪着发蓝的眼睛，无遮拦地看着我们带来的装备：数码相机、DV、长焦镜头机械相机、摄影机。哈里回家可能描述了一番，这些描述导致这孩子跟来看看。我用数码相机给小家伙照相，让他过来看存储的影像。这孩子听不懂汉语，哈里翻译给他听，他眼里露出害羞神色，呱呱笑着跑开了。

小男孩一下跟狗崽追逐，一下停下来偷看我们；镜头对着他时知道面对镜头，却一直不肯接近我们。他对机械的热衷不像他的哥哥。哈里也不接近那些机械，他远远看着，头不由自主地往前伸出。他蹙着眉，眼神不是羡慕而是忧伤。

我在镜头里看着哈里，哈里可能意识到我在看他，身上涌出些许情绪，这使他的身体带着一股劲头。他可能不堪被年纪不轻的女人看，被拍下来，带到远方去。他突然放弃跟我们接近的念头，随奔跑的弟弟和小狗也奔跑起来。

他们真像兄弟，那条小狗也像他们的兄弟。那条一个月大的藏獒显然又不知发生了什么，它闹不清楚为什么今天运气那么好两个人跟它玩；它总是怀疑好时光的存在，疯跑一阵儿就停下来，看着奔跑的主人；看看并没什么不好的事发生，又开始疯跑；跑跑不过瘾，还要叫叫，叫声轻狂得像第一次看见了小母犬；跑跑叫叫还不过瘾，还要跳起来，扑倒小主人，跟他滚作一团；大主人此时不愿自己被撇在外，他又来扳它的屁股，这次它已经看出玩耍的成分更多，轻狂再一次飙升，奋力叫一声，扑到大主人身上；怕被抓伤的哈里抬起四肢挡住小狗，顺势躺在地下。遍地花丛几乎遮掩了这嬉闹的兄弟仨，根根细草像阳光溅起的光芒。

“哈里！”加仑这时叫一声。哈里停止嬉闹站起来。他回过头，立即明白加仑为什么叫他。他往坡下走了走，向山下挥手。我将镜头转到山下，一个很小的身影，如果不熟悉根本分不清大人小孩男人女人。我将镜头拉近，山下那位母亲站着向山上看，既没有挥手，也没露出笑颜。事实上镜头里也看不到一个人的笑脸，我只是从仪态上感觉这位母亲没有笑。哈里也没笑。他们只是相互望着。哈里的面色又从刚才的喜色恢复到庄严，无时不在的忧郁，又回到这个长成人的男孩身上。

尽管当时阳光正好，我还是准备放下相机，给哈里讲讲我们带来的这些设备。在外面游走，我经常给所到之处的青年讲些外面的事。旅途给我无限快乐，我们已经享受了美景和民风，也应给那里的青年多少带点什么。另外，我见不得哈里看这些设备时忧伤的眼神，知道那种眼神后面是什么，我就曾经这么看过别人跳芭蕾舞。那蚀骨的自卑、寂寞、自艾自怜，足以改变一个少年的性格。我让哈里过来看他弟弟的照片，我必须采取自然而然的方式，不能伤了哈里的自尊。

哈里远远凑过来，伸长脖子。有伙伴在场，他可能不好意思。

哈里对数码相机很是知道一些，对储存卡、照片上传电脑也是明白的；他知道电脑和网络，知道我在这里拍的照片，可以通过电子信箱发到家乡，让我妈妈看到。哈里轻轻地跟我对话，蹲着的腿不由自主向我靠近。我很高兴哈里知道这些，不假思索地问他们学校开电脑课没有。哈里略微迟疑一下说开了，他说话时的迟疑让我的意识错了一错，但不愿想哈里会对我说假话。

我又给哈里讲DV的道理，给他讲用编辑机在电脑上编辑录像的流程。这看来是他第一次听到。他的脸对着我，蹙着眉，严肃地看着我，眼珠微微滑动，捕捉我脸上的表情。可能我的讲述过于冗长，哈里听着、不由自主地提气，他的身体在听的过程中慢慢升高，腰越挺越直，窄窄的髋骨乍起来，像个支架撑住整个身体。哈里就这么支着一口气，听完我的讲述。当我说完，他像气球撒开口，慢慢软下来。这次他没说一句话，也没问任何问题，他像海绵把我的话全盘吸进，吞噬在他虚空的脑海里。

哈里听了我对摄影、摄像设备的简介后并没如释重负。我讲完，脸上浮出表示结束的笑容时，他疑虑地看着我，好像我说的全是谎言。他的目光停在我脸上，我的脸让他对某个事实无力又厌恶，他的眼神在我的注视中变得拒绝。他无所谓地扫一眼，便从那些机械上移开目光，慢慢走开，一个人到山头的另一面，踢踢草，甩甩马鞭，马鞭抽下来一些小花，那些铜钱大的花盏悠悠地飞舞。很快他放弃了这孩子气的动作，走到马跟前，摸摸马的脊背，又摸摸马的脸，那马儿甩着尾巴，温存地接受他的抚爱。

之后，哈里觉得这些都很无聊，同时感觉到我在观察他。他不耐烦这种被看，咬着牙坚持不看我们，不愿臣服于我们的镜头。当然这让他感到孤独，他不愿这样，或者不愿让我们这些外乡人看到这些，便跑过去，又跟弟弟和藏獒玩到一起。这次他的态度和动作很超脱。如果不是那么实在，能带出点轻盈和飘逸，我得说，哈里身上那很动人的东西，实际上是性感。

下山的时候哈里多少从落寞中缓出一点。他假装不在乎，对机械视而不见。他可能总这样隐藏自己的向往，直到有一天面对向往的不再心跳。他让我坐在马上，自己牵着马走在前面。他对我说这说那，说我们正在路过的草场是他家的，说半山腰的十几头牛也是他家的；说还有一个月，这里的草场就要收草了，那时候，这些花儿都要被割掉。我很想说割掉这些花儿多可惜呀，我当然忍住没说，我知道这是站着说话不腰疼，割掉这柔曼的青草、缤纷的花朵，是他们的生活。哈里告诉我，他有一个 20 岁的哥哥在山里放马，他们要留着这里的草秋天储藏起来，现在把马放到深山里去。我问那儿有狼吧，他说是，我说，我很想到狼出没的地方去，接着我就对自己罗曼蒂克的说法哈哈大笑。哈里没有笑，回头看我一眼，默默牵着马走。

我说哈里为什么要牵着马走，我这是有意调侃，我知道美妙时光不会第二次出现，这样说不过是消释不断验证这句话带来的落寞罢了。出乎意外地，哈里说，下山时，马不肯走，所以要牵着。哈里很快就跳上马背，但上山时，那青涩柔软的情愫，是再也不存在了。

哈里坐在我背后不知该说点或做点什么，但他想说点或做点什么，这从他毛糙的呼吸就能知道。我知道是怎么回事，下山还有两个多小时的路，我不能让哈里一直焦躁不安地坐在背后。我说，哈里唱个歌吧。我想哈里是等着唱歌的时刻，甚至是等着灵魂交融的短暂一刻。

哈里唱了首哈萨克情歌，他没解释歌词，但我知道那是首情歌，那小公鸡一样的勃勃兴致和高亢调门，不是情歌还会是什么呢。我问哈里，他们唱不唱流行歌曲，哈里说唱，没等我插话，他就唱了《两只蝴蝶》。他唱的两只蝴蝶有点奇怪，像歌唱家乡那首歌，原因是，他唱的整首歌都是前面两句的音调，每一句有一点小变化，一句一句往后推，把整首歌唱完了，整首歌也就像阿纳提连绵的群山。我忍了好一会儿才忍住笑。

我说哈里给我照相吧，光顾着拍风景，自己还没照相呢。哈里说好。哈里跳下马背，接过数码相机，走到远处。当他在镜头里看到我时，有点明白我为什么从镜头里看他。他在镜头里看着我，而此时我正盯着镜头，他可能感觉此时的我们正四目相对，脸上慢慢升起羞涩的云霓。这让他不堪，他把脸撇向一边，但知道不能长久躲避，便勉强回头，匆匆按下快门。

我打算在镜头前舞骚弄姿一番的，这也没了兴致。

哈里不看我，把相机还过来。他踌躇了下，走到远处有几丛野花的地方，三把两把撸了几丛，边走边把多余的草叶捋掉，走到马跟前，回避我的目光，递给我。

“你是第一次骑马么？”

“不。”

我不知道哈里要干什么，看着他的眼睛。哈里用鞭子敲敲马屁股，马儿嘚嘚小跑起来。他实际上只是公事公办问一句。

哈里没再骑马，他步行跟在后面，一直走到山下的驻地。

我必须说现实对哈里的严酷。行进中我的脚蹬踩得太靠里，这有危险，如果马将人甩下来，脚蹬会挂住人脚。哈里帮我把脚蹬放到合适的位置，他红薯似的粗手捏着我的旅游鞋。到了驻地，哈里还要为我顶住马鞍，让我下马。

另外我们还不得不面对一个问题，雇主和被雇佣关系，我把老早准备好的钱塞给哈里时，他故意显出粗率的神情。他想说什么，一句话像豆子一样噙在嘴唇上，却说不出来。他突然想起一直存放在衣袋里的矿泉水，拿出来递给我。我说，你喝吧。哈里蹙了一下眉，将矿泉水夹在马鞍上。他向我这边侧了侧头，但没看我，之后，一只脚蹬在马镫上，顿了顿，终于跨上马，敲敲马屁股，小跑着向前去了。那里有一条河，既不是他家的方向，也不是租马区，他往那儿，只是想离开我。

那天天快黑的时候，我在租马区又看到哈里。他假装没看到我，骑在一跃一跃骚动的马背上，等着最后的旅客光顾。

## 4

新疆适合那些不愿睡觉的人生活，比如我，吃完晚饭到天黑还有两个小时的大段时间，这段时间是一天中最美的时光。我看着窗外亮闪闪的树叶发呆，有点明白为什么新疆有那么多摇滚乐队和诗人，这段吃饱了没事干的时间，不使劲“呕吐”，吼叫或写诗，还能干什么呢？

“用来谈情说爱啊。”战士掷地有声地说。

战士已经回到房间，此时举着脚丫子、躺在床上大放厥词：男女有了好感一定要趁热打铁上床完事，否则，要么落个钝刀割人疼都疼不畅快，最后不了了之；要么磨磨唧唧闷骚着，在终于喷发的紧要关头又发挥失常，遗憾半辈子。我说，这么说你应该差不多了，怎么还赖在这里？战士聪明一世竟被我唬住了，突然诚恳起来，说，这，这，这，杀鸡使牛刀，小家伙不理我的茬儿。但她马上看出我使坏的表情，脚丫子咣当咣当踢着床说，讨厌，真烦人！今天晚上不许跟着我！你到哪儿哪儿闷骚去，坚决不能跟着我。我说，你又不是白马王子，我为什么在这么美妙的时刻跟着你？战士气急败坏，一连骂我几声讨厌，还扬言要把我的花儿扔出去。

从木屋再次出来。我累得要死也不甘心待在木屋，没有王子的红顶白屋也就是个木板房，地毯上还飘着马粪味。我在驻地的草地上溜达。月亮躺在阿纳提连绵的青山上，好似一个纸折的小船漂浮在波浪上。我不知道自己是等待哈里还是等待艳遇，在这样的地方，这样的夜晚，人要是不老到没有了机能是不会不渴望爱情的，只是这爱情、这本来发自人本能的东西，变成世界上最奢侈最吝啬的，你从南走到北、从东走到西，什么都找到了，天堂般的美景、童话般的红顶木屋、人间大同的篝火狂欢，都有了，你找不到的就是爱情。

我不知道想从哈里那里得到什么，他小小的稚嫩的身体？不不不，我不是没有想过而是不敢想，我不敢妄想这孩子的身体。那青草般的青春随便由他同龄的女孩挥霍去吧，不应该由一个行走江湖的女子指染。不。我能确信自己不是贪恋这青年的肉体，那么我是指望哈里的青葱爱情了？这似乎也可笑。我指望谁的爱情不好指望一个牵马人的爱情？一个大人指望一个孩子的爱情？不，我不愿承认，我更愿意是别人对我怀有爱情，而我苦口婆心劝阻他……

那么我等待哈里什么呢？我现在确实在等他。是等待他忧郁的目光看着我，还是等待他像歌里的那只小羊毫无怨言地跟在我身旁？

或者是，他目睹摄影器材时绝望的忧伤和接过租金时的难堪让我不安？我感觉自己就此欠了他的，就此被他划到另一个族群——比如城里人、有文化的人、有钱有势的人——不肯接近我？逃避我？从而把那点情愫也抹杀了？是的，我蓦地明白，自己实际上是希望哈里不要因为那些高级设备把我划到另一个族群，因为那点钱认为我跟他在一起的 6 小时都是假的。只要他遇到我时不再假装没看见，我便可以确认曾经泛出来的那点情愫是什么。至于那种情愫我知道应该放在什么位置，时间不是没给我足够的打击和惩罚。

月亮离开了群山，明亮地挂在胡杨树梢。篝火随着一瓶汽油摔碎轰地燃烧起来。喇叭爆出节奏强烈的迪斯科音乐。哈萨克族小伙和姑娘们三三两两向篝火靠拢。

我在篝火外围转悠，希望看到哈里的身影。他正当年，应该像那些有力摆动身体向姑娘们炫耀的小伙，把一天剩余的精力扔在爱情和快乐上。

这时有人从旁边拉了一下我的袖子：

“哎，跳舞！”

我紧张地转过头，是个哈萨克族老汉，他像画报上的哈萨克族老汉似的，满脸绽放菊花。

“嗨——”我把憋着的一口气吐出来，跟他打招呼。

“跳舞！”老汉攥着拳头，像大雁一样拍打着膀子。

“你也跳！”被长者关注，我竟是有些委屈。

“啊，你们，跳！跳！”我明白，他在鼓励我跳舞，那意思就像中原的大婶对你说，吃吧，多吃点，吃饱了不想妈！我的眼睛“嘭”地迸出泪花，与此同时，绽开笑容。

“跳！”我吼。

奶奶的，我不会跳舞吗，不会疯狂吗，难道没压抑得要死，又放浪形骸过吗？我只怕疯起来吓着这边地的纯真少年！

我七枝八叉、张牙舞爪地跳进舞蹈的人群。我一个人跳，不跟任何人搭界。我大幅度的舞姿把别人赶到了一边。那些少男少女张着坦率的眼睛，新奇又羡慕地看着我，几个喜欢出风头的小伙子甚至跟着学，他们边学边嘲讽地对同伴笑。

这样的舞蹈跳不了很长时间。你太出众就注定孤独；你不想孤独，只能及时撤退。我瞅到鼓励我跳舞的老汉，蹦着向他跑去。我脸上假装笑得跟花儿似的，对他说你家有酒吗，卖给我两碗。

老汉惊讶地看着我，脸上再没有菊花似的慈爱笑容，想必他也“惊艳”了？哼哼！老汉迷瞪了下，侧过身，这个动作让我吃了一惊。不过，马上地，老汉拉了一下侧边一个大婶的袖子，用哈萨克语掺杂着汉语腼腆地对我说，那是他家里的。然后又弯下身子，用臂膀拢住三个差不多大的小女孩，说，那是他的小古丽。我愣住，难道我表错意了？他干嘛要对我说这些？

“酒，马奶子，有吗？”难道我说了什么不合适的话让人误会了？

“马奶子？”老汉睁大眼睛。

“马奶子！”

“马奶子？有，有，有。”

“卖给我三碗！”

“哎，到家喝去。我们，有钱！”

我在三个小古丽的簇拥下来到老汉家。路上偷偷问，那老汉是她们的爸爸还是爷爷，她们令人惊讶地、异口同声地说，是爸爸。我差点没直接晕倒，都多大年纪了还能生年龄这么小的女孩，而且看上去三个差不多大。

我在老汉家喝了三碗马奶子酒，跟老汉的三个小女孩学跳了一段哈萨克族拍手舞。这是哈萨克族青年“跳爱情”的舞，也就是跳着跳着爱情就产生了。

半夜，十二点半，我从老汉家出来，三个小古丽打着手电送我回小木屋，她们约我第二天晚上十点半在广场上见，她们要跟我学“大城市舞蹈”。

我醉眼蒙眬。举头望我的明月，她像那种特有理想、特别执着的姑娘，一尘不染地站在胡杨树的酷烈枝头，周围是烂银子般的炫目白云，更广大的是阿纳提深蓝的夜空。那夜空跟阿纳提黛色群山水乳交融，在天空这个灿烂大镜子的周围镶上一个深色的边。

喝酒就不用思念。这天，我睡着前想的唯一问题是：今天下午架构的脆弱关系里，哈里和我，是他更怜悯我的年龄，还是我更同情他的处境。

## 5

就像头天晚上挨丈夫打的农妇，第二天还要起早扫地喂猪给全家人做早饭一样，尽管艳遇呀爱情呀全部落空，尽管战士的彻夜不归对我刺激不小，第二天天不亮，我已经爬起来等初升的太阳了。我已经久经沙场，且饱经沧桑，这点事我还是经得起的，或者说，我就是为体验这些才出来的。对每一份经验我只有感恩，它是天赐的，不管是快乐、痛苦、惆怅，还是落寞。我没忘自己的事，实际上情场越失意干活越下劲。我想捕捉最初的太阳抚摸草原的一瞬，我感觉那是太阳对草原最初的爱情，她颤抖得能使你颤抖，潮湿得能使你落泪。我在喀纳斯已经目睹过一次，只是那里的山太高，草原起伏太大，太阳那种普天照耀、草原深沉感恩的意境体现得不充分。阿纳提草原应该差不多，昨天傍晚我已经侦察过了。

我看到有生以来见过的最好的草，整整一峡谷似乎就长着一种草，那草像麦子一样抽着穗，重重的但直挺挺地在晨风中摇曳。那摇曳的草啊，像晾晒在风中的缎子，像漂浮在小河里的女孩子的长发，震颤着摇动着，当太阳跳出的一刹那，那最初沐浴阳光的草儿，像海浪一样，一波一波地、排山倒海地向太阳涌去。

我猛地捂住自己的嘴，啼呜。我从中国的最南方跋涉几千公里到这里，我从一个小女孩历经磨难成长到现在，好像就是为了这一刻，在博大的天地间迎接太阳辉煌地到来，像父亲、像母亲、像男人、像女人，将我拥抱！有了这温暖，一个男人两个男人、一个女人两个女人的怀抱，都是小情怀了。

我错过了最初的一刹那，不过清晨的太阳每一分钟都把不同的光明和色彩洒向大地，我不拍是没道理的。我跋涉在草原上，鞋和膝盖以下的裤子都湿了，那些草儿像小孩的手，露水像爱人的湿唇，拨弄着亲吻着我的皮肤。我几次感激地痛泣，但总能马上收住，刮掉眼泪，全力以赴趴在镜头上，用最虔诚的态度等着画面的蜂拥而来。

回到驻地，等在木屋外的不仅有战士，还有四匹马两个小伙子！哈里把自己洗干净了，换了件格子衬衫，衬衫外套一件手织毛背心，衬衫和毛背心都显小了，把他的身材束出来。红得火似的朝阳照在哈里新鲜的脸上，他避开太阳的直照，微微眯着眼，毛丫丫的眼睛像雨后草地上留下的水塘，湿情又脆弱，倒映着蓝天白云。我身上洇上燥热的潮汐，小腹往下坠，我等的明亮浪漫的小景象是不是将浮现？

“你昨天说……想去有狼的地方……”

我不动声色，看着突然显得高挑的哈里，他的眉宇一夜间好像疏朗了，眼神也轻扬了。我点点头。

“我带你们去……我不要钱，你们多少给加仑一点就行了……”我再次点头。

哈里是卷发，昨天我怎么没注意到他是卷发，这样的卷发缠绕在手指上会是什么感觉？

“哎哎哎，别愣着了，扛家伙上路吧。别弄得跟艺术片似的。”战士搅和道。

搬东西的时候我小声警告战士，别艳遇长艳遇短的，污染人家纯真少年。战士瞪着我狠狠地说，你真当我花痴啊，我要没良心能这么漂亮吗？我哧地笑，战士意犹未尽接着说，这张脸全是宁愿人负我不会我负人的磨难，只不过我是越磨越光彩罢了。这一点我相信，没有厚道，丑小鸭是磨不出天鹅的。

“昨晚艳遇了？”我安慰她。

“放心吧。汉人，成年人。实际上就是喝酒吃肉，喝到最后醉得啥也干不成了，就抱着他睡了一夜。”

“嘿嘿。”我不知道该说什么。

“同是天涯沦落人吧。”

一种旅情从心底油然而生。

不可抑制地，当我重新见到哈里，生出对这个少年容貌和身体的爱怜。异族人的容貌，细细软软的少年身体。对，我用的是爱怜，也许你说那就是欲望，不过这欲望不是攫取，而类似于对孩子的怜爱、心疼，伴随着明亮清芳的肉欲。特别是经过一夜的蜕变，哈里显露出某种自觉，另外还带着发现自己被人爱怜的淡淡骄傲，这让他俊逸许多。他脸上的表情是摇动的，目光亮晶晶，不看具体实物，又好像对任何人和事物都怀着欣喜。

昨晚在我郁闷不已的时候，哈里带了两个桶和打火机，骑上马，独自一人到河边洗澡。路上，他嗓子眼儿堵着一股类似难过的情绪，这让他前所未有地感到疲倦。来到河滩，他挖了两个坑，支上水桶，开始捡树枝。他转悠着，苦味的情绪慢慢化成歌，抽丝般从嘴里吐出来："赛利玛丽娅"；过一会儿，他又唱了一句"塞利玛丽娅"；他听到自己声音的回声。他一晚上都在唱"塞利玛丽娅"，但不自觉，以为自己一直在唱不同的歌。他开始回忆几小时前发生的事，他的大脑很少用来回忆，更少连片回想，他被连缀得越来越大的怀想揉得身心温柔。他像头小狼，在河滩兜过来，兜过去，月光把他的身形画在地上。他先用第一桶热水给马洗了，第二桶热水开始洗自己的身体。飘浮在群山上的月亮温情地照着他，他洗着，看着自己，发现自己长大了。一瞬间，他感到一种自觉。他听见小河的哗哗声，马儿的咴咴声和自己的歌声，心中出奇地宁静。他仰脸看看月亮，她的洁白就像歌里的塞利玛丽娅，更像游荡在阿纳提的某个哈萨古丽，那个古丽才是他向往的。哈里呻吟般地叹口气，手不由自主地伸到下面……这些是哈里后来告诉我的，我闭着嘴，对那张被月光照得青白油滑的面孔不置一词。

现在，哈里带着发现自己长大的自省和被人爱怜的矜持，骑着马，走在前面。他跟加仑说着男孩子之间的逗乐话，完全不看我们，不在意自己的口气神态会被我们看出什么。这样做不完全是因为我们听不懂他们说什么，可能是，两个自以为男子汉的小家伙，学着哥哥们甚至父辈们对女人的样子，在女人面前骄傲。他们说着女人的话题，甚至就是我和战士的话题。这次是加仑说，哈里听，说到某些禁忌的（这从他们的神态上可以看出），两个男孩会发出风一般的笑声。

战士意味深长地撇撇嘴，说，是咱艳遇他们，还是他们艳遇了咱？说完，策马走到前面去了。她的后背带钩子，腰儿一拽一拽，那样子又引来男孩子一阵大笑。

我走在队伍的最后，打量哈里和他的伙伴。如果说昨天他们还是草原上忍着饥饿玩耍的狼崽，那么今天，他们更像是希望找到第一批猎物的小狼。他们显然对眼前的处境心知肚明，他们警觉、观察，佯装不看你，而身上所有感官都伸向你，看你身上哪一处露出破绽。鲨鱼只进攻流了血的动物。

老实说，我对小狼觅食暗怀欢喜，不全是艳遇有望实现，而是小猎手的万丈雄心和笨拙的技巧让人动心，那比艳遇本身更华美甘甜。我已经对青春和爱情那么陌生了，甚至将恋爱的小心动、小动作都忘记了，哈里身上陡然升起的男子汉气概，以及在年长女子面前流露的骄娇二气，让人看了又欢喜又生出怜爱。我不介意自己成为小狼觅食的目标，舍不得孩子套不着狼，我更愿意在少年的青涩情感里，摸到自己深藏的几乎不知去向的本真。

哈里说，翻过这道山，还有一座山；翻过那座山，还有一道山；再翻过第三道山，就没有了，就是大草原。他说的是横向的阿纳提全景，他哥哥在第二道山褶皱里，我们要到那里去。哈里说这些时微微向后侧头，不看我，却笃定认为我会听。我驱马追上，哈里把眼睛让开了，不过他马上又回身把马鞭给我，他猜到我喜欢马鞭，喜欢用马鞭瞎胡乱来地乱甩一通。他自己扯了一根草挥着，对只能挥挥草而把马鞭让给根本不会使鞭的外行，流露出悻悻。他的神态像初生的青草在阳光下抖动，我幸灾乐祸。

走出风景区，加仑策马追赶战士去了，临走他对哈里说了句什么豪气冲天的话，因为这句话，哈里眼睛里生了个点儿，小太阳似的，晶莹璀璨。

加仑不太能讲汉话但显然是骑马好手。他追上战士，马横着跑，绕到战士前面，他站起身子，径直对着那个正在春动的女人，这时的战士已经把满腹柔情没处搁了。加仑像对将军行注目礼似的，绕着战士转了一圈。可能已经得到战士的呼应，可能已经知道自己该干什么了，他扳直坐骑，策马，沿弧线飞驰，突然他整个人俯下去，从腰间拔出刀子，唰啦唰啦，手起花落，拿刀的手还能抓住落下的花草。他割一刀，抓住，放到另一只手上，又俯身割一刀，抓住。他直起腰，把野花尾巴缠了缠束成一把，像抛秧一样抛给战士。战士早已像水禽一样呼扇着双臂，呱呱大叫了。加仑收起刀子，那么性感地往后腰一别（战士语），策马飞奔。战士便像小家雏一样，跟着跑去了。

加仑和战士的表演让我忍俊不禁，我笑着，眼睛里都有了慈祥。如果你感觉自己是小女孩，你就是小女孩了，战士正在证明。哈里面带润色，也有些喜色，他不会笑，他的笑细胞不知丢哪去了。灰灰白白的衣服被风鼓动着，掀出衣服下窄窄的肚皮。他的身体大概还一尘不染呢，只有和他一起洗澡的弟弟看到过。这副小小的身体等待着什么，难道是一个成年女子像水一样漫过和覆盖？这有多少可能？什么驱使他这么做？

加仑和战士又玩新花样了。战士把相机包放在地下，加仑插着腰站在马蹬上，看着战士放好相机包，等着对方躲开后策马飞奔。他一直站在脚蹬上策马，直到离目标五六米才坐下、侧过身、猛地一弯腰，捞起相机包带。战士号叫着，狂拍手，偌大的草原将她的掌声扯得若有若无。

“哈里，你能玩这些么？”我相信语言能使两个人尽快相交。我是个老江湖，不愿浪费新鲜少年的阳春时光。

“不行。”

“为什么呢？”

“我笨。他们五六岁就单独骑马，我 11 岁才……”

“为什么呢？”

哈里蹙着眉，不作声。我以为他不会回答了，迟一会儿，他又说：

“我爱做静的事。每天挤牛奶，每年剪羊毛，都是我的事。”

我听到“剪羊毛”就快活起来。我说我从没见过剪羊毛，会唱一个剪羊毛的歌，觉得那特别快活。哈里伸长脖子看着我，我自顾自话的神情总是百发百中地击中他。他不得不在我停下说话时再次挑选词汇，给我解释：剪羊毛就是，两个人按住羊，不让它动，一个人用电动剪子把羊毛剪下来。我说他是那个剪的还是按住羊的，他说剪的。他说他怕别人剪不好，把羊剪疼了。他说疼的时候，眉心像绸子皱了皱，文字的“疼”转化为生理的疼，我的心脏跟着皱了皱。

“哈里，你能感觉到羊的疼？”

“唔，牛，马，都会疼。”

“人呢？”

“更会疼。”

“比如说呢？”

“我妈，她看我们，眼睛里。”

“哈里，你知道抽象的疼……”哈里的马靠在我的马儿身边，用吻搓着我的马。“那花儿呀草的会疼吗？”我不否认自己被这情景感染。

“会。”

“会？”

“你摘花，它流水，就是疼。”

“哈里你会疼吗？”两匹马相吻了。

哈里蹙起眉，没有说话。

如果男人和女人必然是一棵树和一根藤，跟哈里在一起，我必须做那棵树，让哈里沿着我弯曲。哈里将马头强行拨过去，神经的悸动让他几乎坐不到马鞍上，他希望我再说点什么拨动心尖的话，包裹他那颗乱颤的小心脏。我叹口气。于我这般女子，只说得出一句，再多，怕自己风骚了。风扫过弦丝，又慢慢归于平静。我说哈里说说学校里的事吧。我发现，说到具体的事，哈里就会放松下来，沉静考虑这件事，慢慢把它叙述出来。我应该引导他沉浸在自己感兴趣的事物中，在擅长的事物里找到乐趣和自信。

磨了会儿，哈里开始边想边说哈萨克学校的事。什么哈萨克语课，什么汉语课，什么体育课上哈萨克族小孩对鞍马的熟识，对垫上运动的生疏和嘲笑。哈里说着说着就进入情境，眼睛热切地看着某一处，音调带着复述某件事的快乐。哈里说到学校特别神往，他说的学校生活就像电影里的校园生活，也就是说带着美化和想象的成分。

哈里不想总被提问，他想知道我的生活和世界，但又不想表现得太好奇。他想找到一种平静的语言，让我像流水一样自然而然地摊开来。他到现在还没找到这样的语言，或者认为一个哈萨克族男人没必要对女人的事那么关心。他拿出男人的样子，冷眼瞧着，由女人像草原上的野花，想怎么就怎么地铺展开。我喜欢别人把我想象成野花的样子，那么野那么贱，漫山遍野生机勃勃。

我说哈里你能看出我去过很多地方，见过各种各样的人么？哈里说他能看出。我说，中国有多大，在大多数人那里是想象的，在我这里是走出来的，这句话你能理解么？哈里转过脸，惊讶地看着我。这惊鸿般的神色打动着我。我说，我走了这么多地方，你知道是为什么。拍电视，拍照片。哈里咄咄地说，他已经被我的神态弄懵了。不，哈里，我说，拍电视拍照片只是一个理由，我想过自己想要的生活，就是一种自由自在的、充分实现自己的生活。而这种生活，哈里，我觉得你们的生活就是。你们白天的工作晚上的跳舞，都是充分释放自己，遇到可心的人就爱一场，遇到好玩的人就疯一把。这样的生活，我穿越半个中国都不一定能找到 。

哈里上半身倾过来，整个脸都收小了。

“而你就生活在这个环境中。”我挑着眉弓，乜斜哈里。

“那是不同的！”我以为哈里会得意，就像昨天的老汉自豪地说自家有钱一样，“你是自己找的，我们是就这样的。”

我蓦地住嘴。发现我们不在一个立场，我是想表示我对某种生活的羡慕，但那种生活不一定让对方引以为荣。我没再就这个问题说下去，话一多，个人立场就显露出来，我不见得总能考虑到他的立场。

“哈里！”哈里看上去呆呆的，我的世界和他的生活都无法使他弯曲，我们可以相交的，也许只有眼前的花花草草，“帮我摘束花吧！”

“好。”哈里紫红色的嘴唇碰了碰，答应一声。

哈里翻身下马，泅进草地。一个外乡人走进草原，即便穿绿色衣服，也还是突兀的，草原把他吐出来，游离在外。哈里走进花丛，就像水滴回到大海，小羊回到羊群，一点不惊扰草原，像融进去一样。他的任何动作都不会破坏草原的浑然一体，他的存在反而使草原的质地更加密致，仿佛有了点眼似的。

哈里跑起来有些幼稚，不太像草原上的人。他采花的动作是粗鲁的，只在瞭望时，目光的尾梢是颤抖的。当手伸出去，那件嫌小的毛背心将他刚开始出落的腰身暴露出来，那是细白、怀着羞涩的。

我看得迷离。加仑那边又想出新花样了。这回是战士的主意，她要跟加仑玩“泰坦尼克”的“我心飞翔”造型，她激将加仑“你敢不敢，你敢不敢”，从二里地外传来。

在我们的眺望中，加仑跃上战士的马背。加仑首先站起身，手执缰绳，照顾着马的动态。战士则把两腿收到马鞍上，先跪着蹲起，再慢慢站起来。战士指挥着加仑把两臂伸平。加仑掌握着平衡，慢慢伸开手臂。战士也打开手臂。她打开手臂时完全不考虑危险，将手臂张开，放在加仑的手臂上，之后她发出像螺钉拧在铁皮上的嘶叫。这一叫，吓着加仑，他连忙从腋下圈住战士，紧张地压住马的骚动。两人跪坐在马背上。

战士的嘶叫像敲碎的水晶奖杯，纷落的碎片，预示着一个光鲜女子内瓤的虚弱，那是无数寂寞堆积的。我叹了口气。

“如果明天战士走了，加仑会怎样呢？”我说。

“怎样呢？能怎样？还不是这样！我们有什么办法？哈萨克人又藏不住性格（他可能指的是天性），碰到合得来的还不一起玩？”

哈里从花丛里出来，身上沾着花粉，这使他看上去有点绚烂。他在马下把花递给我，眯着眼，阳光的碎片粘在他眼睑上。这是一捧紫色的花，中间没有一根杂色。

“你们会难过吗？”

我看着哈里，他的眼睛看着我身上的某处，说：

“我们有什么办法？”

我决心教哈里点什么，决心把我认为好的东西告诉哈里。不可否认我想通过自己擅长的吸引哈里，让他向我弯曲。是的，我可耻地利用了自己知识的优势。我把数码相机给哈里，对一个还没对生活认命的男人，你得跟他玩到一起。我说嗨嗨嗨，振作点，没什么了不起的是吧？你还有的是时间、机会。只要有梦想，并努力，一定能梦想成真。哈里狐疑地听着我突然冒出的流行语，并不接相机。我把相机放到哈里手上，说反正是玩嘛，反正这样摄影又没成本，拍完删了就是，但你能从镜头里裁剪出美。这句话对哈里起了作用。

我让哈里跟我站在一起，用取景框慢慢扫描草原，我让他看到画面是怎样找到的，然后让他拍下来。哈里拍完返回看了看，脸上露出沉浸在事物中的专注表情。这样拍了几张风景后，我和哈里上了马，在继续寻找可拍景色的当儿，大谈我的流浪生活，主张这种生活是自己的选择，宁可手头紧点也要过想过的生活。而不管是什么生活，只要你想要，并为它努力，你就一定能得到。

我对哈里说，要寻找梦想，必须走出去，掌握了一定手段后，阿纳提的一切便是你取之不尽的资源。我让哈里随便拍，告诉他我有二十张空白贮存条，一条可拍一百多张，这解决了他的心理负担；我告诉他不要有任何拘束，想怎么拍就怎么拍，只要是你看到的。我把小半辈子得出的经验也告诉他：心态越自由、态度越认真，拍出的东西越好。我像个老谋深算的放债人，放下本去，就等着红利自己涌上来。哈里又回到昨天那个绵软、服帖的牵马人，他像海绵吸收我的话，那些话像热泉流进哈里的大脑，转个圈，变成一团烟气从这个少年眼中飘出。

哈里放松下来，他不再跟在我后面亦步亦趋，而像这个年纪的青年常表现的那样，到更远的地方去看看，爬到山顶向更高的地方瞭望。

“这里有好的，你来拍。”当遇到连他都惊讶的景色，他会在山上向我招手，或者策马回来，告诉我这个消息（好像这是个保密的消息），跟我一起再往山上爬。你就看他来来回回跑吧，跑出几步，停下来，站着等我，或者折回来，重新跟我一起走。他的马，眉来眼去的，跟我的马也熟络起来。

他不抢拍留给我的景色，他要等我上去，和我一起放眼眺望，然后听我每一次都发出这样的感叹：“真是太美了！”

我这小鸟啾啁般的感叹让他特别开心，他总是转过满含悦色的眼睛，欢喜地看着我，之后才一起拍摄。

我问哈里有没有电子信箱，哈里转过眼看着我，等着我说下去。我说，如果他有电子信箱我可以把照片发给他。哈里转回头说，有谁会给他写信呢，要信箱有什么用呢。他停了停补充说，学校上电脑课但不上网。我说通讯地址也行，我可以把照片打印出来，寄给他。哈里有些烦躁，说，从来没人给他家写过信，他家那地方有个什么地址呢？孤零零一座毡房。他爸的名字有几个人知道呢？他和他哥的名字就几个放马的知道，统统加起来超不过20人，寄了信，也送不到他手里。哈里说话时我都不忍看他，发现自己说这话实在是太蠢了。

## *6*

我们是午后一点找到在深山放马的哈里哥哥，和他一起放马的还有三个20多岁的小伙子，两条成年藏獒，他们的毡房搭在一条小溪旁。寒暄了一会儿，哈里的哥哥开始杀羊。

男人多的时候战士最亢奋也最得意。在城市里，只要有男人在，她必须要男人注意她，这是她对我说的。她也就能吸引男人，那些手段都是男作家写在书上的，她用就行了，屡试不爽。现在，战士瞅瞅这个，再看看那个，在她眼里加仑已经不算什么了，那个19岁小伙子显然是太年轻了。

“哈哈哈哈哈哈哈，喝酒喝酒。杀羊了是吧？我带来伊犁特。不喝够今天就不走了。”

进山的时候战士除了扛沉重的机器，还扛了一箱伊犁特，她像个卡车司机一样一件一件往马背上架东西，嘴上还说命啊命啊就是这命。现在她快活了，这些人高马大的牧马人像看天使一样看着她。

“欢迎我们吧？”战士插着腰说。

“欢迎！”一个壮汉说。

“真的吗？”

“半月没见女人了，当然欢迎！”

哄堂大笑。

哈里把我叫到一边，在哥哥们的注视之下，装作熟门熟路地抽出我的毛巾，他跟我嘀嘀咕咕说话，我听不清，把头凑向他，他等的可能就是这个，拉了我一下，让我跟他走。哈里从后面轻轻推着我，回头让哥哥等水烧开了先舀出一些，说我胃不好，必须喝热水。一个骑手，围着一块土地跑一圈，四周插上旗帜，跑回来说，这是我的。拿毛巾呀、胃不好呀都是哈里插在地界上的旗帜，我知道，不过有点狼狈。

羊肉已经煮在大锅里了。战士对牧马人说，让他们去吧，那女的是文化人儿，酸不叽叽的，不把花呀草呀的都看看吃不成饭，咱们先喝咱的。哈萨克男人打量着，什么也不说。

哈里从马背上取下海绵垫子抱在怀里，把我带出哥哥们的视线。那个垫子，被他边走边揉，抱抱拍拍，像个邋遢的小女孩抱着个布娃娃。他带我去溪边，大而化之地指一下，要我洗脸，好像整条溪水都是我的脸盆。他站在一边，别着眼睛瞅，像半大孩子盯个俏媳妇新婚第二天早上上茅房。哈里看了会儿我洗脸，丢下坐垫跑出去，过了会儿又跑回来。他那已经有皱纹的手上，捧着几粒红艳艳的果实。

——草莓？我觉得自己终究成个农妇，看见果实比看见男人笑得还灿烂。

——吃吧。

——嗳，真是草莓！

——不用洗。草原上的东西吃了不害病。

——嗨！哎呀！真没想到，这么粗犷的地方有这么鲜嫩的东西！“红莓花儿开”说的就是这个吧？

——不知道……“红莓花儿开”是什么……好吃吧？好吃看见了再摘。

《苔丝》里，那个贵族勾引穷姑娘就是用一粒草莓，这个不一定看过名著的少年，也打算用草莓试试？我把一粒草莓噙到嘴里，牙齿慢慢切进鲜嫩的果肉，感觉就像深入少年的皮肉。

我想逗弄一下眼前的少年，我知道几乎没什么意义，但还是想试试水的深浅。我说，哈里你拿着草莓，我吃一颗从你手里拿一颗好不好。哈里说，好。我一抽一抽咯咯地笑，继续说，哈里，再给我找 20 颗草莓好不好。哈里说，好。100 颗好不好。哈里说，好。我的脸对着哈里，眼睛乜着他。哈里把眼睛让过去，我把湿毛巾蒙在他脸上。

哈里没办法，把湿毛巾从脸上拿下来，摊在草秆上。回身看到海绵垫子，像看到救命草似的，拿过来放在我身边：你坐一会儿吧，你坐一会儿吧。他央求道。在我坐下之前自己不肯坐下。

老实说我开始烦躁，但看瘦瘦窄窄的哈里，不知如何是好。我发现自己选错了对象。如果对面是成年男子，爱情或者随便叫什么都已经开始了，那缤纷的感受，像扔上舞台的银角，现在你尽情表演，表演结束后你拉上大幕慢慢捡吧！可现在，这个舞台没办法表演，演对手戏的是一个要下大工夫培养的演员。我好像没工夫和心情去培养他，主要是我不想袒露过多，当把自己剖开，我没信心对方愿意承受过重的内心。不过我更厌烦成熟演员，即便他们演技再好，他们已经没了最初的激情和纯真，而这些才打动我。

我现在无计可施，我只能制造点小天真小浪漫，给阿纳提之旅增加点小点缀，真要进入大故事，我缺乏勇气，对对手也缺乏信心。我托着头，躺在草地上，让哈里讲他或他家的事。演绎不了故事只好采采风。就这么跟哈里待上一会儿，让他在哥哥们那里赚足面子，就跟他回到人多的地方。哈里盘腿坐着，极认真地想了会儿，然后讲了一个故事。这个故事是：在他 6 岁的一个傍晚，他在山坡上跟牛一起玩，他手里拿着花呀草的，嘴里念念有词。天擦黑的时候他看见大肚子的妈妈有些异样地从河边回来，他倒是老远看到母亲了，他从小围在母亲身边，母亲一蹙眉，他就知道她是高兴还是不高兴。他觉得母亲今天有点张皇，两手搭在肩膀上，头使劲向下勾。母亲也看见他了，呼噜着喉音向他喊。站在山坡上的哈里很快知道是怎么回事：母亲背着一头狼，它可能在母亲洗衣服时偷袭了她，只要母亲一回头，它就会一口钳住母亲的咽喉。母亲是在喊她最宝贝的儿子前去救她。哈里听见了但已经吓呆了，当他终于想到应该上马时，发现自己根本爬不到马背上。他毫无办法，他不能在母亲面前丢人，他要捍卫自己是母亲最宠爱孩子的地位，他大哭着向山下冲去。母亲这时乱了阵脚，大喊大叫，阻止哈里继续下冲。就在这当儿，那狼一跃窜下，一口卡在母亲的肚子上。母亲肚子上至今留着狼撕去一块皮留下的疤痕。母亲那天是被10岁的大儿子救下的，那个从小跟马厮混的儿子正好从河滩上回来，见状，扬鞭磕马，一路嚎叫冲将过来，狼甩下口中食物落荒而逃，被马蹄直接踏在肚子上。母亲认为是大儿子和腹中胎儿保护了她，没有挺出去的大肚子，母亲认为狼就直取她的咽喉了。

“我最先看见狼，却没救下我妈。她最疼我。”

“你每次带客人上山都要回家看妈妈，就是怕狼再袭击她？”

“再袭击，我就有本事救了。”

“你每次下山，都希望那一幕再来一次？”

“也不是。谁想让自己妈被狼咬？我就是想，再有狼，我也冲下去，一蹄子，踩烂狼肚子。”

“自那以后，你觉得妈妈不像从前那样喜欢你了？”

“有两年，我都不敢看我妈，我妈也只在背后看我。”

“哈里，”我叹口气，“这不能怪你，每个人是不一样的，总有些人擅长骑马，有些人擅长读书。你可能是擅长读书那类人。”

哈里毛毛的大眼睛使劲看着我，想说的话在嘴里一努一努的，没说出来。

哈里从衣服下摆取下几个铜别针，说在草原上要把裤脚扎起来，不然虫子会爬进去。我开始困倦，眼睛一眯一眯地想闭上。我说怎么扎呢。哈里说用别针别上。蓝天已经快化了，睡意像糖稀一样粘着我。我说，怎么别呢？哈里说，我给你别吧。我从睫毛的缝隙里看着哈里，他是朦胧的，像透过草叶看整个草原。我想被男人宠着，不用事事自己做主，不是门锁坏了要自己戴上手套拿上老虎钳子把那只可恶的破锁卸下来才能放自己出去，我想让男人给我干这些出力的活，想让男人伺候我。哈里把我的裤脚拉直、折起来，用铜别针一个一个固定住。眼角淌出液体，我把一只胳膊压在眼睛上。我可是在接受一个半大孩子的温存，难道我在成人世界已经彻底失败，要在这偏地找个半大小伙子寄托我的情怀？看看自己倍遭摧残的腰腹吧，它已经不那么扁平，不那么妖娆，因为长期劳累开始变硬并堆积些许脂肪。这副腰身怎堪青春少年之躯？还有眼泪越来越多的心田……我不堪，身体抖了抖，哈里感觉到了，捏我裤子的手绷紧了，观察我。我不能等他把裤脚扎好，他做完这个动作不一定还会做什么动作，我不能自取屈辱。我把手臂在眼睛上压了压，坐起来，将剩下的别针自己别好。

我说哈里我们回他们那儿吧。又说，哈里你妈妈肯定很爱你，昨天我从长焦镜头看到了。她看你的目光，那是疼。哈里站起来，对我的离去毫无办法，把晒着的毛巾摘下来搭在手臂上。

大块羊肉用钩子从咕嘟咕嘟滚着的大锅里捞上来，“噗”的一声甩在大铁盘里，哈里的哥哥顺势看我和哈里一眼，笑着招呼道：“吃肉吃肉。”哈里从腰上拔出刀子，插在滚开的大锅里烫了烫，说他给我切。

他的表情一点也藏不住，哈萨克男人都看出来了，几乎同时咧开嘴，招呼我：“吃肉吃肉，吃点肉再喝酒。”

我瞅了机会小声问战士，今晚走不走。战士说不走。我说不走就兜不住了。战士狠狠瞪我一眼，让我别扫大家的兴，兜不住就撒掉，有什么了不起的！我怎么跟她说呢？男人们听到我们说话，也说走不了就不走了，他们的毡房不如大城市的宾馆，但大城市还没有毡房呢，他们会拿出最干净的毛毡给我们的。说话的时候我都不敢看哈里，哈里也不看我，专心致志给我切肉，把一块腱子干干净净剔出来，放到我的铝盘里。蘸点盐，他对我说。

“我决定了，我们今天不走了。把酒喝好，把肉吃饱，把情歌唱到天亮。”战士斩钉截铁地说。一个叫萨塔尔的汉子恰到好处地把一碗酒伸到战士嘴边，战士就着碗、洋洋得意地跳起眉毛，闷了一碗。

问战士走不走只是让别人敲实自己的想法。我也不想走，在草原上，与荒狼为伴，跟哈萨克人度过一晚不是每次出门都能遇到的。至于哈里，我不知道怎么办，实在不行，就像战士说的，兜不住就撒掉——差不多也到了拾到篮里就是菜的地步了。

跟牧马人围着锅席地而坐，眼睁睁看着萨塔尔用刀子削下肉、一口一口喂到战士嘴里。其他汉子对这好像习以为常，只有哈里拘谨地闷着头，除了吃肉没什么好干的。他的样子引来男人们的嘲笑，他们用短促的语言劝导他，我听不懂，但看出哈里的恼怒。他脸上现出小孩子被大人嘲笑时恨不得杀了对方的狠劲，踢了边上汉子一脚，站起来，提着一块羊排，坐到小树下吃去了。汉子们哈哈笑着，热情招呼我喝酒。

我开始跟哈萨克男人们喝酒，拿出走南闯北、见多识广的成年女子风范。我喝酒喝不醉，不知为什么。四年前我和精神上引导我的那位仁兄对酌，我跟他喝了一夜酒说了一夜的话，把店家一缸蚂蚁酒喝下去一拃深，那老兄摊到桌上的最后一句话是：女人有让男人害怕的潜力，就看你有多大勇气将自己开发多少了。现在，在阿纳提山脉的深处，我再一次试探自己的潜力。我们从午后喝到傍晚，几次回身看哈里，他在翻看自己拍的照片，那些照片给了他平静和喜悦。后来加仑也加入，两个青葱少年喜悦的谈话不时传来。

我把剩下的都喝倒了，自己没醉。从东倒西歪身体上跋涉出来，就像将军从尸首纵横的战场上出来，有种“一将功成万骨朽”的意味。战士被萨塔尔圈住脖子，临倒下时还说，我睡一会儿，就睡一会儿，睡一会儿就去拍片子。我嘟囔一句：还要什么片子啊，要爱情就全有了。不过这句话可能只在心里嘀咕嘀咕。加仑过来把毛毡盖在倒下的身上。

我已经飘起来，移向哈里。又到了一天中阳光最好的时候，我对哈里说我们去拍马群吧，把马赶起来，让马跑起来，我们拍奔腾的马群。哈里看到我喝了酒的脸，张皇地从地上爬起来。我看着哈里的笨样儿，唰啦啦地笑起来。我说我好看吗？哈里的眼珠还在抖动，我回头问加仑，我好看吗？加仑说好看。我又唰啦啦地笑起来。我说那些马吃了一天了，也该跑跑了，我们去把它们赶起来。加仑学着我的语气：也该跑跑了！哈哈乐着，牵马去了。哈里帮我扶着马鞍，才对我说：好看。我忍不住又唰啦啦地笑，这次哈里说：你笑得就像小女孩。

我喜欢体验极致的感觉：心脏难以承受的急速，强音刺激耳膜产生的幻觉，面对美景时的出神，酒精造成的癫狂，极度性爱带来的狂喜，对这些的喜爱已经到了没有条件创造条件也要上的程度，也到了宁为玉碎不为瓦全的程度。只是我的骑术实在成问题，哈里说我边骑马边摄影太危险，他要带着我。他思忖了会儿解下一根马腹带，要我上他的马。哈里把马腹带从我的身前和他的背后穿过，然后在两人腰间扣上，又打了两个结，我和他捆在一起了。哈里说这下我可以放心拍摄了，他踏着马蹬、执着缰绳，不会掉下去的。我说那就跑起来吧，还等什么？

我和哈里飞了起来。我的身体好像不是坐在马背上，而是和哈里一起吊在气球上，向更轻快更自由的高空飞去。我用醉眼冲哈里笑，我不管这个少年怎样想，反正现在我感到幸福，反正我现在喝了酒，对酒后做的事概不负责。我说哈里这里，哈里就到这里；我说哈里去那里，哈里就策马去那里。我在马上妖娆地转动身体，用 DV 追逐马群。喝了酒，是我出作品最无拘无束最放浪无形的，我在至巅的狂喜中行云流水地拍出一组组漂亮的镜头。

骑在马上，哈里是最自主，也是最强大的。他掌控着马和女人，他们，仿佛是他身体的一部分。

还有那个加仑，尽管眼睁睁看着战士“抛弃”他转入萨塔尔的怀抱，骏马还是让他找到自己的快乐。这时他把挂在马脖子上的录音机放得山响，他在性高潮一般的狂乱音乐中号叫着驱赶马群，和最矫健的马儿一起奔跑。

我放声大笑。以往所有眼泪都从这快乐中泯去，为走出来遭遇的多少阻挠打击，受的所有辛劳都不值一提。我回头，说，哈里，我千辛万苦找的就是这样的状态。哈里眼珠子抖抖的，说，我看出来了。我便为少年的这句话流出眼泪，眼泪很快流了满脸。我一下子抱住哈里，百感交集，但只抽搐两下，对方那瘦瘦凉凉的身体抑制了我的情绪。我用衣袖抹了一下眼睛，说，哈里咱们也跑得像加仑那么快好吧。哈里说抓紧啊，冲啊！便像登陆艇挺上陆地，带着我挺进天驹的丛林。

在阿纳提草原，我总能感觉到时间和空间的变形，当我们的坐骑跑到一定速度，我便感觉不到“快”，取而代之的是静止般的平稳。我们的枣红马像一尾蝌蚪游弋在一群漫游的蝌蚪中，静静划开池塘的绿水。被我拦腰抱着，哈里像一个等待瞌睡到来的孩子，迷迷糊糊地一动不动，他心安理得地安享这温暖和亲密，既不感激她的到来，也不恐惧她的离去。

要让马跑得更快，就得趴在马背上。这个 16 岁青年是这样展开他柔软羞涩的引诱的。他说你知道吗？我说我知道。哈里说我趴在马背上吧？我说，你趴了，那我呢？哈里说，那只好趴我背上了。我说好是好，就怕我太重把你压趴下了。我说完竟觉得这话好笑，哧呀哧地笑个不停。哈里也哧哧地向外吐气，这就是他的笑了，没有笑容，但那张脸豁然敞亮。哈里不再作声，脊背挺得硬硬的，等着我将脸伏上去。这真是一副难以靠近的脊梁，它那么窄细，没多少肌肉，骨头似乎还没长结实，但它又是那么青春、挺拔，鲜血在皮肤下热切地流动。我思忖着，不想让哈里失望，当他什么时候回想起现在，脑海里应该是一个光影迷离的花园。我把脸贴在那血液喧哗的脊背，哈里蓦地承住，慢慢松软下来。

“你唱歌。”哈里还在寻找唱歌时的惊异和倾心，这样的话，不知算是命令还是乞求。我把脸在他脊背上翻个面，就像烙饼，从这一面翻到另一面，那皮肤上初春的欣欣向荣的气息，再次浸入。

燕子啊——听我唱个我心爱的燕子歌，亲爱的

听我对你说一说燕子啊。

燕子啊——你的心情愉快亲切又活泼，你的微

笑好像星星在闪烁。

啊——眉毛弯弯眼睛亮，脖子匀匀头发长，是

我的姑娘燕子啊！

我决心再次打动哈里，这样的境遇于我是可遇不可求，对哈里——这个边地牵马少年又能有几次呢？特别在成长阶段，给他一个遥远的美景也许能激励他，立志到更大的世界看看。

哈里几乎听呆了，脊背僵硬，腰以一个不舒服的姿势弓着，他就那么弓着，一动不动。当我唱到三分之二，伏在马背上的哈里回过头来，这时，我看到阿纳提草原上最美的一刻：哈里贴着马背，回过头来，傍晚红亮的阳光天堂般照在回眸的眼睛上。那眼神无限缱绻，诉说着无处申述的情感，不再避讳地整个把我收了进去。

另外还有个动作：等我唱完，哈里稍稍抬高拉缰绳的手臂，用衣袖挡住自己的眼睛，他的脸短暂埋在衣袖里。

四年来我不停往前走，寻找的就是这样的状态：在更广阔的天地驰骋，与朴质真诚的人亲密。

哈里等着我有更多表现，手或嘴唇，一下下之后，他就可以做伙伴们向他描述过的那些举动，体验传说中的美妙爱情。我的身体像 6 月的麦子，被一股热风吹过，燥燥的。但在阔大的草原，在万丈霞光下，周围是生机勃勃流动着的马群，我能做什么呢？哈里转过身，看到我，看到我的眼睛和面容，我的眼睛往哪儿放呢？我经过风霜的被战士称作正大仙容的面孔怎耐少年的挑剔目光？从某一天开始，爱情只是黑夜或拉上窗帘黑屋子里的活计，已经见不得阳光了。

我的拥抱唤醒了哈里身体的意识，他骑在马上的身体慢慢夹紧了，

你能感觉到他的身体慢慢收紧、慢慢挺起来，像夹了大物件的老虎钳，架在马背上。我不能继续拍马群，但也不能看哈里。我的眼睛对上他的眸子，我不能保证自己不会与他更多的肌肤接触，更不要说这个刺刀上膛的少年。

我已经看到，自己不能一时兴起就把事办了，我必须考虑这件事对这个年轻人的后果。一些流氓艺术家只关注自己的感受，自私地跟所到之地青年发生性事。如果对方贪图短暂快乐还好办，如果这事贻害对方，那厮就是粗暴占有不属于他的资源，就是自私自利。我已经拥抱了那副年轻身体，那身上透出的认真劲儿，那整个儿感受新世界的天真样儿，让人不忍。我知道一场深刻性爱对一个人的影响，我明天或后天是一定要走的，留下这个青年会怎样？他的魂会不会因此勾走？他会不会有被掠夺的感觉？我说不准。

但我实在不忍就这么撂下少年的热情，也实在不愿放弃这唾手可得的青春少年的身体，并且这花草垫子般的、随风轻扬的爱情真的是到哪儿都有吗？性交遍地都是，只要你放开就能找到；而爱情，即便时至今日，依然像沙漠里的水。那么，是将爱情进行到性爱，还是让爱情止步于目光；是让这个少年永远记住我，还有偶尔将我淡淡想起？这真是个问题。我吸了口气，想哭；我仰天长嘘，下颏碰到哈里的头顶 。哈里的身体硬得都不会动了。

“你再唱歌吧？”哈里哀哀地请求道，他似乎绝望了。

我只好唱歌。哈里闭着眼睛，转回头，年轻的气息吹着我的脸颊。他毛桃似的脸颊和没有长胡髭的嘴唇，柔软鲜艳。我无能为力，只有一首一首唱歌，在自己的歌声中，柔情，像此时向我吹来的风，向我倒伏的青草，从各处流入我的身体，多少年无处投放的情感，那些耻辱那些磨难，被它温柔地抚摸。

## 7

依然没赶上拍太阳初升的一刹那，前一天的劳累和疯狂，让我们一觉醒来太阳已经一竿多高。我们吃了牧马人的羊肉汤泡馕，准备回程了。我和战士回毡房拿行李，拽住背包带，战士狠狠地说：天下没有不散的宴席，走吧走吧走吧！昨夜里，大家在毡房躺下之后，萨塔尔先出去，战士像热锅上的蚂蚁挨了10分钟，还是出去了。现在我拉起背包带对战士说，她可以在这儿多待几天，把对男人的恶气出了再走。战士沉吟了会儿，像是对我建议的考虑，之后猛地一拍背包，说，罢罢罢，不能贪恋拥抱，别弄得抹着眼泪走。我瞧着战士，她已经透支成三角眼了。爱情总是有眼泪的，不是得不到流，就是得到之后流；不是男人流，就是女人流。我没再作声，拎起背包走出毡房。

昨夜，战士出去后，哈里也出去等了半小时，我没出去，我已经打定主意。

我留了一只羊的钱给哈里哥哥，然后爬上马背。萨塔尔和我们一起回去，他被牧马人派回家拿馕。每周牧马人就会派一个伙伴回家拿馕。战士又笑逐颜开，一走出牧马人的视野，萨塔尔就跳到她的马背上。

哈里骑马走在我的右前方，牵着我的马缰绳，眼睛眺望远方。我依旧把数码相机给他，但情形和我一样，他已经没兴趣摄影了。我们沉默地骑了6小时马。半道，战士和萨塔尔消失了一小时，只见马看不到人，我们只好下马远远等着他们。哈里在草地铺块毡子让我躺一会儿，我坐上毡子，哈里随手捡个玩具似地薅了一把花草递给我，自己坐在远处加仑的身边。他又看自己拍的照片，他长久地看一张我为他拍的头像，他可能从没发现自己长得这么英俊。我闭上眼，满眼都是模糊的小花，脑子里也是一涌一涌的花潮，我一直幻想而从未实现过的、躺在花堆里睡觉的情形就在眼前。我这么想着睡着，不知自己是睡着了还是没睡着。

午后我们回到景区驻地，我让哈里进房间看看我的手提电脑看看无线网卡，哈里推说要回家为哥哥准备馕没有进来。我把钱给了加仑。

我已经累得没心情浪漫了，倒头睡了一大觉。战士没回来，她脑子一热跑到萨塔尔家去也说不定，跟人家老婆一块毡子上唠家常也说不定。这“二百五”你以为这种傻事她做不出？

我是被自己一个念头吓醒的，这个念头是：自己再也遇不到这么纯洁的情爱了。我整个身体为这想法抽搐，疼醒了。天已经黑了，我在暗中发了会儿呆，直到意识到广场音乐的存在。我蓦然想起和三个小古丽的约定，她们昨晚就等着我呢。我起床换了件显身材的衣裤，整天在外跑，快成女吉普赛了，滴滴拉拉披红挂绿的，自己都不知道胖瘦了。我走出门，我知道和哈里的交往还没完，但也是明天离开时的最后一面了。

哈萨克老汉一家像迎接久等的朋友在篝火广场迎接我，他们没提我昨晚失约的事，我向他们解释，他们听完什么也没说，哈哈笑着说跳舞跳舞，跳完舞到他家喝酒。善良的人总想把美满的事一遍遍重复。我倒真的放松下来。眼里再不仅仅是哈里，我就看到比哈里更英俊彪悍的哈萨克。现在他们旁若无人地激烈抖动身体，是的，仅仅是运动身体，几乎没有语言，发出的声音只有笑声和歌声。他们不像关在民俗园里的民间艺人，强调当是与旅客同欢。这些哈萨克族根本不在乎白白胖胖衣着光鲜的旅客，不屑于融入旅客，他们只在意自己的快乐，只向自己看中的女人表现彪悍的体格强大的力量。他们被黑夜和篝火裁剪的舞姿，就像史前人类涂在峭壁上的岩画。

跳舞。喝酒。笑。这些往往在空虚时最温暖人心。特别被那家大婶拉着手，眼泪几次涌上来。我真的累了，不想再走了，真想在一个温暖温柔的地方停停脚，被人爱怜，被人呵护。

十一点半，从老汉家出来，广场的狂欢也结束了。曲终人散，快乐的日子就这么又从你手里流走了。我已经习惯了别离？不，我拒绝习惯，拒绝对任何一个事物采取放弃的姿态。我只是学习忍受，忍受一场华宴的消散，忍受一场情感的飘逝，用最虚空的触觉感受由此带来的苦痛。

“哎，哈里找的是不是你？”我在篝火的灰烬边流连时一个小伙子端着个盆，对我说完，“噗”地一盆水泼下去。

“哈里？他在哪儿？”我像灰烬又遇到空气，“嗯”地又红又热。

“怕是走了。”掂盆的小伙子好心地四周望一望，除了月亮，还能看见谁呢。

“小伙子，能不能给我弄匹马，或者给我找个人，带我去哈里家。”

一刻钟后泼水的小伙子骑来一匹马，他让我坐在后面，带我沿阿纳提河岸走，只用 40 分钟就到了哈里家。哈里不在家。泼水的小伙子不要我的钱，哈里父母出来也说不能要钱，说没有带人找朋友还要钱的。我又看到那个可以上旅行杂志封面的小男孩，见到哈里的父母，另外还有个粗壮的女孩是哈里的姐姐。

我的脸在昏暗的灯光下臊红。那位肚子上被撕去一块皮的母亲忧郁地看着我，从脸看到心里。她说哈里回来跟他们说起我了，说哈里晚上去广场就是去找我的，说想不到我已经这个岁数了。那位护弟弟的姐姐帮母亲表示着冷淡，她用侧身对着我，眼睛也斜着我。哈里的父亲，一个瘦高的哈萨克族男子，让我坐在一根条凳上，看到我在这个家孤助无援，便找来一个碗，倒了奶，递给我。我接过茶碗，双手捧着，鼻子酸酸的。我说，明天早上我就走了。我感谢哈里三天来对我们的照顾，我是来送租马费的。那位母亲说，哈里说不要你们的钱。我听出这位母亲的不满，她一定以为我怎么他儿子了，可我到底怎么样了呢？我知道不能再待下去，就把钱放在条凳上，站起来，说，我希望他们无论如何让哈里把书读完，说哈里应该到更大的世界。我说完准备走，却听到一句可疑的话：哈里已经不上学，三年前已经不上了。我瞪着累得发红的眼睛，求证地看着哈里父亲，又看看他姐姐，我的脚跟往地下发了发狠，转过身，走出毡房。

木栅栏外，哈里骑在马上，站在门口。泼水的小伙子已经让他打发走了，他显然听到我和他父母的对话。哈里用哈萨克语对家人说了句什么，之后，让出一个脚蹬，让我上马。我踌躇着，不想让那位苦难的母亲反感。快点！走！羞愧让腼腆的小伙子陡生勇气。怒气冲冲的哈里拽住我的手臂，一二三，把我拉上马。半路上又抓过我的手让它们搂住他的腰。

我和哈里像私奔者一路一言不发，紧张地策马下山。到了河滩特别宽阔的地方，哈里下马，然后顶着马鞍要我也下马。这时我已经完全没了主张。哈里撒谎让我失去了主动性，我本能地知道哈里撒谎是因为我知识上的优势，经济上的优势，以及这方面那方面的优势，他只有以还在上学跟我抗衡（上学才有可能抗衡，他或许是这样认为的）。我去他家，知道真相，就是对他自尊的剥夺。反过来，去他家，让他父母看到我，可能也是对他自尊的打击。他可能把我描述成年轻活泼的姑娘，那位母亲可能还以儿子有此能耐为荣呢。无意中我犯了多大的错误，我不敢乱喳喳了，跟着哈里，看他要做什么。

哈里从白骨般的胡杨枯木中找出三只钢精桶，这是他事先藏在那儿的，点燃事先收集好的干树枝。水桶架在鹅卵石支起的灶上，哈里吹了吹火，火苗“轰”地蹿上来。

“你洗个澡吧，你身上都臭了。”

我盯着月光下细细条条的哈里，想明白他的意思。

“木屋没热水吧，明天还不知住哪呢，在这儿洗个澡吧。”

我身上凉一阵，紧一阵，鸡皮疙瘩一个个站起。我已经几天没洗澡了？ 5天。对于在南方潮润空气和香馥植物下生活的人，已经是忍无可忍了。而外出的时候，我从不刻意寻找水。刻意寻找水、湿淋淋的空气，就像苛求不可能实现的愿望，我已经不敢让自己那么执着了。

我仰起脸看看升到正中的月亮，朝她笑一下。事到如今，听天由命吧。我把脖子上的石头链子、维吾尔丝巾取下来，对哈里说至少需要 6 桶水。哈里说，有一条河的水，你想用多少用多少。我抽了口气。我从小的妄想之一就是，一条河的水都是我的，一座山上的鲜花都是我的。在阿纳提，在今天，我都实现了。我弓下腰，把干燥的头发浸进桶里，就像把一捆干韭菜扔进水渠，头发慢慢膨胀起来。哈里为我准备了奇异的洗涤剂：去油污洗碗液。我的头发这辈子都没洗得这么干净过。洗完，整个脑袋都轻了。

哈里一桶一桶为我提水，不在意我是否在脱衣服。我想不必提醒哈里，哈里觉得应该回避就回避，他能坦然地在我身旁走来走去，就让他走去，也许哈萨克人对胴体毫不在意。当阿纳提河水淋到身上，我才感觉到自己的皮肤有多干渴。就像一个穷人吃到富人的酒席才知道自己有多穷。那温热的水几乎能使身上的种子发芽。刚开始我还注意在哈里面前的形象，还让自己前凸后蹶呈 S 形，还时不时后仰一下脖子让头发飘荡起来，洗了一会儿就忘乎所以了。我像个贪水的孩子乒里乒啷打着水，只恨不能坐到桶里，一边洗还一边想战士的话：命啊命啊就是这命！这样想着，我就咯咯笑起来。

只要哥哥你耐心地等待哟

你心上的人儿就会跑过来哟——嘀

我唱起来。肉体的放松让精神也松弛下来。我才不管这河水、河岸之外的一切，我正在洗澡，我只感受洗澡带给我的被拥抱般的温存感受，甚至都没顾上看哈里在干什么，他的眼睛放在什么地方。我不想洗完澡会怎样，哈里会对我说什么话，做什么事。道德只约束我不约束他；责任，只我对他有责任他对我没责任。那么，事情该怎样就怎样吧。

那去油污洗碗液是一种奇异的液体，它把你的皮肤像犁地一样翻了个遍，把深处的新鲜触觉找了出来。

哈里说："我 15 岁就有了。差不多每天都能见到新客人，遇到好的，就跟她玩了。"

哈里对我说了见我的第一天他在河边洗澡的事……现在哈里趴在一块毡子上，赤裸着上身，瘦瘦长长的身体正瑟瑟发抖。我躺在他身边，一只胳膊被他压在额头下。洗澡后的困倦让我觉得身体都快化成一摊水了。我用另一只手摸了摸哈里的头，他抖得像打摆子的孩子，逞能的谎话是恐惧的、前途未卜的，皮肤因心肌痉挛而冰凉，带着汗水。他自己都不知道要做的事会给自己带来什么，或者根本拿不定主意要不要做将要做的事，同时又一意孤行地要把自己留给我，或把我留给他。

我叹口气。他连把手放在我身上都不敢，还说什么经常跟游客“玩”。他刚才让我坐在毡子上的办法笨死了：我洗好澡穿好衣服，他过来拉我，拉着我的袖子，一言不发拽着我走，走到他铺好的毡子旁，松开我，也不看我，等在旁边。我终于挨不过坐在毡子上，他过去引了个火种，把旁边的柴堆点燃。

他像铺毡子一样把我铺开；他像夯毡子的木棒，把自己砸在毡子上。

我说：“哈里，对你来说我年纪太大了，你这个年龄应该跟年龄相当的……”

“我跟过比你大多的……”

“别骗人了，哈里，你抖得像个小兔子……”

“我有很多相好的，我们都在年纪大的女的那里……我想记住你……”

当哈里说出“记住”，我垫在他额头下的胳膊感觉到一泓热流。这是有许多相好的少年吗？即便他有许多相好，我是否真的应该让他记住自己呢？他三年前已经不读书了，就是说他出去闯世界的可能性很小了，他没有电话没有电脑没有通讯地址，我这样一个人到底能给他什么好影响？阿纳提对于他，是永远走不出去的牢笼还是幸福乐园，真不好说。

“哈里，如果你走不出去，记住我不如忘掉我。我的世界越大，给你的负面影响可能越多。而且我经历得太多了，不值得你……”

哈里趴在我胳膊上的脑袋移至我的腋窝，他停止了抖动，感伤地听我说话。我想了想又说：“要不然哈里，你继续上学吧。我供你。”

这次，哈里像被敲了脊梁骨似的，埋着头不动了。我把同样的话又说了一遍。

“怎么上呢？我都这么大了，还从初一上起？”

“大是大了点，但总比不上好。只要把中学读完，上个中专、民族学校的还是……”

“不可能了。”哈里绝望地说。

“为什么不上学了？我看你喜欢读书。”

“开发旅游区了，像我这么大的男孩都回来赚钱，我爸也叫我回来。”

哈里的眼泪把我腋窝处的衣服都濡湿了。我轻轻抚摸哈里的头，他的身体在我的抚摸下再次颤抖。他把隐泣往回压，小小的心脏大概已经不堪重负了。我摊平身子，望着星空。我和战士一天到晚命啊命啊地感叹，这16岁少年忍受自己命运的眼泪，是不是可以让我们无话可说？

我转过头亲吻了哈里。哈里抓住我的手，放在自己脸上，用我的手挡住哭泣的脸。

“哈里，抱抱你，好吧？然后我们穿上衣服，我们还是纯洁的。”

哈里整个身体不动了，继而，不顾一切地抓过我的手，暴躁地按在自己的兄弟上。他只给我两秒钟看我的反应，两秒钟大脑不会有反应，只有本能，本能是，我用了力了，我想往回抽，但我的手，被两条又硬又有力气的腿夹住了。我叹了口气，放弃了收回；接着哈里也呻吟般地叹口气，紧绷的身体痉挛般地蹦跳。

哈里转向另一边，滑离我的手臂；双臂抱拢，脸埋在胳膊上，在那里停了一会儿，抖了一下，然后坐直身子。他像是要摆脱什么似的立即跳起来，麻利地穿上衣服。他不看我，却用定定的站姿暗示我也起来。他把水桶藏起来，把火灭掉，缚好马鞍后，等着我收拾停当。

我的思想戛然停止在手被夹住的一瞬，情欲却从这一刻拍岸而起，浊浪翻天。这次是我等着哈里有更多表现了。我不肯离开地躺在毡子上，而哈里则像所有事闭后急于逃跑的男人，不敢正视我，不敢正视发生的事情。他认为自己玷污了什么？或者他感到失败，急于从失败中逃脱？或者像我这种思想先于行动的女人，只能接受等人家跑了自己才热起来的命运？我的那只被压的手臂像中了风似的，硬，冰凉。

哈里送我回驻地。哈里对我说的最后一句话是：实际上我们也过得很好，只有看见像你这样的人，心里才不甘。他说这话时看都不看我。

## 8

我凌晨 3 点回到住处，6:20 起床，把战士也叫起来，两个女光棍披头散发、面部浮肿扛着各自的家伙等在草原上。我们摆好机器，叉开双腿，严阵以待。战士眯着双眼，注视着前方，说，怎么样了。我也注视着东方，我到阿纳提已经 4 天了，不能再拍不到太阳最初亲爱草原的一刻了。我说什么怎么样？战士看一眼东方看一眼手里的火机，点着香烟，说，哈里呗。我已经无力触摸哈里了，连他的名字也碰不起了。躺在床上的三小时，我一直回想他把我的手夹在两腿间的壮举。几天来我自以为的优越，自以为的游刃有余，自以为是的伤害被伤害理论在那一刻崩溃，我那可恶的思前想后的毛病贻误了两个人：我想要他，他也想要我；他想通过我成为男人，而我想通过他触摸久违的爱情。这才是最本质的。而我把事情弄成什么？一次偷袭？一次窃取？这份情感原本是这样的么？她本该是花草垫子般的爱情，是小提琴奏出的最柔美缠绵的音，像阿纳提柔曼连绵的青山，像无限伸展开来的高山草原，像风吹过的草浪，像夕阳恩泽下丰饶的大地。可我把她变成什么呢？想想那粗暴的夺取，那淋湿了小鸡般的颤抖，和无颜面对失败的装模作样。一个少年的纯真可能就这样被毁了，而这毁灭直接来自于我！我沉默了很长时候，战士把一支烟都抽完了，我说：

“我终于把一次艳遇弄成一场爱情！”

战士挺直腰，咄咄地看着我。

“而这场爱情又可悲地堕落成艳遇。”

战士看了会儿我，收回凶狠的目光。她终于没为我这老士行为责骂我。

我皱着眉头、咬着嘴唇，把眼睛对准取景框，在太阳出来之前擦了一把眼泪。

我们拍了一个半小时的草原。当我们收拾机器准备回去再睡个回笼觉时，战士叫了一声，同时把镜头对准阿纳提群山。我望过去，被初升太阳照得红彤彤的群山上，两匹枣红马昂首挺立在山头，它们不安地踢着蹄子，等待主人的指令。马上少年意气风发地向山下一揽望过来，看到我们，策马下山。

“还是来了。”战士说，拍着两个少年策马下山的影像。

我已经没话了，站着看他们，哈里和加仑。

我们四人回驻地把行李打好。我给哈里申请了个电子信箱，他哪天去镇上可以到网吧看看我传给他的照片，看看给他写信的那天我又到了什么地方。9 点我们到哈萨克老汉家去吃早餐。所谓早餐还是肉、酒、馕。哈里跟我喝了酒，三碗，一句话不说。10 点，我们离开阿纳提风景区，两个小伙子用马把我们送到镇上。12 点有一趟到伊宁的汽车。

已经没什么话了。昨天回驻地的路上哈里都没有亲昵的表示，现在也不会有。而我这方面，助学、通信、来年再来阿纳提，这些都不能许诺，我不能给哈里任何念想，任何念想对他都是伤害，都让他不能过平静的生活。我等的，双方等的，就是那最后的拥抱和最后的眼泪。下马时我把数码相机悄悄塞到哈里的马褡裢里，这是我能给他的唯一的外面世界，也是他审视故乡的为数不多的现代工具。

那一刻终于到了，而我等的最后拥抱也没实现，哈里不打算拥抱我，也不打算跟我说话。他从马脖子上取下个草编的笼子，递给我，便和加仑爬上车顶，把我和战士的行李一一放上去。

我拨开一个缝隙，笼子里是草莓，叶子还葱葱欲滴呢。我的眼睛像以往每一次那样，悲情地望着哈里。我爱的男人总是万般无奈地离开我；爱我的男人总是在我开始打开柔情的时候，一无顾返地引退在自己的背景中。我走来走去，从东到西，背负各种各样的理念，寻找各种各样的人，最后，总是我一个人背上行囊，离开。哈里他们从车顶上跳下来，搓着手，看着我们；我们上车了。

我不敢看车窗外，不看已经骑上马的哈里，他拉着缰绳，控制着焦躁不安的马。车子开动了，哈里放开缰绳。

“哎，你叫什么。什么时候能在画报上看到你……”

我唏地溅出眼泪。一种疼痛，穿过心脏，直抵胃部，牵着两根肠子，将五脏六腑吊了起来。这可能是哈里憋了几天的话，我怎么就没想到告诉他我叫什么？难道我一直想把自己隐藏起来，不让对方知道我是谁，如果那所谓的艳遇真的发生？我泪流满面，直到这时，我才放弃所有姿态，像面对自己一样面对哈里。我的眼泪才第一次不是为自己，而是为这个边地牵马人而流。

哈里放开缰绳让马跑起来。我对他喊出自己的名字，伸出手，拉住哈里的手。当马就要追不上车子，他把另一只手上的马鞭塞到我手上，自己松了手。

长途汽车拖着一股烟尘离开阿纳提镇，也完结了我的新疆之旅。原本我还准备去南疆的，旅愁，塞满了我，我走不动了。我用维吾尔丝巾盖着脸，听着粗制的音箱里播放的刀郎歌曲。当播到《新阿尔古丽》，透过红丝巾，我看到公路边的钻天杨随着音乐忧伤地向西吹拂，好像广袤的新疆大地，人和人的消息是通过风、通过钻天杨温柔的摇曳传递的。现在这风中是否多了一条信息，哈里看着这风，看到这树叶特殊的摇动，是否想到有一个人在遥远的南方、在潮湿香馥的植物阴凉中惦记着他，并在8月26日这个晚上开始书写他。

我在丝巾的掩护下痛快地流着泪，感受这温暖缱绻的别离感伤。战士坐在边上，一会儿给我拿水，一会儿把加仑给她的干无花果给我吃，还把小伙子给她的花塞到我手里。我心安理得地接受战士对我的照顾，好像全世界都理所当然同情我的爱情……

# 邦金梅朵

邦金梅朵是我们在318国道73道班处捡上车的。东风奥丁刚驶出八宿县城，就看见骨感的邦金梅朵站在路边。我们这是要去波密，前天那里发生了5.2级地震。地震经常造成滑坡，滑坡体波动测试及力学分析是我的研究课题。这个课题我已经搞了6年，前3年的重点是青藏高原第一阶梯，2008年汶川地震后，便转入第二阶梯，也就是青海玉树—西藏昌都—左贡县—横断山麓一线。我的预测是，地质活跃带从第一阶梯转入第二阶梯。果然去年玉树发生了地震，前天林芝的波密县发生了5.2级地震，当时我们正在昌都调研，我们就直奔波密，昨晚在八宿打尖儿。跟我一起调研的是同课题组的讲师木华和研究生李小亮。我们看到邦金梅朵之前正在车上说笑话。“60年代探勘川藏公路的时候，咱系也有老师参与。”我给这些新人讲地质传统，“李红洁老师告诉我，他们当时经常在马路边拦军车。一看见有军车来，男教师就把女教师推到马路中间。李老师说，那时候，她的俩小辫梳得硬邦邦的，老远就冲军车笑，大冬天的，笑得脸颊都硬了。拦了车爬上去，得用手往回推，才能拢住笑容”。俩小伙子哈哈大笑。木华说：“‘远看像要饭的，近看像拾破烂的，走近一打听，原来是搞勘探的。’说的就是咱！”我们三个又大笑。这时，高大骨感的邦金梅朵像一朵彩霞飘在路边。木华说：“李红洁老师当年就这风采？”我们又笑一阵，我说：“捎上吧。”在藏区，如果你车上有空位，就把路边招手的人捎上。你可以在上车前跟他说好价钱，也可以下车时看着给。村民给个一两块钱算个意思，乡镇干部则是掏出 5 块是 5 块，掏出 10 块是 10 块，不给你加，也不要你找零。车子停下，喘着粗气的邦金梅朵探身向车里望了望，见我是女人放了心，说：“去 95 道班。10 块钱可以吧？”木华替她打开前门。

邦金梅朵坐上副驾驶，车一启动就转过身问我们。“你们是勘探队的？”她的话引得我们哈哈大笑。木华高叫：“你怎么看出来的？”邦金梅朵不觉得有什么好笑，回眸看我一眼：“你们那个锤子是地质锤。”她的话又引得俩小伙子大笑。“锤子”在成都话里有特指。我因为是李小亮的导师忍住没放肆。“我们是来看滑坡的。”李小亮说。我们一般都用村民听得懂的语言。

“哦，滑坡多！”邦金梅朵粗糙地喘着气，脸上的高原红和雀斑像两片蝴蝶。“波密地震，你们知道吧？滑坡多！”有些藏人说普通话异常标准，就像照着拼音拼出来的。我从后座打量邦金梅朵。她上穿机制轧花牛仔短夹克，下穿牛仔裤，外面围一条珞巴族姑娘紫红底酱蓝条长裙，头戴康巴牧民的飞檐毡帽。浑然天就的目光从帽檐下送出来，说不上是聪明还是大智若愚。被我看着，邦金梅朵突然说：“我们村后头的坝子要垮了似的，你们去看看？”说完，就用那双浑然天就的目光看着我。李小亮在一边嘀咕：她怎么知道你是头儿。木华则夸张地哈一笑。邦金梅朵不为所动，沉静地看着我，我倒不好意思了，问她村子在什么地方，坝子有什么异常情况。邦金梅朵的回答让我感到，野坝村可以作我们的调查对象。即便样本条件不充分，但人家都说了他们村子有隐患，你怎好以样本条件不充分为由不去看？我征求木华和小李的意见后，决定就去野坝村。

车子在迫龙藏布沿岸飞驰，水清如碧，水势如猛兽俯冲。两岸的山壁上翠草依依，小木葱茏。因为这美景，也因为青藏高原活跃的地质活动，我每年都要在大山里度过几个月。半路，经过一座 500 年前的铁索桥，我们下车逗留了 20 分钟。据说这是 15 世纪西藏桥梁鼻祖唐东杰布一生建造的 58 座铁索桥的一座。只不过在 20 世纪初重建了。邦金梅朵在我们过桥、拍照期间，一直交叉双手沉默地站在路边。我们说说笑笑回到车上，问她为什么不肯跟我们合影。她说这些风景她看多了，又说她上班跟客人合影太多了，现在不想合影。我们一时没了话。五个小时后车子在 95 道班下了国道，在乡级“搓板路”颠簸一个多小时路就断了。我们到的乡政府所在地是条“口袋路”，邦金梅朵指挥车子停在派出所门口。派出所的两位警察或捧着印有“千万不要忘记阶级斗争”的大茶缸，或端着瓦盆出来喂鸡。邦金梅朵用康定话对他们说，车子要在这儿过夜，又介绍我们说这是地质队的。地质队在藏区的声望仅次于解放军。地质队到哪儿，不是勘探道路就是打井，不然就是找矿，这对藏民都是福音。从乡政府到各村都是山，只能步行。我们跟着邦金梅朵走了两个半小时才到野坝村。这时太阳离西山顶只有半竿子高。

邦金梅朵是野坝村村主任的女儿。15 岁时被家里送到林芝八一镇读初中，但据她说数理化一样没学懂，只是汉语说得好。16 岁，也就是 2003 年，因为长得高大漂亮被选到县歌舞团培训，整整培训、演出了一年，别的学员唱歌跳舞总有一样练出来的，她虽长得漂亮却没学会一样技艺。18 岁那年，歌舞团不再养他们这些“半成品”，她和另外几个落选学员被一个私人老板接收，在康定风景区的帐篷里当风情照模特，专门跟客人合影。她今年 23 岁，母亲催促她回家结婚，而她已经不想回野坝村，不想再住那几百年的老石屋。

现在是 7 月底，是藏区最温暖的季节。山坡上野花招摇，颤颤地承受烈的阳光和微凉的空气。邦金梅朵双肩背包，大步爬坡。两个小伙子落在后面拍照。邦金梅朵走一段就停下来，回过头跟我说话。山上静极了，她在老远说话，我听得一清二楚。

“老板，你知道马帮吗？”

“知道。你不要叫我老板，叫我老师吧。”

“好。”邦金梅朵顿了顿，又说，“我们家过去是开庄子的，有两个马帮队，运那个盐、茶、丝绸。我们这里没得丝绸，有钱的穿缎子，都得马帮运。我阿妈的爸爸、爷爷就是运丝绸的。我阿妈也走马帮，她在成都上过学。”

“‘文化大革命’时候？”据说“文化大革命”后期，出现“工农兵推荐进大学”，一些边区的女孩被推荐上大学。邦金梅朵眨着眼，跳开“文化大革命”这个生僻的概念，直声直气地说：

“她十三四岁在成都上学。我阿妈 69 快 70 了。”

“那你们是大户人家喽？”我粗算了一下邦金梅朵和她阿妈的年龄差。

“自己也要做的。我阿妈就走马帮。她是独女，我也是独女。世世代代就赚一个碉子。我阿妈让我回来管碉子。”“世世代代”这个词反而在汉语里不常用。

“你说的碉子是不是‘邛陇’？”我搜索记忆库，四川丹巴地区有碉楼，林芝地区莫非也有？

“我们叫碉子，是方的。也有高的，少。”邦金梅朵说完又往前走。她不跟我并排走，而是走在前面，回头跟我说话。

“你去过拉萨吗？”我知道藏民一生的愿望就是至少去朝拜一次拉萨。

“2008年不是地震了？不能唱歌跳舞了，我们那个班子就去了拉萨。夏天去冬天回。我阿妈不让我因为唱歌跳舞去拉萨，我……就在康定的饭店当礼仪。那天在电视上看见波密地震，怕家里的坝子塌了，就请假回来看看。”

邦金梅朵从昨天凌晨3点开始搭顺风车，一路从康定回来。我们是她搭的第八辆车。

野坝村在波得藏布的西岸半坡，此时，阳光像从西边天庭斜倒的一挂金沙，浓重而威严地将福祉降落大河两岸。山坡上，错落的碉子仿佛承应着天界的金光，交响乐般地恢宏地矗立着。山脚下，大河浩浩汤汤，翻滚着泥沙和飞沫，从两山相夹的河床推涌而来，它是迫龙藏布的一条支流。大河上，吊着一座简易铁索桥。野坝村沿着一条山溪，从上而下错落分布。那个被叫作野坝的悬岩，凌空吊在村子背后的陡崖上。

邦金梅朵的父亲多杰在崖子顶上查看危岩。山里是一天也不一定进出一个人，还在三四里远的地方，多杰就瞭见了我们。他在崖子上抛帽子，邦金梅朵看见也摘下毡帽向父亲挥舞。当我们走到村脚下，多杰和四五个中年男子已经迎出来。邦金梅朵用藏语对父亲说，我们是地质队来看坝子的。对藏民来说，搞地质的都是“地质队”，我们也不去纠正。多杰像遇到救星似地扑上来，抓住木华的手，叨念着，村子有救了。邦金梅朵对父亲说，我是这个小组的头儿，多杰握着小李的手对我鞠躬说：“地质队是恩人。去年嘎郎村垮坝子，就是地质队来看的，撤了，都撤了，不然总是要丢几个人。”多杰会说四川话。“咱们村坝子什么状况？”“汉族春节就开始冒烟，有一阵没一阵。这两天塌地震，坝子往外吹白气。”我一听这话吸了吸鼻子，空气中有股芒硝味儿。我叫多杰赶快带我们看坝子。

“向乡里报告没有？”边往上爬，我边问。

“是说要去报告哩。我叫高处的两户搬到低处。你们来是救命了！”多杰既担心坝子危情，又对我们的到来感激不尽。

“冒的气热不热？”

“近不了身。”

我们沿着溪水走，溪水两边聚集着牛羊，高原黑猪则张皇地到处乱跑。我立即问，村里的牛是放养的？多杰说是。猪也是放养的？我加上一句。多杰说，猪子这几天都关不住，跳圈跑出来。我跟助手们交换了一下目光，大步向山上爬。

所谓村子，就是古滑坡冲击出的一个坪坝，二三十户人家插插花花、从下到上盖了碉子。我们穿过村子，走到半山处，那个被叫作野坝的危岩，赫然耸立在前方不到 100 米的地方。这是一块长 80~90 米，高 20 米，总方量 15~18 万方的风化岩。白气从危岩的顶端和左侧喷出，发出“哧哧——”响声。

“你们闻到了么？”邦金梅朵紧张地说。

“闻到。还有噪声。”我打量着危岩。

“我也……耳朵疼。有十七八万方？”李小亮征求我的意见。我点点头，回身对紧张观察我们表情的多杰说：

“通知所有人撤出，撤到对面坝子上。”我又看了一眼邦金梅朵，说：“很严重。你和村主任立即通知大家撤，半小时内一定撤走。我们上去看一下岩体。”

“什么时候会塌？”多杰紧张得眼睛都发亮了。

“一小时后，也许半个小时后。”我甩下一句，继续往山上爬。

多杰返身往村里跑，双手横着摆，呼喊大家回去收拾东西。我和木华、李小亮往悬岩下走，邦金梅朵跟在我们后面。

就这么说话的功夫，岩石里冒出的白烟从弥漫型变成喷射状，浓重的硫黄味熏得人头晕。

“完了。”我嘟囔一声。话音没落，一道闪电从崖子背后亮起。刚刚还是艳阳光明，几分钟时间，天就日食般地暗下来，突然聚起的风，仿佛一股热气，一种物质，从山上推下来。我心里一直在敲的鼓点，此时拉成直线——我猛地惊醒，大喊：“快跑！”转身就往山下跑，半道，遇见还在劝说大家的多杰，我们四条喉咙大喊：

“快跑！要塌了——快跑！”

多杰抓住我。

“还有多少？”

“五分钟，最多十分钟。”

这时，一声炸雷平地响起，身边几个人震得蹲在地下。邦金梅朵只是顿了顿，就大步从我身边跑过，一溜烟消失在村子的小树林里。多杰摆嗒着鸭子步，挥动双臂：“不收东西了……回家叫人，过河，都过河……”

小李大跑起来。我拽着一个孩子也大步开跑。调查了五六年滑坡，还没被滑坡追着跑的。刚跑几步，一声巨响，雨就下来了。天黑得地狱似的，多杰边跑边大声央求：“不能回家！专家说就要塌了！”话音没落，危岩断裂的咔嚓声从无声变有声，上山以来一直感应到的那种耳内轰鸣，现在成为巨大轰响，接着是尘土的味道，再接着是，半面山的向下奔跑。我们顾不上呼喊，把所有力气用在双脚上，跑！

又一声炸雷，推着大雨也压不住的尘土，撵着人们的脚步。塌下来的土龙像扑下来的动物，咬着人们的脚后跟。已经看不清前面的人，黑雨和尘土把天地缀在一起，奔跑的人们像洪荒时被动物追赶，在雷雨交加的荒原狂奔……再接着，是更大的、几乎使时间停顿的巨响，我的耳朵什么都听不见了，眼前一片黑雨黄尘，本能地就是往前跑，往前跑……

邦金梅朵一溜烟往自家碉子跑。她母亲、69岁的白玛因为早年走路太多损坏了膝盖，已经四五年不出碉子了。她要回去把母亲驼出来。与此同时，住在三楼的白玛正坐在高窗投下的一束天光里，斜着身子细听。邦金梅朵一脚踢开大门的声音，让她知道女儿回来了。她收回侧耳的姿态，自言自语道："我说塌坝子，梅朵就回来了。"她这话正好跟邦金梅朵劈头盖脸地嚷嚷合在一起："坝子要塌了，我背你出去！"白玛平静地撩女儿一眼，低声说："我不下山。这碉子过了多少地震？三百年了！"邦金梅朵不理母亲，她顺手操起一根带毛的牛皮带，对折拉两头，往母亲身上一套。白玛还在嘟囔："你们年轻人跑吧。"没待她看清皮带怎么勒住胸腹的，邦金梅朵一弯腰，屁股上一用力，白玛的脚就离了地。邦金梅朵扛起白玛就跑。白玛被仰面朝天架在女儿背上，倒也十分顺从。她仰面看着自家三百年的石碉顶，轻声说："不垮坝子，你就不回来呀。"

邦金梅朵背着阿妈跑出自家碉子，跑在下山的坡道上。这时又一声霹雳，风从山上下来。石头、烟尘、热气像一只兽，追着逃命的村人。邦金梅朵只有跑，跑，她跳过一个台阶一台阶的下山磴，跑过一个缓山坡，跑上吱吱嘎嘎的吊桥……这时，飞滚的石头赶来了，后面的人赶上了，烟尘迷住眼睛，红土扑进嘴巴，她就是跑，跑，跑……再之后，跑不了了，她撞到一个人身上，那人的背后还是人，还有先期到来的牛和猪……她意识到已经跑到对面坝子上了。

她放下白玛，回身看见村子被一条褐龙覆盖，“咣咣”的撞击声接连不断，牛的哀鸣猪的号叫不绝于耳。即便是烟尘弥漫，黑雨连天，邦金梅朵也能辨认出，离危岩最近的两户完全被掩埋；顺着山溪分布的人家像被推土机一溜推倒；自家的碉子被一块巨石砸中，石头还卡在废墟里，碉子塌了一半。

这个过程漫长得好像一辈子。站在坝子上的村民默默看着烟尘覆盖的村子，没人哭泣。我连忙看我的队友，还好，尽管丢盔卸甲，人都还在。

天下着雨，白玛披着女儿的长裙，坐在一块石头上，望着被冲垮、掩埋的村子，捻着琥珀珠子。邦金梅朵累岔了气，靠着一块突出的岩石，大口喘着气。她听见母亲说点一下人口。母亲是这个村子实际上的当家人，这来自母亲的阿爸、爷爷是马帮头人的传袭。过去，村里的男人都跟她家走马帮，已经习惯听他们家招呼。母亲在 40 岁，也就是土地牛羊重新分给个人的时候，招了小自己 17 岁的多杰进家，调教多杰当村主任。也就这五六年她走不动了，多杰才真正当家。往常，白玛说清点人口是指使父亲去干。现在多杰不知去向，邦金梅朵不想让母亲的话没人执行，便大声问身边的邻居：

“你家够不够？够了。仓布，你家呢？”

木华跟在邦金梅朵身边，他把自己的一次性雨披披到对方身上。邦金梅朵看他一眼，继续清点：

“你家找清没有？找找，找找。小边巴，你昏头昏脑的，快找你阿妈，数数你家人，够了来跟我说。”

逃到坝子这边的村人淋着雨，大家低声应和着邦金梅朵的召唤。邦金梅朵虽上过一年初中，但像文盲一样靠嘴巴的重复、听自己的声音来记忆。她向白玛汇报，就是听着自己这一句，想起刚才说过的另一句，沿着自己的声音，找到刚才数过的所有人家。“刚才都说了啊——玛琼家少一个，尼玛家两个，泽洛家一个，嘎玛洛珠家一个，桑顿家一个，拉布家一个，没有了？没有了。几个？”

木华帮忙说：“7 个。”

“那就是少 7 个！”邦金梅朵斩钉截铁地说。

“你阿爸呢？”白玛脑子更清晰些。

“啊，对！我阿爸，谁看见我阿爸了？”

人们围在一起，纷纷提供最后看见多杰的情景。邦金梅朵没心思听完就往坝子下跑，被白玛厉声喝住：“那个桥子不能走！天亮前，谁也不能过那个桥！”邦金梅朵手足无措，跑回母亲身边。

还好，不多时多杰回来了，满身红土，被雨一淋，成了泥盔甲。他蹒跚走到白玛面前，看到白玛和女儿平安无事，一下子松了口气，瘫倒在地。后来知道，多杰招呼了村民下山，自己又跑回家救白玛。他亲眼看到自家碉子正中飞石，要不是巨石卡在碉子里，他的命都难保。碉子从中间劈开，他想白玛不是被砸进去了，就是被女儿救走了。村人把他架到白玛身边，他缓过气后，拉住白玛的手，低声叹道：“砸完了！都砸完了！”白玛则抓起他的脚踝，他的脚后跟横着磕出一条大口子，白玛捏了捏说，可能磕断了筋。

天完全黑了，灾民们聚集在峭壁下。山体向里凹陷，闪出一溜不到两米宽的干地。大家铺上一张牦牛皮，把白玛搀上去，再把多杰抬到白玛身边。剩下的 67 口人，挤坐在那一溜干地里，挨着家园丧失、亲人离散、寒冷潮湿和饥饿的哀痛。我和队友被安置在白玛身边。我们抱着双膝，听着肚子咕咕叫，几次拨打手机，没有信号。

昏暗中，只见邦金梅朵跳进细雨里，大步走到一条母牛身旁，吽哧吽哧吆喝着，粗率地拍打牦牛的屁股，让牛调个方向。之后，她提了一下绑在身上的湿漉漉的牛仔裤，蹲下，摘下毡帽，放在地下，又吽哧吽哧吆喝两声开始挤奶，吱咂作响的奶水射入帽壳篓。邦金梅朵挤了一帽壳篓牛奶，站起来，双手捧着，端到白玛跟前。白玛摇摇头，邦金梅朵又托着帽壳篓，送到多杰嘴边。邦金梅朵半弓着腰，双臂伸着，脖子也往前伸着，喂多杰喝生牛奶。多杰喝罢，她把帽子里剩下的奶喝掉，甩着帽子，又跑进雨里挤奶。村民们陆续行动，找到容器，钻到母牛腹下挤奶。有人给白玛一块酥油，一团酥油捏的糌粑。

我和助手每人有一个地质调查的野营袋，里面除了地质锤、卷尺、指南针，还有简单的药品、食物、水。我们拿出食物跟村民分享，木华还有一个应急灯，两边山坡上，这是唯一一盏灯了。雨停后，村子里还活着的人向这边喊话，这边也向那边喊话，各家找各家人，场面煞是心酸感人。邦金梅朵拿着应急灯，左手掐腰，负责统计总人数。她来来回回问着人家，白玛都听出没少一人，她半晌才跑回来报告说："没少一个，伤了六个。"两岸又安静下来，只有一头受伤的老牛，过一阵子发出一声哀鸣。

我坐在白玛身旁，老牛哀叫一声，白玛身子就紧一阵。后来她说："送它走吧。"她发话一般都是多杰去执行，今天多杰负伤，村人又受了惊吓，谁也不愿拿起宰刀。这么过了半小时，老牛一声声哀叫听得人鼻子酸。邦金梅朵"咳"地叫一声，撑腿起来，抹了把脸上的水，把毡帽戴到头上。白玛递过去一把嵌了宝石的短刀，几个妇女跟在邦金梅朵身后，转着经筒，下到河边。我和木华也跟到河边。岸边坡上跪着一只黄牛，没想到这地方还有黄牛。邦金梅朵说这是她阿妈的宝贝，冬天都养在碉子里。黄牛的左后腿从臀处撕开，蹄子绊在索桥裸露的一根钢丝上。邦金梅朵见状，蹲在地下哭了几声，撸了撸老牛的鼻梁和吻，然后让一个妇女捂住老牛的眼，自己用手掌比了比下刀的位置，又抚了一把那个位子，之后手起刀落，短刀刺进牛脖子下的动脉。拔出匕首时，有人用茶缸接住牛血……邦金梅朵把脑袋埋进自己臂弯里，在河边蹲了半天。

小边巴抱着肚子，靠在淌水岩石上，痛苦地往石壁上磕脑袋。他母亲来问白玛，小边巴这是中了什么魔，像是要被老天收走了。我和邦金梅朵这时回到崖子下，见小男孩整个身体躬向前，脖子伸得老长，额头几乎钻进白玛怀里。我把应急灯放在白玛身边。白玛问边巴什么地方不好，小男孩的声音像从一堆破布里传来。他说："顶痛中间疼前面疼后面疼。"他这是说头、肚子、肠子、肛门都疼。白玛让边巴躺在牦牛皮上，闻了闻男孩的嘴巴，又摸摸他的肚子，问："几天没退了？"她说的是"排泄"。"很多天。"边巴有八九岁，不会数数，五天以上都是很多天。白玛猛地一捏边巴的"后门"，男孩"啊"的一声惨叫。白玛思忖了会儿，叫邦金梅朵剖牛取牛黄。躺在另一边的多杰哀声叹道："她哪会杀牛！"一直瞪着红眼睛的邦金梅朵，这时呼哧呼哧哭出声，她一边用袖子抹泪，一边嘴里嘀嘀咕咕，之后噔噔噔噔撞进黑暗里。邦金梅朵后来告诉我，她母亲年轻时赶过马（帮），杀过牛。她就是不愿挤奶杀牛才留在康定当照相模特，她说那跟马模特骆驼模特差不多。白玛现在断定小边巴是内火积食。白玛因为在成都上过中学，知道中医牛黄的药用。我叫俩小伙子去帮梅朵。

就着应急灯的灯光，邦金梅朵在河边剖牛取牛黄。牛黄是黄牛或水牛的胆结石，除了黄牛牛奶好喝，白玛把这老牛养了 9 年，还为取它的牛黄。邦金梅朵划开了牛皮，我们这儿都能闻到血臭味、肉腥味和牛胃里草叶腐败的酸气，还能听到翻动下水的稠水声和李小亮的干呕声。

这边厢，白玛叫边巴妈手上搓上酥油，给儿子揉肚子。她自己则拿过多杰受伤的脚，放在怀里，慢慢捏着。她说，脚筋断了一半，等天亮，她回家拿线给他缝上。白玛用成都话对我说："我给马缝过，给牛缝过。就是没有针线，天亮缝是能缝起，就是会落个跛子。"然后她又对我说："我们这里到处是危岩，今年塌明年塌，这样是常事。"我说："为什么不搬走呢？""往哪儿搬？你看看，没地方搬。两边都是山，这头坝子平是平点儿，就是没有水……"

40 分钟后，邦金梅朵取来一疙瘩粘着血的牛黄。白玛用刀撬下一块，放在两块石头上研磨，磨成粉后和在水里，让边巴吞下。昏昏沉沉的男孩吞一半流掉一半，睁开散淡的眼睛对阿妈说："我要死了。"他阿妈呜地哭将起来。

白玛蹙着眉头看着边巴，伸手翻看他的眼皮，然后"噗"地跪在毛皮上，俯下身闻边巴口腔里的气味。她身子僵硬得像一块板，撑着身体的手臂不断颤抖。她嗅了一下，直起身子对那位痛哭的母亲说，快搓，快搓。边巴妈手不听使唤，白玛卷起袖子伸手去抠酥油，一旁站着的邦金梅朵看不下去，把母亲的手一挡，自己蹲下来，挖一块酥油抹在手上，顺时针揉搓小边巴的肚子。她揉搓，揉搓，揉搓……她把自己都揉搓得哭了。也不知是手底下小边巴虚弱的生命，还是家园被毁、父亲受伤、年老母亲的殷殷期望让她难以承受，她边揉搓，边哧地哧地吸鼻涕淌眼泪……许多妇女也跟着咝咝地吸鼻涕流眼泪……

忽然间，小边巴像牛叫般打了一个响嗝，邦金梅朵"哇"地一叫，手上一抖，赶紧加快手上的揉搓。妇女们停止哭泣，深长脖子，注视着面色紫黑的小边巴。这时一声滚雷般的长屁“噗噗啦啦”冲出来，围坐的妇女笑了，她们喊喊喳喳地交流，即便是我也能听明白，小边巴有救了。

“我要拉屎……”边巴昏昏沉沉说。而此时，他脸色由紫黑变成铁青，人在昏迷的边缘。

邦金梅朵扒去边巴的裤子，又一声响屁窜出来，边巴的母亲难为情地看梅朵一眼。边巴在昏迷的边缘还不忘捍卫他的小屁股，伸手拉裤子，邦金梅朵“啪”的一拍那只小黑手，不由分说把裤子扒下来。小家伙胀得腰都粗了。又一连串的黑屁，边巴的腰臀像妇女生小孩似地一坐一坐地痉挛。半昏迷的边巴每个清醒的间隙都在用力，用力到极限，人就在发抖，但肚子里的闷石还是纹丝不动。这样经过几个回合，妇女们开始喊喊喳喳。

再拖下去这个男孩就真的昏迷了，白玛叫邦金梅朵拿酥油来，邦金梅朵已经知道母亲要怎么做。她把母亲的手放回她的膝盖，挖一块酥油在手上，一手按住男孩的胯骨，另一只抹了油的手指，伸进小孩的肛门……哗啦啦，像拔掉塞子，积攒了不知多少天的粪便，喷泻而出……

小边巴不知拉了多少次，他每次昏睡的间歇都狂泄一摊。妇女们不再给他穿裤子，也不再移动他的身体，他的下半身泡在自己的粪便里……第二天，当小边巴操着两手走回村子的时候，失去家园的乡邻也不忘给他起个外号：屎比牛多的边巴。

天麻麻亮，一夜没睡的白玛神乎其神地站了起来。她出了崖子，招呼自家的“大黑”过来。“大黑”是头白脖子黑牦牛，它叮叮当当走过来，前腿跪地，白玛斜身坐上，两个走下坝子。叮当声惊醒了邦金梅朵和我，我们跺了跺坐麻的双腿，赶上白玛。坐在牦牛背上，这位昔日的女头人像是自言自语，又像是教导女儿：“遭了灾，第一看山，第二看河，第三找喝的水。现在山是塌过去了，去看看河。”

河水像发过头的面团虚胀着，河面漂浮着乱糟糟的杂物，巨大的树枝、屋架在水面撞来撞去。铁索桥在风中微微颤动，桥头堡的砌石被撞裂，铆钉拉出石垒。白玛根据索桥震荡的幅度判断铆钉已松，嘴里嘟囔着互不联系的一些话：“下河堵了，冲不下去呢。”“铆子松了，过不得人。”“回家拿针，给他缝脚筋。”邦金梅朵站在“大黑”身边，迎着河风，看着震荡的索桥。

白玛从“大黑”背上下来，摸着牛鼻子，对它咕噜了几句。“大黑”好像听懂了，眼珠子朝后，看着白玛，眼角流出眼泪。白玛伸手帮“大黑”擦掉，湿溜溜的手擦在自己袍子上。她像拍孩子一样拍拍“大黑”的屁股，“大黑”顺从地下到桥头堡。我跟着白玛和邦金梅朵也下到桥头堡。“大黑”走了几步，眼珠子朝后看了看白玛，白玛上前摸了摸它的鼻子，“大黑”就自己上了桥。桥上固定的木板松了，它走了十几步，站下，扭头看白玛。白玛两只手举在半空，嘱托般地挥着，嘴上嘀咕着听不清的话。“大黑”转回头，叮叮当当地继续走。

邦金梅朵哧啊哧地又抽泣起来，她叫了一声“大黑”，“大黑”听到了，在索桥的一半处停下来，回头看这母女。这时索桥发出“嘎嘎”声响，桥身颤呀颤的，“大黑”仿佛这才发现桥下的涡流，惊恐地看着漂浮在水面的动物、杂物，哀鸣一声，倒退几步。白玛这时大喝一声，“大黑”停止倒退，扭头看看，又继续往前走。它过了桥身的一半。过了桥身的三分之二。母女俩欣慰地出口气，大声吆喝着鼓励“大黑”。“大黑”走到对面桥头堡，站下，转过身来，“哞——”地长鸣。白玛挥挥手，擦掉鼻翼边的泪，自己准备过桥。邦金梅朵捏了一下母亲的肩膀，自己小跑着过了桥。我们身后，已经聚集了不少村民。邦金梅朵过桥后，大家争着过桥，白玛说：“一个一个过。”

白玛过桥后，叫一个男子领上四个人加固桥头堡，叫两个小伙子查看全村灾情，再叫三个中年男人去找水。安排完男人，她又让一个妇女领上五六个人处理昨晚杀掉的那头黄牛，中午全村吃牛肉。她自己则坐“大黑”回到自家碉子，见邦金梅朵和我在，叫女儿去找缝牛马的针线。邦金梅朵爬进毁掉一半的碉子，白玛对我说：“你们不来，不知要死伤多少个。”我说我们也没起多少作用。白玛摇摇头说：“你们来，都出来看，坝子塌看得见；蹲在家里，啥子也听不到，坝子呜地垮下来，总是要埋几个人。”我的喉头从昨下午到现在一直堵着，听到这话只是点点头。白玛指了指卡在碉子上的巨石问我，“用爆破把它炸了？”这块孤石足有六七十立方米，不用爆破我想不出怎么处理它。但我惊讶的是白玛还知道“爆破解小”。我说：“下午让两个同事出山打电话，让搞爆破的来把它爆掉。”“我家有炸药，也有雷管……”我更惊讶了：“你怎么会有这个？”“我早就让她阿爸找个爆破队，炸掉省心。她阿爸要报告乡里……靠人不如靠自己。”我惊讶得像吸了氧，一道光明照进大脑，人也从消沉中浮上来。

邦金梅朵找到母亲用于包扎缝合的小箱子，白玛骑着“大黑”离开。她干不动了，她要通过多杰管理这个村子。

站在废墟前，邦金梅朵瞪着发红的眼睛，看着看着就呼哧呼哧哭起来。哭了一会儿又走进废墟，从裸露的土石下扒出一只浅腰翻毛皮靴。她脱掉右脚上的帆布鞋，蹬上皮靴，绑上鞋带，抬脚跺了跺，腿上立马有了劲道。她用穿皮靴的脚东蹬一下，西蹬一下，从废墟里捡出一个缸子，再捡出一件藏袍。她很快找到左边的靴子，立即换上。她的两条长腿，至此获得牧女的力量。她腰挺腿直，蹬在高高低低的土石上，寻找可利用的物资：一张干牛皮，一块蛇皮塑料布，木料，棍子，牛皮绳，两条完全被泥浆糊住的棉被，一把没有柄的斧头……她翻找着，呼哧呼哧哭着，嘴里咕噜咕噜，嘟囔了一会儿，眼泪干了，看见废墟上的我。

“把这个洞堵上，碉子就塌不了。”我不是搞岩石力学的么，这是最简单的道理。

“怎么堵？”

“把这些石头收集出来，垒上去，撑住窟窿，就塌不了。”

我开始拾石块。邦金梅朵弯下腰，让眼泪滴在地下，直起身子时，顺势从石堆里扯出一块碎布，她撕了一下没撕开，我递给她一把手剑。她看一眼，笑了，吸一下鼻子，说：“你怎么有这东西在身上？”我说：“我看了 6 年滑坡，这东西不离身。”邦金梅朵在破布上戳一个口，“嚓”地把布条一撕为二，用脚一踩，拽断。她把布条缠在手掌上，布头塞在手背处。她站在废墟上，双手快速缠着布，眉心蹙着，目光锐利，像个女当家的。她又扯了两条给我，让我缠在手上。嘴里像她阿妈那样叨念着：“我得干活吧？阿爸成了跛子，阿妈又那么老，这个家得我干不是？”她吸了一下鼻子，在肩头一抹，操起一根裸露的木桩，在废墟里扒石块……像是自言自语，又像是对我说：“阿妈让我管碉子，我怄啊怄，不回来，现在……你不管怎么办？”她抬起泪眼，像是想起什么似的对我说：“你是为啥看了 6 年滑坡？你们那里没滑坡吧？”

我和同事在野坝村又待了 6 天。原准备让俩小伙子出山请救援，但每天都有 5 级小震，我担心更大地震的发生。当然最后证实这只是我的担心。在没有专家指导的情况下，我们爆破了那块巨石。没吃过猪肉也见过猪跑吗？我和助手在那块巨石下转了俩小时，定了两个点，让村民们楔了两个木桩下去，先把巨石顶住，人才能站上去打眼装药。我们用铁锤钢钎，花 4 天时间，打了 48 个炮眼。最后一天，我和木华、小李布置炸药雷管导火线。我们没有电子起爆器，只能用明火点炮。但我们很快就发现，因为连续下雨，地面湿，铺在地上的导火线点着烧不到一尺就熄灭了。我跟俩助手讨论怎么点炮，我们甚至都想到黄继光炸碉堡那一招了。邦金梅朵疏散人回来，听我们讨论，一会儿就不耐烦了。她说没用，你们说那都没用。她想了想说：“用汽油瓶怎么样？点着瓶子往炸药上扔，三五个瓶子，十个八个瓶子，不信它炸不了。”我想不出更好的办法。眼看又要下雨，炸药淋湿就不管用了。我便同意试一试。结果，我这又是定点布眼，又是定量布药的“定向爆破”，在五六个汽油瓶的燃烧中，一呼窿咚地爆炸了。零零碎碎的爆炸声中，还听见邦金梅朵大喊：

“快蹲下——抱住头——”

一条褐红色的烟柱升起来，接着是碎石下滑的轰鸣。那块卡在碉子里巨石滚下去了，虽看不到，但听声音知道隐患解除了。烟尘中，我还听见另一个声音：“你们都没事吧？没事的说一声。”虽然隔得挺远，在邦金梅朵的尾音儿里，我听出了白玛的气度。

我们离开野坝村，邦金梅朵送我们出山。过了河，走出三四里，从几天前我们向多杰挥帽子的地方往回看，原先绿绒似的青山割开一条宽口子，野坝村就像伤口里裸露的骨肉。村人们簇拥在骑“大黑”的白玛身后，沉默地看着我们走远。邦金梅朵边走边嘟囔：你们救了我们，没什么给你们的。我和助手受不起这样的情谊，连连回身招手，我是恨不得把身上穿的衣服都脱下来，留给他们。我们转到山背面，半个小时候后又爬上能看见索桥的山，回身望，见众乡亲还站在桥头堡。邦金梅朵说，村里人知道，客人还会出现在第二个山腰上，他们这是等着再一次跟客人挥手告别。前两天已经缓解的消沉情绪又笼罩了我们。我对邦金梅朵说，剩下的路我们自己走了，她回去还要把那条山溪引到村里。邦金梅朵不理会，继续低着头走在前面。我这时的感觉，好像是我们离开就对不住野坝村人。我跟木华、小李商量再把邦金梅朵往回送。老实说，我这一招也是为了稍微轻松地走剩下的路。

邦金梅朵站在我对面，听着要再送她回去的话，已经猜到我们的用意。阴影布在她的两坨“高原红”上。“我不去康定了。我再见不到你们了。”她仿佛不理解我们为什么现在就让她回去。我们安慰她说，我们还会来的。她依然不理解：“你们再来干啥呢？野坝子没得了，你们不会再来这里了。”我也心酸地想，如果不是有滑坡隐患，我们怎么会来这地方呢？邦金梅朵说的没错。看着我，邦金梅朵哧啊哧地抽泣起来。我手足无措，安慰她，说：如果有一天去成都，她可以去找我们。邦金梅朵应该是务实的人，她嘟嘟囔囔说，在康定5年她都没去成都，现在，她有啥事一定要去成都呢？这时，有风吹来，上午10点异常明艳的高原阳光照着邦金梅朵的脸，她的样子，像一棵结实的向日葵。而这棵向日葵只能在大山里开放了。邦金梅朵又咕噜一些听不清的话，抬起泪眼看着我说：“你们会记得我吗？”转念，她又灰心：“在这个山子里，谁还会记得我？”我恐怕是流出了眼泪，俩小伙子也动了容。邦金梅朵突然想到什么，用肩头抹了一下眼泪说：“相片？你们的机子呢？照个相可以吧？过很多年，你们看见相片，就会记住野坝村的邦金梅朵。”

我们在开满鲜花的山坡上照相。邦金梅朵跟我们每个人合影，然后又三个一组合影。她说过去跟她合影的客人都不知道她叫什么，住在哪个村，不知道她家的故事。现在，我们知道她和她的村子这么多事情，我们还一起逃垮塌、放炮炸石头，我们应该会记住她。木华说，照片洗出来寄给她。邦金梅朵像是摆手又像是感谢，说：“寄也行。不知能不能收到。我们这里信只送到乡里，到自己手里不知哪年哪月了。不过，我把你们都记在心里了。”

到这儿，邦金梅朵就回去了。我们也继续走，在下午两点到达乡政府，汇报了野坝村塌方滑坡事件，取了车，回到318国道。我们又在波密县调研了20天，这20天里，我们总在车上说起邦金梅朵、她当头人的阿妈和操碎心跑断腿的阿爸。当我一个人的时候，我就会想起她那句话：“我把你们都记在心里了。”这个句子在汉语里，已经被说滥而几乎没意义了，而藏人说出它，我知道，那是真的记在了心里。野坝村的邦金梅朵，我想我会记住她许多年。

【作者声明：本文中涉及地震预测的言论属虚构。】

# 翻过那座小仙山

## 1

我要讲的故事憋在身上 5 年了——我可没用错词，是在身上：一股子劲儿，先在脑袋里，然后潜到心尖，再后来就弥散在身上。故事中的每一句话，每一个字都在我身上、肉里、血里流转——你准猜这是个爱情故事，我揣着坏笑等着你中招。嗨，别跟我提那俩字儿，我正烦得手痒。老子刚离婚，正恨不得轰鸡打狗，谁也别来点这个火。行了，言归正传。2008 年那年天气特邪性，开了年长江流域几省闹冻灾，我所在的成都算一份；5 月初缅甸闹台风死了一两万人。接着就是 5・12 汶川地震。有流行说法是地震导致了气候灾难。虽说我是学地质的，更倾向于太阳、行星关系异常导致气候异常，继而导致地下岩浆运动异常的说法。所谓大天掌握小天，小天影响小球。大天小天不对劲，那么小球上气候有气候灾难，地壳下有地震灾难，人也有人的灾难。比如我。开了年，我老婆说她不爱我了要跟我离婚，这不蹊跷吗？她天天家里学校两点一线什么时候就不爱我了，什么时候就爱上别人了？以至于人都到了需要吃药卧床才能缓解的程度？这不……无厘头吗？都这样了你还咋办，不离有消停日子过吗？行，行，离。折腾俩月，9年婚姻宣告结束。接着老父亲走了，我都来不及哭上茬事儿，又赶回湘西奔丧。我妈成一个人了，我都不敢接她来成都，我估计她接受不了老覃家一个月少俩人的局面。我只单影薄回到学校，嘭地撞上门，把自己关在家里。

我睡了一个对时。据说5·12汶川地震成都有直接从10楼往下跳的，这么大的动静我居然在梦中错过了。我浑身酸痛，从酸溜溜的床上爬起愣了大半个钟头，一阵余震摇得宿舍楼像胖子转呼啦圈，我以为地震了，拉开门下楼，听邻居七嘴八舌才明白，这已经是无数次余震中不算太大的一次了。我回家打开电视才知道，自己的事还没化为悲伤，又发生了天大的事。这之后的十几天，我瘫在沙发里用毛巾被裹着自己，面前放着水、甜食、药品，在电视机前连轴转。我不想睡觉，不想出门，不想洗澡，不想上厕所——幸亏这学期没课——我在别人的疼痛中释放自己的痛苦，在混乱里任自己随波逐流。十几天下来，觉得自己这身烂皮囊到处都是孔洞，那叫“地震”的、叫“失亲”的、叫“孤单”的，变成一种流体，一种复杂气味，在身上的空洞里出出进进。

把我从沉溺中拽出家门的，是学院要组织震后次生灾害调查队，对全省次生灾害多发地进行排查。我是学院这个专业的带头人，人称“滑坡王”——这个绰号正中命门，老子正处在人生的大滑坡上。行了，当个没心没肺的浑蛋比当个沉溺痛苦、沤一身肥膘的“专情分子”强。我老家有种医治劳累和悲伤的土法，就是鞭笞后背，把累、内伤、惊恐打出来。初中毕业那年我跟父亲撑船运货，某一次遇大水，我们俩在激流里跟水周旋十几个小时，被救上岸后先是昏睡小一周，然后被父亲从床上抓起来鞭笞后背，直到皮下渗出血珠。我没落下什么病，老爹因被“下手”得不够，“坐”下挥之不去的疼。现在老父走了，没人操心我身心里的疼了，我得自我鞭笞。

我们院组织了12人、3台越野车组成的调查队，到了省抗震救灾总指挥部我才知道，这样的调查队全国来了二十几支。经过分组划片，我们这支分到康定县。康定在哪儿呀，离汶川十万八千里呢！行，我也承认，那地方山体破碎，即便离震中十万八千里滑坡的可能性也很大。但乡亲们我是“滑坡王”啊，好钢得用在刀刃上啊，应该把我派到唐家山堰塞湖现场，“肯定会溃坝”的说法已经让绵阳人民顶着雷睡觉，但从电视画面上看这说法值得商榷。事情往往这样，人家没发现我是和尚，我也没法子非去那里念经。那就去康定吧。

从成都到康定我们还不能走318国道，那是进汶川的主动脉。我们绕317国道爬上高原，经过小金县、丹巴县，从摄影家天堂新都桥往回折，一路飞沙走石奔了两天才到康定。到了县城我才发现，我们是真该来。“看滑坡的专家呀！正是时候正是时候。坡子滑得那个多呀。人和车进不去出不来。还有坝子悬在半空，冒烟子，人都不敢睡。乡里村里派人来汇报，你能咋说？又不懂，只能撤。这雨天，让灾民天天睡雨里哪是个事？你们来就好了。现在有个情况，两个乡，十来天了，没得消息。晓得出了多大的事？”一位副县长带着国土局老张接应我们。这段话听完我就明白，他们人手严重不足。“都屙血了。但人还是两只手长不到三只不是？”老张直着脖子、直着眼睛说，喉头在干燥的颈上滑动。当天晚上我们再次分片划块，我说我去最远的几个乡，另外两位老师各带3人一台车包干国道两侧的乡。我是独狼，不喜欢主意多的，就带俩研究生上路。第二天出发时，一个叫贡保的藏族青年被引荐给我们做向导。

“还要向导吗？沿河谷6个乡，我一个一个顺着排查进去就是了。”我疑问。

“要得要得。他是最高处那个菩萨居的副乡长。”

“菩萨居不是没音讯吗？”话没说完我就明白怎么回事了，不感冒地瞥了贡保一眼。老张没心情笑，他忙得都屙血了，肯定不止就我们这一茬事儿。我跟老张挥别。同事要上来跟我拍肩膀我连忙闪远点儿。我不想卸载身体里的愤怒。

## 2

越野飙出康定，老马熟路还是先奔新都桥。上了车才发现，我这号还不算嘴皮子溜儿的，真正能说的几乎没让我们耳根子消停一分钟。

因为需要语言转换，藏族人说普通话语速通常要慢些。但这是一般说法。我的学生里有藏族人，有些普通话说得听不出一点口音，语速也呱嗒呱嗒的。即便这样，我也没见过像贡保这样简直不让时间流逝哪怕几秒钟的。上车后没过一会儿，我们就知道贡保的前后左右来龙去脉了。简单说吧，这位贡保是个逃兵，嗯，不是地震逃兵而是高原生活的逃兵。他是康定海拔最高的菩萨居乡的副乡长。那地方平均海拔4000多，外面的姑娘不愿嫁进来，里面的姑娘他又看不上，29岁了还没结婚，地震前闹情绪来县里泡调动。“哪怕娶了老婆生了孩子我二进菩萨居也行啊。”没想到地震了。青藏高原经常地震，康定又不是震中，所以他打定主意泡下去，不然就前功尽弃了。但菩萨居居然震后17天没消息，灾到啥子地步、有没有伤亡一概不知，他慌了。他想回去又找不到车。县里忙得鞋底拍屁股哪还顾得上他？他几次出城想拦车但最后又都折回来，现在遇到我们进山，他是搭车带当向导。“你们需要我，真的真的。没有消息出来就是路不通。路不通就需要我。不过得先去那两个没有（搞定）通讯的乡，书记给我下了死任务，就是爬进去，也要搞清两个乡的灾情。”我盯着贡保的嘴巴发呆。不知是海拔高了，还是他嗓门太大震得耳膜子疼，我已经晕车了。

在川西高原，人居住在两山夹峙的山谷里，谷底必定有条河；公路多开在河边，所以一条省级公路串起一串乡政府。也有的乡没那好命，没扎在省道旁，它们通往国道省道的是石渣路（县级路）或夯土路（乡级路）。贡保出生的多吉乡天可怜见地甩在一条石渣路上，“那条路啊，晴天扬（洋）灰路，雨天水泥路”。而他工作的菩萨居乡，只有一条乡级路通着多吉乡。“这路是不下雨羊可以走，下了雨鸟可以飞。”“什么意思？”小李不解。“你要从上面过，除非长翅膀。”“也就是说人根本过不去。”我不耐烦地打断贡保的得瑟。我心情不好，烦瞎耍嘴皮子的。“我们两个乡夹在一个山夹子里。菩萨居胳肢窝里的河，是多吉河的上游。”从新都桥下来，我嘱咐司机撂下省道上的 4 个乡先奔多吉乡。贡保更来了神儿，笑话啊掌故啊一串一串的，他说多吉乡是“三日成仙乡”。

“我们那里地势高，就是县上的到我们那里都头疼得受不了。上级来检查工作，最多待两天。头天去，第二天回。要是能坚持住上 3 天，我们就说他成仙了。哈哈哈，所以叫‘三日成仙乡’。”

“住 3 天就成仙了？好像也不难哦？”小李兴奋道，又立马收住笑。这地震闹的，小伙子们都不敢笑了。

“我们那里很少有外人去。‘成仙’也是对愿意来看我们的（人）感谢。”好像是对我们绕开“省道乡”先去他们那里的报答，贡保下决心用话语犒劳我们。

“多吉就 3 日成仙了那菩萨居呢？先说说菩萨居海拔多少？”小文也参与进来。

“4000多快5000了。康定最高的地方，再往高处就没人住了，就真是菩萨住的地方了。”

“菩萨居叫什么？”

“菩萨居嘛，叫‘一日成仙乡’。”

我以为大家会乐，但连我在内都瞪着贡保没作声。这里面好像意味深长。不过我没心思想形而上的事，便把目光投到车窗外。

从新都桥到普绒乡也就百十公里，我们却咣当了4小时。下午4点，再从普绒乡下到“县道”，基本就是搓板路了。这搓板路也只走了一半就遇到滑坡，路完全封了，恐怕就是这个滑坡挡住了多吉乡向外报信的路。车走不了了，贡保说可以绕道山上，翻过两道梁，斜插下山就是乡政府。我们估计了一下可能性，然后背上必要装备，放车回普绒乡，我们带的半车粮食蔬菜也只能随车走了。退回两公里，我们在“县道”跟山道接缝的地方开始爬山。爬山是搞地质的本分，地质人的铁脚板跟四川的棒棒儿、云南的马帮、西藏的背客有得一拼。我叮嘱俩小子走等高线，从现在开始有得山好爬。

从撂脚开走到进多吉乡府，5个小时，我们晚上10点才到。还在对面山顶上时贡保就向下吆喝，多杰书记和边巴乡长没等我们过河，就掌着马灯站在吊桥口。

“哎哟哟，可把个人儿盼来了。还是省上的？看滑坡的？哎哟哟，那可是救星可是救星！”多杰书记和边巴乡长表示了半天心情。等我们相互看清对方的脸，多杰书记才愧疚地说：“没得电，没得手机信号，啥子情况也不摸，外面是咋个情况？”

“先别问外头咋个情况，先说说你咋个情况，你的乡咋个样子喽？莫子没个音讯出去？全县就两个乡子没消息，一个菩萨居，一个就是你们多吉！咋个？死了人没？”贡保用四川话说。

“死了两个喽。”多杰书记哀哀道。

“就两个？你统计全了没？”听到这个数字，贡保仿佛一块石头落了地。

“咋子说话哩？莫子叫就死两个？”多杰50多岁，基本是长辈，可以责备贡保。

“哎呀我是着急嘛！外头……啊，你统计全了没，就两个？”

“我们一个村一个村走了的，今天才走完。目前就两个。菩萨居也没得消息出去？是哩，没得看见有人出去。出去总要从我门口过嘛。你们从山上过来路是还不通？大震那天路就垮了的，再也没见有人出进。”

书记乡长把我们领进院子。院子里有股马粪味，还有一股说不出的腥臭。

“莫子那么臭？”贡保一句东一句西，“整点东西吃，前心贴后侉子了。”

“河子堵到了。估计菩萨居滑坡把河子堵到了，河里没得水，沟子都臭了。一天比一天臭。”

“一点水都没有？”贡保“哇”地叫起来，抬腿又往院外跑。院子外是公路，公路外就是河，刚才从铁索桥下来，没听到水声我还诧异了一下。川西高原任何一条小溪都没有温柔可言，大多数溪流快得人掉下去就没救。我们用手电往下照，眼前的小溪孱弱得像老头的尿，又细又臭。我身上的汗毛一下立起来，这意味着上游有个堰塞湖。

现在，贡保全身的嘴巴都闭住了。我们在办公室“对情况”，他又出去看看，在院子里兜圈子。多杰书记准备了一大锅面疙瘩稠汤，我吃了一碗就放下筷子。因为缺氧，我身体里某些心灰意冷的倦怠又泛上来。当天夜里，我们躺在办公桌拼成的床上，谁也不说话。贡保又到院子转了一圈，回来说要下雨了，然后嘎吱作响地躺到办公桌上，没一会儿就鼾声如雷。我尽量不去想我们这仨俩人怎么对付一个堰塞湖。半夜里，果然下起雨来。

雨在天亮后越下越来劲了。贡保一早就出去，等我们浑身酸痛地从办公桌上爬起来，他已经回家转一圈回来了。“房子毁一半是有的。人没得事。全村伙着吃粮。手机没信号了你们发现没？”他这么一脚天一脚地说完把我拉出院子，说：“根据你的知识，这不流水是咋个回事？”我说那得到现场看了才能判断。贡保说：“多吉乡（的情况）就这样了，死了两个，路堵了，派俩人出去汇报。我们今天就去菩萨居，实地看看河子莫样不淌水。”我不喜欢听别人指挥，便说：“你是副乡长你该先回菩萨居。我们计划是先排查多吉乡，再排查菩萨居……”这话就像借口，我撑住不脸红。“这是布袋子兜水，早晚会冲下来。”贡保叫起来。我忍住没发作，撂下他自己先回院子。

甚至无须专业知识，稍有山区生活经验的就知道，一条河川从大河汤汤到突然变成涓涓细流肯定是上游堵了，地震时节八成是山体垮塌了。把一条并不狭窄的河川堵住不会是小方量垮塌，这样的垮塌意味着后面有一串灾难和危险。我的胃和脸颊都有点儿紧。不过气话归气话，我还没意气用事到不分主次，立马踏勘这个大方量滑坡才是正茬儿。

早餐还是多杰书记煮的面疙瘩稠汤，他和边巴乡长先吃昨晚上剩的，再添了半碗新的，这弄得小李、小文很难为情。“你们是客人哩，这么大的灾来我们这里……”我硬着头皮说得先看菩萨居的“堵沟子”，回头才给多吉乡排查滑坡。多杰书记一个劲儿地点头说“紧先看他们的”。从他的神色里我看出难过，好像我们放弃了他们。以往，我们哪受过这么待见又哪担过这么大的责呢？吃完疙瘩汤我们就上路了。雨一阵紧似一阵，多杰书记叮嘱："过不去鹰嘴岩就拐回来，莫要硬撑。"鹰嘴岩是座小山，山岩像鹰头一样伸离山体，悬在路上、河上。

从多吉乡到菩萨居乡直线距离 55 公里，可没有直线给我们走。原先的乡级路就是个牛车道，晴时可以行人过牛车，雨天只适合鸟飞了。因为路基太软，一脚下去像磁铁掉进铁屑堆，下去一个碗，出来一个磨盘。两脚像长了蹼子，走个一二十步就得刮鞋子。"你这当副乡长的也没把路修修。"计划被打乱，我怪话连篇。贡保满脸歉疚，好像让我们走这种路是他的责任。"平时下雨我们都不出门，外面也很少人进来。我 23 岁开始当这个副乡长完全因为我就是这儿的人，跑不掉。外面人，你给个菩萨他也不当。"为了分散我们的注意力，贡保给我们讲起笑话。说，关于他的名字还有个故事：上小学二年级的时候，有一天老师让学生给自己的藏族名字找一组发音相似的汉字，最好是名词。他在课本的生词表里专门找名词，找来找去找到"胳膊"俩字。他高高兴兴拿给老师看，老师笑得又是摸自己的胳膊又是摸脸，学生见老师笑也跟着笑，全班哄堂大笑。等笑够了老师才说，"胳膊"虽是名词但是身体的一部分，所以不能作人名。最后，老师替他选择了"贡保"二字，但因为不是名词，他小学上完了还耿耿于怀。这故事把大家逗得哈哈大笑，贡保又人来疯了，讲了第二个故事。说是他到康定上初中，第二周就喜欢上一个女生。周末便尾随该女生出了校门，在康定城东转西转，陶醉在女生的摇曳身姿里。后来一个情景让他万分不解：该女生在街边买了一堆草，还用袋子装着。接着他惊讶地发现许多大人提着的袋子里也装着草。他想啊，城里不长草，这里的人把草看得多重要啊！周日晚上女生返校，他郑重地找到她问，为什么草还用买还用袋子装着，女生说那是“菜”不是草。又说，她不吃肉，只吃菜。他瞪着女孩，心都凉了，想：“她不吃肉，可怎么活下来的呀！”很长时间他都处在忧伤中，担心该女生会饿死，女生当然活得活蹦乱跳的，于是，他懵懂的初恋宣告结束。这故事又惹得大家一阵笑。小文说：“我都不信，在此之前你都没见过菜。”“我到哪儿见呢？你看看这里，哪有什么菜呢？家里又没电视。”“啥时候的事啊？”“13 年了。”他的话让两个平原长大的小伙子半天说不出话。

我们沉默地走，雨毫不客气地下。正走着，一块石头横在我眼前，像是被推出去的棋子，从小道的内侧被推到外侧。接着一阵不知来自天上还是地下的滚雷响过，脚下漫流在草丛里的雨水“竖”了起来。

“余震！”我大叫一声。

“个人管好自己。”贡保也大叫一声。

话音被黑夜般沉重的巨响淹没了。我脚下的水草滩“站”成一排水墙，水墙里喷出沙石，我被包围了。紧接着，伴随着失重和惊涛骇浪般的颠簸，我脚下的水草像一片“木筏”坠落瀑布，天在这时候黑了。“木筏”下落的速度超出我以往的体验，我想，自己可能进入了所谓的“死前时光隧道”，尽头就是死亡的光明。我不用挣扎了，完全坐在自己的宿命里，同时为自己的平静感动得想哭。

不知过了多长时间，头顶上一圈人在喊我，我矫情地想，这不过是活人对死人的哭号，我还仰脸看了一下，这一看把我吓了一跳：我蓦然看到天，直落的雨水，以及趴在“天堂”口向下呼喊的人。哦！我根本就没死，只不过地层塌陷，我掉进一个裂开的地缝里了。贡保带着俩研究生用裤腰带把我拽上去，恐惧是在我们撤离现场一二十分钟后才从小腿肚漫浸上来。我的婆罗婆罗密呀，我刚才差点儿埋进去，差点儿丢了小命儿呀。想到这儿，我坐在一块石头上，走不动了。

如果地缝打开又合上怎么办？如果掉下去的是学生怎么办？我的腿在发抖。贡保催促大家上路，他当逃兵一二十天不急，现在倒急了。但我没勇气说放弃的话，正确地说我还没想好或者还没找到放弃的理由。我恍恍惚惚地跟着大家。“覃老师，你没受伤吧？”小文靠过来表示关切。贡保像是没听见，继续撂大步，劈雨向前。

不管是推着走还是被推着走，我们很快就看到把河川堵满的滑坡，果然是鹰嘴岩：半座山切蛋糕般地摔下来，滚过“乡道”，“坐”在河床里，竖起一道堤坝，上游来的水完全被堵住。因为看不到垮塌体的另一面，还无法判断堤坝那边的情形，但从这一侧看，土坝上毛毛虫样涌出无数条管涌，河水浑浊，溃坝只是时间问题。

“根据你的知识，坝子那边莫子情况？”贡保衣服全湿了，热气从毡毛褂子里透出来，方圆 10 米都是牛肉牛奶辣子味儿。

“唐家堰未必能溃，这可能才是‘肯定会溃坝’。”我的口气很牛 X，但这话把自己惊出一身冷汗。大脑突然被这句话勾住了，乱蜂一样狂舞的魂儿这才开始收窝。

“根据你的知识，还有多长时间会溃坝？”眼皮被“根据你的知识”刺激得直跳。“根据我的知识”，这么说是我说了算，人命关天的，我怎么能说了算？这个责任该我担吗？我只是个志愿者。什么时间溃坝……我说 12 点，但如果 11 点溃了怎么办？我的魂儿我的身体终于合二为一了。

“别一会儿一句你的知识你的知识。这大自然的事儿谁说得准？现在需要马上撤退，回去，通知多吉乡，同时向县里、省里汇报。”

“不去菩萨居了？”贡保张着嘴反问。

“去不去都一样。溃坝的话横竖受灾的是多吉乡。而一旦溃坝，就不仅仅是多吉，省道上的普绒乡也会受灾。”我跳了一下抓住意识里的这句话，同时发现这句话重要的像挡箭牌。

“可县里给我的死任务是摸清菩萨居的伤亡和灾情。”

“那是你的事。我们的任务是调查滑坡等地震次生灾害。根据管涌的现状，这个坝很快就会溃，我得完成我的任务。”我不容商量，也只打算给俩研究生发表意见的机会。正确的决定通常是少数人做出的。

“但是……”贡保犹豫了，“至少，应该到坝子那边看看……你看了才说得准什么时候会塌。”他口气生疏。他可能一直以为我们跟他是一伙的，现在才突然发现，他有他的使命，我们有我们的任务。

“路堵了，山垮下来一半。这么松散的山体是不能爬的。作为老师我不能拿学生的生命冒险。”我想都没想就秃噜出这句话，而此话一出，就像泡了水的方便面，迅速膨大，占据了我整个大脑。我是老师啊，对吧？老师不是带着学生瞎拼命，而是教他们正确地判断、正确地选择。

“天还下着雨。你自己都说，雨天这路不适合人类走……只适合飞。”我难看地笑一下，而说谎的窘迫使我调头往回走，走了十几步回头对拿不定主意的俩研究生说：“我得为你们的父母负责！跟我走！听见没有！”

身后啪啪甩泥的脚步声先是两个，后来是3个。大家一路无话，掌灯时分又走回多吉乡府。多杰书记远远地瞭见我们就转回院子斩鸡下锅。鸡是拿到寺院杀的，煺了毛放着，不见我们不下锅。我先给书记乡长汇报堰塞湖即将溃坝的情况，要他们连夜通知沿河各村向山上撤退。边巴乡长和三位男办事员饭都没吃就下村通知。边巴乡长临出门还叮问一句。

"根据你的知识，向山上撤多少？"

又是这句话，我脸红了，咬着嘴唇说：

"从这里算，上游退 40 米，下游退至少 25 米。"

我突然发现通知大家撤退，比我当初想的要重要得多。一河两岸住着多少人哪！我还惭愧地发现，"我的知识"对多杰、边巴、贡保他们，比我自己估计的要重要得多，它重要的跟人的性命相连。我有点心虚，追出门去叮嘱说，今晚上必须通知到沿河所有村。

"现在还有一个问题，怎么通知省里？"边巴乡长他们走后我回到屋里对多杰书记说。说完我就不好意思起来，就剩老书记一个人了，我这是说给谁听呢。"或者……我们多少睡几个钟头，缓过劲儿就去普绒乡。对了，普绒乡沿河两岸也要撤退，这个水下来，一掌荡平。"

"我去普绒乡。电话打不通就坐你的车去新都桥，再不行就直接去康定。"多杰书记说，说着把湿乎乎的呢子中山装套上。我多少年没见这种衣裳了。

"普绒乡还是我去。"贡保把挂在门上的雨衣又套在身上，"你是书记，你得坐镇你的乡。大水下来怎么办？这不比地震灾小。一水下来，挨个儿冲你的村子。你在家守着。"说着贡保已经出了门。多杰书记连忙从锅里扯下一个鸡腿追出去。小李从背包里找出两包方便面也追出去，在院子里喊："覃老师，我跟贡保一起去。"我话到嘴边又擒住了，换成："千万注意安全！"嘱咐小文把我的手电拿给他们。

乡政府就剩下多杰、小文我们仨，一只鸡掰掰弄弄放了三个盘子，三个盘子里就一只鸡。多杰书记歉疚地说，没啥给你们吃，连土豆都没有了，麦子面还是从自己家里拿的。我喝着面疙瘩稠汤有点眼热。今天办的事儿对住对不住这只鸡？喝完疙瘩汤我就在办公桌上躺下了，为避免小文搭话我假装扯起呼噜。

第二天天不亮我起来走出乡政府，来到吊桥。雨暂时停了，白雾像动物一样爬动。沟里的“羊肠小水”大了许多，浑浊度也高了许多，但溃坝显然还没发生。早餐，多杰书记又煮了一锅面疙瘩汤。我端着碗，发现自己的处境极其被动：鹰嘴岩没上去，没看到堰塞湖的全部；“一定会溃坝”之说就像掩饰没上鹰嘴岩的理由；几乎把全乡干部都派出去了，连夜通知要溃坝的消息，但什么时候溃坝也说不清；我倒好，我这个根据知识下结论的，坐在这里喝汤吃鸡肉……我是不是像个骗子？骗子就是这么糊弄事儿的。半晌午，小李和办事员次仁回来了，他们是半道碰上的。小李汇报说，即将溃坝的消息已经汇报给省里、县里，县里做指示沿河村民立即撤退，县里马上派工作组。他接着向多杰书记汇报说，贡保直接去菩萨居了，中途会在某个老乡家睡一两个钟头。贡保保证，如果菩萨居没什么大事，他明天就回多吉。“多吉接下来是个大灾呢！”次仁学着贡保的口气补充一句。我如芒在背。人家都能过去，我为什么就不能？前妻说我不负责像个男孩不像男人，看来……她真应该在这里看看我到底是不是爷们儿。我给小李小文下死命令，不许离开多杰书记的视野，协助乡里指挥村民撤退。

“你呢？”俩小伙子胸脯一挺一挺的。年轻真好啊！

“成仙去。”我把目光移开，避开面对青年时的沮丧。

“我要去。”“我也要去。”这代青年，“我要”、“我要”惯了，这时候了还是“我要”。

“你们的行为由我负责，而我的行为由我自己负责。你们不能去。不听我的，我就视为你们不想拿学位不想跟我混了。我去追贡保，成仙这种好事不能让他一个人独占了。”

我出了门。俩研究生留在多吉乡。他们才出道，没必要急着成仙。我走上粘脚的羊道，爬上山坡回头望，俩研究生和多杰书记、次仁办事员像是对一个磕长头去拉萨的信徒挥手，那里的意思我理解是：尽管路途艰辛，但好结果在远方等着我。

## 3

接下来的事简单多了：我凭多年爬山、看滑坡的经验，绕过鹰嘴岩塌方、封路、堵河的豁口，从山的另一个面绕到上游，接近堰塞湖。还在山顶上就看见贡保在半山处，他也看见了我，嗷呵呵地大叫，跟我打招呼。我又花了 40 分钟才站在他身边，跟他一起看脚下淤涨的大河：水位至少升高了 60 米，水面上拥挤着树木、房梁、破碎的桌椅板凳、破布烂絮、动物尸体，甚至……人的尸体。贡保侧脸看了我一下，他的眼睛发红。

“这水一下来，灾可就大了。”他对我说。

“我昨晚说撤 40 米恐怕不行。这坝子溃下去，连同树枝、泥石，至少得上撤 60 米。”

“现在，莫子办法？”贡保一听急了，脑袋摆得让落上去的雨水横飞。

“还有什么办法？只有往回跑了，通知沿岸人家……”

“那就白装神仙定着不动了，往回跑吧。你负责这边，我见桥子就过那边。几时溃坝？”

“天黑前肯定要溃了。”

接下来我们分头往回跑。贡保边跑边交代：见到人家就叫跑得动的也去通知，一传十,十传百，发动群众，群策群力啊。这话真八股但真管用。我从遇到的第一户人家出来，就有俩小伙子跟着我跑，分头通知。我这把不老不嫩的骨头还真能跑，我都没想到自己这么能跑，我以为随着爱情的结束自己老了，现在看来还不是那么回事。不知道跑了多少路多长时间，我跑得眼都花了，感觉目所能及的、漫山遍野的都是跑的人：男人往下游跑，女人老人孩子往山顶上牵牛赶羊搬东西……

我没看到溃了坝的洪水是怎么经过的。溃坝是在下午三四点钟吧，我跑到一户藏民家通知他们上山，说完我站着就睡着了。这家藏民怎么把我弄上山的也不知道，但我分明听见了溃坝后的洪水，推着泥石树干房梁破桌烂椅动物尸体，像黑色的山一样踏着进行曲的节奏，摧枯拉朽地走过。我也分明听到了两架山坡上的寂静，风声、转经筒的摇转声，藏民静默的呼吸声。

我在藏民家睡了3天，梦里一会儿跟贡保吵架，一会儿又跟小李、小文吵架，吵的内容无非是要不要翻过鹰嘴岩去菩萨居。"到底是因为害怕，还是这件事应该有个正确选择？保护学生算不算正确选择？""好吧，我承认掉进地洞吓掉我一半胆，但他们是学生我不能让他们冒险不能说不是正确的。""好吧，就算离婚让我愤世嫉俗有点儿破罐子破摔，但我还没失控到拿俩学生的'新罐子'随便摔。志愿者的性命同样重要。""你说说我真这么自私吗？9年的婚姻，我真的只想自己不关注她吗？我怎么没想到生个孩子保住婚姻。"……我是被贡保打醒的，醒来发现脑袋下的青稞粉口袋都让我哭湿了。站在贡保身边的还有多杰书记、边巴乡长。多杰书记说，这次大洪水多吉乡没有一个人遇难。

贡保、书记、乡长还要回去接应省县联合调查组。他们走后，我一摇一拐在山坡上薅了一把高原柳，回到屋子脱了上衣往自己后背抽。我没什么力气，这家藏民还有河畔撤上来的好几家藏民微笑着瞪着眼看，看我实在绵软无力，一个40多岁的汉子过来帮忙。他手上的力道既准又狠，没一会儿我就“遍体鳞伤”了。我带着一脊梁的“鞭痕”又昏睡了5天。这5天，我醒了就起来喝一碗滚烫的酥油茶，喝完撒泡尿又接着睡。在半睡半醒之间，我感觉身体里的“虫子”一扭一扭地往上爬，爬得浑身热燥瘙痒。几家女人又用烤热的石子烘我的背、腰、脚腕，那些寄生在骨头缝里的“虫子”，扭巴扭巴，爬出皮肤就灰飞烟灭了。第6天，多杰书记带着小李、小文来看我，我说自己可以走路了。几家藏民派了两个汉子护送我们回多吉乡。停了一天，多杰书记带上俩办事员又把我们送到省道上的普绒乡。半个月后我在系办公室见到专门来送锦旗的贡保。贡保的话还是一如既往的多，又是情景又是细节的，简直让我恍若缺氧。不过，他送的锦旗把我逗乐了：

住三天小成王

居一日方成仙

## 寻找鲁芒果

退出江湖已经好些年。我蜗居海南岛，临水而居。早上喝早茶，下午喝下午茶，晚上吃大排档，一吃吃半夜。隔三岔五地，我还去水巷口溜达，那里原来是渔码头，现在还有沿旧习的人把小船靠到岸边，在船上或二阶半的石阶上卖鱼。我学巷子里的老太太也去那儿抓几条回来，学当地的做法，把砂锅烤热了抹点油，放上几片生姜，把鱼就那么一烩，就着砂锅把饭都吃了。鲜鱼不需要深加工，生活也一样。我家人口少，日子单纯，有一份小生意支应我和我妈的开销。一个工厂，生产螺旋藻，现在也基本交给副手打理了。这种日子我过了 8 年，本来蛮好的，千不该万不该，我不该去吃人家一顿饭。

海南这地方喜欢聚众吃饭。一到开饭的点儿总有人振臂一呼下餐馆，跟去吃的人也跟着满世界打电话，找人吃饭，好像是他做东。我就是这么被一个朋友叫去的，我是著名的闲人，谁都知道我有空，谁的饭局都能到。就在这个饭局上，一位据说是著名诗人的家伙说了一些诗坛的事。我低着头吃，没说话，也没故意装作不想听。我的耳朵和大脑就像挂在风中的一截塑胶管子，你不能不让风进来，但风也不会留在里面。饭后，我的朋友瞎揽事儿，让我把诗人送到客运码头，该诗人要体验坐海船的晃悠。我跟诗人就这么坐到一辆车上了，他说话就是诗人的主观，他说："啧，鲁芒果不见了，谁都不知道她的下落。你在你的朋友圈里也帮忙打听打听。"我好几年没碰到这么说话的了。这么说话是预设我知道鲁芒果是谁，也预设我会关心她失踪这种破事儿。可他凭什么判定我会关心这事儿，他算老几，那个鲁芒果又算老几，我干吗会听他的劝告，在我的朋友圈里帮着打听？我的朋友圈都是些什么人，浑蛋、混事儿的、小生意人以及不喜欢穿鞋的街坊邻居，谁会关心这个鲁芒果？我没搭茬儿，给这位喜欢占小便宜的诗人买了张去广州的船票，把他送上船。可能为补偿这张船票，诗人在船上给我发来一条短信：船慢慢离开海岸，水面皱起一层乡愁。我正在开车，把手机扔到副驾驶座上，嘟囔一句：哪儿那么多乡愁。

我继续上午喝早茶，下午喝下午茶，晚上与三两个不穿鞋的邻居吃砂锅煮鱼。我送自己厂里的螺旋藻给有胃病的邻居，但如果某个肥头大耳的小官儿要几箱送更大的官儿，我则打马虎眼儿，说那厂子盘出去了，别人是 CEO 了。乡愁诗人走了两个月，海南岛开始凉快。有一天我望着窗外绿茫茫的太阳光发呆，突然想起鲁芒果这个名字，眼前一片灿灿的黄色。我不由自主笑一声，然后为自己还能眼前飘幻想耸了耸肩。

即便是我刻意遗忘过去，只要点出名字，我也不能说完全忘了 1993 年以前的诗人——1993 年，这个词儿咋这么熟——从 20 世纪 80 年代中到 1993 年，鲁芒果是活跃在国内一流刊物的女诗人。我好像读过鲁芒果的几首诗，具体的句子嘛如果不是她的情人肯定记不住，但依稀记得语气是狠叨叨的。我还可能在杂志上看见过这女人穿皮装的小照，说实话，我不喜欢女诗人穿皮装的造型。这一晃一晃的，已经十来年过去了，这女诗人失踪了？嗨，也就是不发表诗歌了呗，不发表诗歌的前诗人多了去了，80 年代的诗人还继续发表诗歌的已经是精英了。但似乎……失踪和不发表诗歌是两回事，乡愁诗人似乎说的是失踪；失踪和死了也是两回事，自海子之后，自杀的诗人也不少。这逼诗人做苦工做生意的世道自杀算是脆弱的，活着才英勇呢。但还是那句话，鲁芒果失不失踪跟我有关系吗？爱咋地咋地，我没自杀已经算饶了这个世界了。我依旧隔三岔五地去二阶半买鱼，依旧穿着睡衣、趿拉个拖鞋在各茶楼晃荡，只是我还没炉火纯青到腊月里光脚趿拉皮鞋。

冬季的海南岛，白天太阳绿蒙蒙的，像浑然不觉青春的少女；晚上海风裹的潮夜紫不丢丢的，像夜总会贪酒的女郎。这么好的日子玩什么失踪呀。过了正月，天气没那么梦迷离了，我悄没声儿地发展了个好耍活儿：开快艇到一个我花大价钱买来信息的好水域，在那里下网打鱼。这时候渔民正在休渔期，但没说不让快艇捕鱼。我一天下两网，一网五六百斤。有时候，我的小铁马都被压得直打坠儿，一扁一扁地挺着大肚子回来。我的鱼，不论好坏长短都 3 块钱一斤卖给小贩，这让他们很高兴，我也很高兴，除了赚回油钱还赚了玩儿。我兴致盎然，一星期出海两次，但没玩多久，有一天工商所的老李把皮卡横在我家门口，客气地给我提个醒儿，我不能再打鱼了，再打就违法了。“钓十条八条的可以，一次千把斤，那可是违反禁渔令，更重要的是冲击市场。”我把满是鱼腥的连体渔裤连同小铁马儿一块儿收进地下室。我继续上午喝早茶，下午喝下午茶，二阶半的鱼是不想吃了，鱼腥已经把我熏腻歪了。

大陆的夏季到了（海南岛的夏季早两个月就到了），我开始习惯性地“蔫儿夏”。每天魂儿都不在身上，浑身懒得发酸。我实在想不出还有什么好玩的——要不租块地种种？转念想想海南岛的太阳我还是打消了种地的念头。要不去旅游探险吧。王石都闷得发慌去登珠峰了，我 208 斤的体重登不了珠峰，但是，但是……唉！要不就去找那个鲁芒果吧。既然那么多人关心她的下落，为什么不去找找呢？他们没闲我有闲。嘿，这可是一个好事由哦。

说走就走，但寻找鲁芒果只在心里嘀咕，对我妈和副手我还是说，是回内地发展市场，多开几家经销店。我抱着自我揶揄的心情登机离岛，在心里说，找鲁芒果跟快艇捕鱼或租地种菜一样，是一个可以玩比较长时间的耍活儿，可以让人沉醉一时。说句矫情的话，挣钱是个只要你挣到就开始厌倦的耍活儿，1993 年刚下海那会儿，不傻都能赚到钱。赚下钱，余下的日子你干啥呢？

我找鲁芒果不会跟诗人似的，靠一腔惆怅去打听，并且也就是打听打听、惆怅惆怅，虎头蛇尾。诗人净干这事，打听几年了，打听出来没有？是死是活，谁也没弄个准话。我要找，就得跟干项目那样去找。我依稀记得鲁芒果是湖北人，那我就先到湖北作协打听她家在哪儿，找到她父母姐弟就不愁找不到她。亲人可跟诗人之间的关系不一样。家里人可以不知道亲人写过什么有价值的诗句，但一定知道她在哪儿，天涯海角的总有个地方。我先奔了武汉。

自 1993 年隐居海南岛，一个生肖轮回，我从没对人提过我也写过诗；而今说写诗是个难为情的事情，但我还真写过，也认识个把个诗人。到了武汉后我又改主意了，不想去找曾认识的诗人。当一个混混儿面对过去的诗友，那是他也难堪我也难堪，何必呢？我去找不认识的诗人。我要是自己不提写诗的事，谁会知道我这么个胖子也写过诗呢？魏大诗人虽从没照过面，但曾听过他的一则轶事：他喜欢别人叫他魏大诗人，“魏大诗人 = 伟大诗人”，这个谐音像汽水泡，让他整个 80 年代加 90 年代早期都满世界冒泡。魏大诗人是个谢顶的、细皮的、有眼尾纹的男人。我找他的那个下午他正搞什么活动，他指着我，问了三遍旁边的女人：你看我跟他谁大？他可真是大言不惭，我好歹还是“60后”的，他绝对是“50后”的。他忙着跟新一代的女文青们说笑话，但据我观察，他并不真的在乎这些女人，女人们也不在乎他，他让我第二天再给他打电话，转而去跟一个地产商打麻将去了。他策划了个什么征文活动，希望地产商掏点钱。瞧他这怂样儿我就坚信，当初弃诗经商是正确的。第二天魏大诗人主动打电话来，他说奇了怪了，是不是诗人们太寂寞了，需要抱在一起暖和暖和？他在我住的宾馆楼下，试图阻止我去黄石见鲁芒果的父母。“上个星期还带无锡的一个诗人去过她家，她爹妈都不耐烦了，说，你们有什么新消息再来找，没消息就不要来了。”魏大诗人接着说，奇了怪了，从去年立秋到现在，通过他来找鲁芒果的就不下十拨，难道……他思忖，这是不是一个新由头，让诗人们有个新名义串联？诗人们喜欢串联，我当诗人那会儿也串联过几个省，北京、上海、成都都是以找诗人的名义去玩的，当然我也在原籍宿县接待过无数拨诗人。

“这是不是说，全国各地的诗人都知道鲁芒果失踪的事，各地诗人都在找？”我突然有点兴奋，骨髓里酸了一下。除了诗人，哪个群体能这么团结，这样寻找一个同伴？“鲁芒果因为什么失踪的？”我提出我的疑问。

魏大诗人沉吟了会儿，突然诡秘地调过头，看着我说：“你为什么找鲁芒果呢？你是她的情人吗？”我笑道：“我倒是想啊。可事实是我不认识她。”魏老头儿吟哦：“是不是诗人们要通过找另一位诗人才能确认自己还是诗人，或者还是活人？我就是一个例证。就是这么一遍遍帮着找鲁芒果，我才跟全国各地的诗人联系上，通过他们才感觉到作为诗人的价值。”这魏老头儿可真够酸的。我担心他会抱着我大哭一场。我不由自主地向后撤了两步。这老头儿还在感叹：“老实说，我曾经爱过这个女人，她像舞台演员一样神经质。可我就是喜欢她的脆弱。你爱过她吗？”还没等我开口，这魏大诗人又说，爱一个女人也没什么错。我不得不把话题拨正：她失踪是因为男人吗？魏大诗人说，还能为啥呢？女人不是为了男人还会为什么呢？

我请魏大诗人“过了个早”，当机立断跟他告了别。我对为了男人而悲伤而不写作而隐居的女人充满敬意，我不跟瞎男人议论她们。我自己坐长途去了黄石，也没试图找鲁芒果的家，只在县城外的田野、果园、中学校园转了一天。晚上住在县城，睡了一觉醒来听到蛙鸣，心想，鲁芒果最初的诗歌一定与蛙鸣有关，这样想着，我似乎闻到诗人的气息。从黄石回来，我自己去黄鹤楼转了一圈。上次登这个楼子还是1986年，那次是我新婚，现在，媳妇都跑8年了。

我在武汉三镇又住了7天，转悠了十几个人，找到了那位无情郎的老家。我是这样估计的，一个女人能为一个男人不再写诗，离家出走，隐居某地，那总有一天，这个女人不是为了爱就是为了恨而来，至少她有忍不住的时候，打电话写信都可能留下地址，我可以引以为线索——这也太容易了吧，我有点发慌，想到海岛上无聊的日子就不想马上见到那位无情郎，所以几天后无情郎的老爹说，该男子1995年已经北上北京，我甚至都暗自松了口气，对人家老爹道谢再三，人家老爹问道：“你是谁呀？你找他干啥呀？你告诉我，我帮你打个电话给他。”我只能支支吾吾，指东说西，然后跟做了坏事似的，哧溜一下溜走了。

我回海南待了两个月。在海南待久了养出这么个毛病：不出岛憋闷，出岛有个十天半月的就想回来；这里吃的太好，睡得太好，闲得太无聊；当地人死活认为这里是中国最好的地方，我这号移民嘴上不说，离开久了还是想回来吃鱼。

10月底，北方地区的树叶应该变红变黄了，我开了一辆老切诺基，带上半车厢的工具、行李、食品，从海南岛出发去北京。去北京实际上打张机票半天就到了，我这么费劲就是要把过程拉长，把时间填满。走前光修车我就捣鼓了一周半，准备车上的物资又花了一周，我给我妈买了够俩月吃的粮油、枸杞红枣黑米大豆，又把洗衣粉、洗洁精、洁厕灵、去污剂、消毒水买了一溜儿。老母亲看出我要出远门，她说这多少年没见过我这么提劲儿的。我跟老太太说："妈，我出去找个人。"我也没说错，但老太太可能以为，我这是出去找女人——这几年我身边根本没女人让我妈跟我说话越来越小心。听我这么说，老人家脸上露出一丝笑。唉，我妈也没猜错，只不过我找的是一个跟我毫不相干的女人。出门前我还在网上做了功课：第一看去北京的路线；第二看无情郎供职的那家"给主流人士看的综合性杂志"到底是啥玩意儿，人家现在是副主编了；第三就是读有关鲁芒果的文字，这些文字包括她的几首诗。我还在网上看见她那张穿皮衣拗造型的照片，我把它打印出来，放在皮夹子里，免得对面不相认。出发前两周，我居然因为即将开始的远征而兴奋异常。

从海南岛开车到北京，我听说有人用过28小时，我则跑了5天。中间在长沙停了停，看看两位我刚下海时的难兄难弟，在郑州停了一夜，看一位因找不到工作、在我家混了3个月的小兄弟，又在石家庄停了一晚，看一位曾在海南拍电影，跟我在亚龙湾海滩上聊了一夜的胖子。我进北京时已经极亢奋，这亢奋压制了我长时间只跟买鱼卖鱼的打交道而不太会说场面话的紧张。我找了家商务连锁旅店，洗了个澡，蒙头大睡，第二天就去杂志社找那位副主编。没想到的是，当副主编听说我为鲁芒果的下落而来竟有些动容，他撂下追着他说话的小记小编，带我去杂志社对面的茶室。我们俩相对而坐，他给我斟茶，小心翼翼地说，“你是她的另一位情人？”他嗓音极温和。我摇摇头。他眼皮垂下，遮住眼睛里突然涌上的忧伤。“如果不是的话，你为什么而来？”

“她失踪了。我想看看能不能把她找出来。”

“现在有这心思的人真不多见了。”

“有人认为鲁芒果不再写诗是因为你。”我对这位比我年轻几岁的男人说。我担心他不回答。谁会回答一个陌生人不明目的的问题呢？副主编听了一怔，半晌又遗憾地摇摇头：

“我希望是因为我。但可能并不是真的。男人都希望一个女人为自己终身不嫁、终身不干某件事、终身不去一个地方，但也只能是男人的一厢情愿。我们分开时她的确很迷茫，我也很迷茫。但她不写诗，不见熟人，一定不是为了我。”

我跟这位光头的、性感的男人喝了一下午茶，他眼泪盈眶了两次但都没落下来。他约我离开北京时再找他喝一次酒，他说，10 年了，没人跟他提起过鲁芒果。从武汉来的旧友也不跟他提，他以为只有自己不知道鲁芒果的去向，原来大家都不知道。他接着说，他以为鲁芒果以不告知自己的近况来惩罚他，他一直把这种惩罚当作特殊待遇，他为拥有这份特殊待遇而安心，“一个女人死也不告诉你她在哪儿，这难道不是因为你在她那儿更特殊？”现在看来，有这想法还是自己多情了。自己的毛病就是多情，不分青红皂白地多情。但他说，1993 年后鲁芒果不再发表诗歌，是因为诗歌本身边缘化了，探究思想的、灵魂的事体被边缘化了，赚钱是社会的主流，所以他这个前诗人也到为主流人群阅读的杂志社打工了。说到这儿，副主编的眼眶第三次泪水盈眶，我对他宣布，我醉茶了。

我离开北京时没再去找副主编，他在我宣布醉茶的第二天打来电话说，鲁芒果有个闺蜜叫带子，这女人据说现在在西藏。他和鲁芒果冤家对头地分开后，接住鲁芒果感情溃坝的就是这个带子。她们俩去了西藏，之后，带子又回武汉住了几年，鲁芒果没回来，再后来这个带子辞了公职再上西藏。这俩傻女人在西藏，不知是潜入草水民间还是“舍身”宗教西天了？副主编说，如果你要继续找，就去西藏看看。

说实在的，这男人的矫情让我受不了。我去香山看了一次红叶就开车从北京出来了。我和前媳妇就是在香山第一次干那事儿的，我当时觉得，漫山遍野汹涌的红色、绛紫色、金铜黄都是那姑娘对我的热情，我一直捧着那番热情，而那姑娘转身去看别处风景了，在别处也照样哈哈大笑了。车走到河南地界我忍不住流出眼泪。我把车停在路边，脑子里啥也不想，号啕了一阵。

我在路上磨磨蹭蹭，既不想回海南岛，也不想半路再找什么故人分销我的悲伤。一个胖男人的悲伤颇为可笑，我随大家的愿，好久都不悲伤了。回到海南岛已经是寒衣节了。我暂且放下自己的后青春忧郁症，跟副手呱嗒工厂的事。有几位老员工向我抱怨，工厂快发不出工资了，而产量、发货量月月递增。“钱都到哪里去了？”我一头扎到厂子里半个月，又坐在家里想了半个月，过了元旦我把几个副手叫来，对他们说，我决定把厂子折成钱，再划成股份，咱们按股份分了，以后我不再参与经营了。我花了4个月处理厂子股份化的事。我一边处理财产，一边读《西藏生死书》《格萨尔王》，同时锻炼身体、减食减重。那几个月，我的皮下脂肪，蜕了一层又一层。6月我招募了两个同行者，他们见到我的时候没看出我半年前是个胖子。

我们开着一辆新买的切诺基出发。渡轮载着我们远离海岛的时候，我突然涌上来一股乡愁。我恐怕不是恐惧再也见不到这个海岛，似乎也不是恐惧回不到我的故乡宿县，我可能是恐惧自己再也回不到原来的状态。可我原来到底是个什么状态？哪个才是我原来的状态？我不打算深想。身体里同时泛上来一股逃离的欣快。

我招募的两个同行者是摄影师，原打算是我们三个换着开车，结果他们沿途要摄影，要“创作”，我则倒霉催的一路当司机。去拉萨路上用了 25 天，我们只在两个状况下停车：当我困得撑不住时以及他们要“创作”的时候。一路下来，那俩浑蛋已经“创作”得没感觉了。“我算是对风景歇菜了，只能拍人了。”小摄Ⅰ说。人家创作的时候我就找个地方睡觉，或躺着看书。我拉了半车书，看完就扔。裤头袜子的，一周不换，换下就扔。但跑了两千公里，也没见车越跑越轻。我们经南宁、百色到昆明，从昆明再经大理、迪庆，在芒康县进 318 国道，之后就一路向西进入西藏地界。从迪庆、德钦开始，我们就每遇一个寺庙都进去拜拜，顺便打听有没有一个叫带子的高个子女人。小摄Ⅰ、小摄Ⅱ喜欢到村子里“创作”，他们每进一个村子也都帮我问问有没有一个叫带子的高个子女人。这么磨磨唧唧的都到了达孜县了，小摄Ⅱ突然不解地问：“你不是找鲁芒果吗，怎么又找带子了？”都问了一路了，还没闹清是怎么回事。我也是问着问着恍然了，脑子也木了。我到底要找谁呢？

这么跑了 25 天，到拉萨人也基本累瘫了，相互间也起了烦。我劝他们自己“创作”去，让我消停几天。我一觉睡了 36 小时，然后在拉萨的寺庙、青年旅馆、客栈、茶吧、酒吧里转悠。我毫不怀疑地喜欢上拉萨的悠闲生活，喜欢这种被宗教、小资忧伤、悠闲气氛刺激出来的微麻痹。两周后俩小摄要去阿里，我则不想动。我把车借给他俩，他俩居然一个月没露面。一个月后回来说，出了点小事故，车前杠撞瘪了，发动机也漏油了。我说你俩没把人报销就算阿弥陀佛了。我让他俩先回去，我在这里等着修车。立秋那天我把俩小摄送到机场，让他们回去后每两周去看一次我妈。他俩好像感动得说不出话，我让他们不要把这些太放在心上。

送走俩小摄，我完全进入自己的节奏。我开始不洗澡、不换衣服、不刮胡子、不理发，走到任何一拨人中，只要人家谈话而我能插上嘴，我就坐下来跟人家“扪虱而谈”。我跟某个风景片摄制组的人侃刚出炉的 BBC 版《行星地球》，跟几个忧郁症小青年谈嵇康的“越名教而任自然”以及阮籍的“逍遥于一世”，跟几个搞设计而不知出路在何方的男男女女谈忍耐和能量交换。这是我 10 来年第一次全面放开嘴，突然地我就成了话痨。3 个月时间，我成了拉萨小资圈、业余文青圈、背包客圈、四驱车友圈、忧郁症者圈、心理疗伤圈等圈子里的著名闲人和话痨，我住的小客栈时不时会有人慕名而来。有一天一个 DV 电影团队甚至请我去他们下榻的青年旅馆住了几天，以便拍摄之余能在大堂里见到我，听我神侃。丢人啊，我不得不加班加点读点书来支撑我神侃。我在这里居然听到一些鲁芒果的消息——拉萨似乎是疼痛者的庇护所，一个病久了的人，只要你跟人接触，你的故事就会在病友中流传。有人告诉我，鲁芒果信了佛，进了寺庙。也有另一种说法，说是另一位和她同行的女子在日喀则舍了身。鲁芒果自己倒是有一次在寺院里剃了头，等头发长到 3 寸人又不见了。有说去香港了，也有说去保护藏羚羊了。那些日子，我沉陷在这些说法里，自己也制造出许多说法。这些说法在拉萨的外地人中传播，似乎能慢慢地变成歌。我有些麻醉，心中怀着微微刺痛的甜蜜，晃晃荡荡地居然迎来了拉萨的雪。拉萨的雪也像故事，你在里面，也就在了故事里面。11月到第二年5月，在旅客大规模进藏前，拉萨是受伤者的天堂，人们像羊群一样挤在一起，把痛苦和对痛苦的感受，当作可以互赠的糖。

接着藏历新年过去了，冰雪融化的日子过去了，草原又开绿了。夏天的到来冲淡了旧日的忧伤，新的受伤者和矫情小资涌来了，大家忙着找新鲜人儿，参与新的诉苦沙龙，拥抱新的身体，拉萨又进入蓝调季节。我身上的力气又长出来了，便跟上一个四驱车队去了阿里。据说鲁芒果曾转了冈仁波齐神山，我也和几个驴友花3天时间把圣山转了一圈。转完圣山转圣湖，在热泉里过嘎玛日吉节，然后跟着车队，沿藏新公路去了喀什。在喀什休整了半个月，又跟着另一个车队去了伊犁和阿勒泰地区。长途跋涉让我每一天都舍生忘死地拼体力，斤斤计较食品、水、汽油，我的大脑又像刚下海时那样清醒灵活了。劳累和面对周遭的危险让我有时都忘了打听鲁芒果和带子，秋天，当我从青藏公路回到拉萨，发现自己至少有一个月忘了鲁芒果了。

我在第一场雪下下来时又去了趟西藏的山南地区。我是这样想的，那是我唯一没到过的一角，如果那里也找不到，我是不是应该换个地方找找。在地区行署乃东县城，我遇到了诗人燕子，她是我的宿县老乡，我一听她口音就上前搭讪，她一笑，嘴角翘得像芒果。她说她不认识鲁芒果，但听说过这个人。“只要是写诗的，说出另一位诗人的名字，总会知道的。”她听说鲁芒果去了香港，在某个国际救援机构当工作人员。她说鲁芒果大学学的是医你知道吗，我恍然大悟，怪不得她的诗句像薄刀子一样锐利。燕子没听说过带子，看来带子不是诗人。燕子来西藏已经4年了，她在拉萨搞了个戏剧疗伤工作室，她劝我，还是在大雪封路前回拉萨。

燕子是一位看上去像30、实际上可能已小40岁的姑娘。她头发中分、垂柳直，穿着我喜欢的、需要很多布的、飘飘荡荡的衣服。我跟燕子回到拉萨。我问她为什么来拉萨，她说她缺乏竞争意识，厌恶一天到晚就是赚钱。“我既然是边缘人，那就把自己彻底边缘化。”她到西藏就是要跟受伤的、边缘化的人抱在一起，相互取暖。我忍住快要涌出的眼泪，没有说话。回拉萨后，我依然在各个圈子里转悠，但更喜欢参与有点实际内容的聊天，比如我就建议一个纪录片摄制组放弃八廓街上多愁善感的小资，去拍喇嘛们画唐卡、做堆绣、捏酥油花的全过程，由此深层揭示喇嘛们神秘的日常生活和精神生活。我带他们跟寺院沟通，帮他们找宗教学者做翻译，还介绍了一位有信仰的藏族摄影师给他们。做完这些事他们给我一点报酬，我很高兴自己对赚钱又有了欲望。与此同时，我加入了燕子的尼玛戏剧社，倾听那些受伤人谈论自己的故事，拥抱那些男男女女，当他们哭的时候，我也落泪。

我在拉萨迎来第二个冬天。接着是第三个游客大量涌入的5月，这次我不那么厌恶游客、享乐、消费带来的对哀愁的稀释。在戏剧社，我也从一个旁观者到参与者，再到参与组织。有一天燕子问我，为什么花几年时间找鲁芒果，我想了想，认真地对她说周一讲故事课上我再说吧。进藏两年多了，我天天念叨找鲁芒果，念叨得都念叨忘了。我回到客栈躺在靠垫上，面对自己，终于认真检讨自己为什么找鲁芒果。我想了半个通宵，眼泪顺着太阳穴流到耳朵里。第二天上午，我蹲在客栈里没出门，做了两个小时瑜伽，又补了两个小时觉。中午1点钟出门吃东西，两点钟去尼玛戏剧社，看到燕子就像看见一个新人。2点20分，学员们陆续到齐，大家围坐在一起，像小时候玩的“丢手绢”。燕子宣布开课，她脸上放光，嗓音富有女性的温暖。她说：“我们有一位学员用几年时间寻找一个跟他无相干的诗人，今天，他要在课堂上跟大家分享这个故事。”燕子把橄榄球型的脑袋慢慢调过来，像鼓励一个说出自己梦想的少年，微笑地对我点点头。我的眼泪想流。我低下头，旁边的社友伸出手，我把手给他——

正当我要开口说话，地震了。青藏高原经常有地震，拉萨常有震感，但这次不太一样，我们身下的木地板都错动了，大家愣怔一下，鞋子都没穿就往楼下跑。站在大街上，忧心忡忡地打量眼前的房子。这一天是 2008 年 5 月 12 日。两个小时后我们回到房间，在电视上看到，汶川地震了。

40 天后，我跟着燕子的戏剧社来到绵阳，免费给灾民进行戏剧介入治疗。在绵阳的头一个月，戏剧社的费用我出了大头，8 月中旬开始，一家香港慈善团体资助了戏剧社，并派遣两位心理医生做配套治疗。从这家慈善团体的志愿者那里，我意外地听到鲁芒果这个名字。一位像牛仔衬衫一样朴素的女志愿者告诉我，她曾和鲁芒果在非洲之角的吉布提共过事，这位志愿者只知道鲁芒果是位外科医生不知道她是位诗人。女志愿者描述同伴的特征，应该就是那位失踪的黄石诗人。女志愿者说，在非洲，鲁芒果认识了一位说葡萄牙语的医生，那位医生每天黄昏读一本葡萄牙语的诗集。刚开始鲁芒果的英语还不太行，还要这位女士做翻译，有一天鲁芒果让她问问，说葡萄牙语医生读的是谁的诗，女志愿者问回来的答案是费尔南多·佩索阿。一年的救援工作结束后，女志愿者回到香港，鲁芒果又自愿延长了一年。不久，她收到鲁芒果和说葡萄牙语的医生结婚的巧克力，又过了半年，收到两人从里斯本寄来的明信片。就在去年的圣诞节，她收到两人从特立尼达和多巴哥寄来的自拍明信片，照片上印着她跟那位医生采摘芒果的场景。明信片正面用中文写道：“我每年都做好芒果酱等着你和你的朋友来。”我两个胳膊肘撑在膝盖上，听着，笑着，然后哭了。我恍惚了好几天，我觉得鲁芒果仿佛是一位我心仪已久的情人，现在她嫁了，除了甜蜜委屈还有些茫然。接下来我再往哪里去呢？借着寻找鲁芒果，我已经三四年没回海南岛了，那个飘摇在海上的摇篮似的梦乡岛，现在似乎是我情更怯的老家。四川的事情结束后，我似乎没有理由再到处东奔西跑了，那么是应该去保奈尔和《米格尔街》的特立尼达和多巴哥，还是回娘亲居住的海南岛？我在想，当海船载着我横渡琼州海峡时，我会不会也涌上乡愁？唉，不管去哪个方向，那里都出产芒果。我争取在有生之年带个长发女人前往。

## 博·弈

对于女性古老力量的威力我们现在已经知之甚少，哀女冤妇的故事游走于几乎所有女作家的笔端，让人失去判断。下面听来的一则故事，让人眼前一亮。

新左派知识分子领袖兼作家马克已经名满天下，倒不是他的小说写得如何好，而是他非凡的经历和他的“骨头”。关于这两点，不仅圈内人知道，那些多少读点书的民众也知道。这就比较奇怪，一个作家不仅打算通过作品打动读者，还希望通过自己的经历和人格魅力吸引读者，这就多少有点电影明星的味道，讨好观众的流行歌手的味道，说到底是一股媚俗味道。但新左派知识分子正好标榜自己不媚俗，这就叫人揣着笑看热闹。当然这对于尚未与之谋面的琨雅来说，只是一种感觉，她不知道这感觉准不准，她对感兴趣的人或事，总想有一个准确的感觉。这当然是她的问题，类似的问题对于普通读者，也就是想想而已，最多排半天队要张签名，但对于智力、相貌、出身都有条件与之对话的琨雅，就不只是想想。她在一年中最好的季节碰巧从法国回到北京，又碰巧遇到作家老易，这个初出茅庐的小女子春风满面地迎着老易，虽然嘴上还叫着叔叔，但眼神和态度，早已是一个女人面对一个男人。

——现在北京又有什么稀罕玩意呀？

她的眉弓挑起，整张脸因为自信而向上扬。老易的眼睛眯起来：

——护城河夜游。

——嗨，老皇历了。

——有戏听。京剧，京韵大鼓，是不是能喂喂你们海外华人的思乡之情。

——我住哪儿都一样。巴黎、纽约、北京，对哪儿都不思念，也不饥饿。

老易望着琨雅呵地笑了。眼前这位朋友的女儿已经长成地道的女人，他要做的，显然是怎样打动一个女人的心。

——对一些派对感兴趣吗？作家、艺术家的。

——性派对？

琨雅盯着老易，看到年纪已经不轻的老易一瞬间泛上来的慌乱和羞涩，不禁调皮地闪了一下眼色。这神色，让老易蓦然想起几年前在朋友家见到琨雅时的样子，他的脸涨红了。

——这所谓的性派对，就是弱者暴动。在巴黎、纽约，有的是这种派对，美其名曰性狂欢，实际上是给性弱势群体创造一个平等性爱的机会。欧洲还有些国家为残疾人提供性服务的专项基金，那是救济！

这个大眼睛，厚嘴唇的女孩儿盯着老易继续说，有资本的不屑这种游戏，他跟女孩儿转悠还转悠不过来呢！

老易和琨雅同时笑了。老易心头是否飘过琨雅如果不是朋友的女儿该多好的念头我们不得而知，不过老易很快也释然了，因为琨雅提到了作家马克。当琨雅知道易老师认识马克老师时，她眼神立即专注了，像换了个频道，小女子立马换上晚辈的神情，逼着易叔叔想办法约马克出来，她要见上一见。

易同志没对马克说一个素不相识的女孩要见他，要见马克的女孩或女人太多了。在马克看来，女人对名人总有以身相许的冲动，而那些女人除了本能没有多少智慧。而他这两年的行情是，除了美貌和智慧，他把对女人的要求又上升到出身层面。到今天这把年纪，他发现，血统真是个好东西，它能让70岁的老太太还像个女人。这就注定了他的悲剧，一方面，他对女人有强烈的欲望，同时又对大多数女人看不上眼。老易曾开玩笑说，100个女人里只有两个配得上他，其中一个看不上他，另一个嫁人了。所以离婚男人马克总找不到对手，身虽自由，红颜知己却没几个，而且那些知识女性有个通病，一旦成为男人的知己就很少再“付出”（姑且用这个词吧）性爱。她们老认为精神交流是她们的特权也是她们的优势（她们不自觉地把它作为区别于其他女人的标志），殊不知，没有性的介入，男女是很难维持很长时间的。想守住每一个女人的马克，只得无可奈何地看着她们一个个远离。现在，跟着老易匆匆向我们走来的马克是个形容焦虑的男人，这从他的头发上可以看出，他的头发是卷曲并向四面八方炸开的，不用做什么表情就已经是“怒发冲冠”了。

——咱们这是干什么？你不说，我就不去了。

大步流星往前赶的马克，不耐烦地嚷嚷道。想当年他赫赫有名的爆炸头现在已经稀疏，曾经照亮多少女孩眼睛的红润脸膛，现在也开始松弛，但这并不能降低他对女人的鉴赏，他宁可没有女人，也不在朋友中落个捡拾落英的衰名。也许为了巩固越来越矮小松软的堤坝，近两三年，在文章中，他越来越多地使用把生命和智力推向极致的语言，阐发自己的观点，描述自己的经历，有时不惜冒偏激的危险。他热衷于发动一次又一次的大讨论。他知道，只有进攻，掀起狂潮，他才能脱颖而出，才能成为时代的弄潮儿。这已经变成下意识的行为，只要他活着，还能动，还能说话，他就要以这种方式存在，这于他是一种生活方式，是一个生命过程。这种生存方式也让他在这个泥沙俱下的时代，站在风口浪尖上足足20年，他以为自己至少还能站上个10年，因为他看到，现在的强者没有比他更强的（他自己认为），10年内新一代里还出不了思想巨人，他不敢奢望成为历史的大家，他只想成为这个时代的大家，在他年富力强的30年中，没有人能超越他。这足够让他踌躇满志了。他不在乎自由主义是不是被引进，并遍地开花，他只相信一句话，知识分子永远跟大流唱反调。这几年，他坚定地在这个物欲泛滥的年代高举“平等”的大旗，有一批以摇滚青年为主的拥趸，他荣幸地被追随者们称为新的“硬骨头”。

只是这三年情形有些不太对头。网络出来了，网络一代出来了，什么主义都不抵网络主义，什么思想都不抵“用简单的符号描述复杂事物”的符号。事情则往不可知的、无限的方向发展，变得不可捉摸了。当然，马克是不承认自己迷惘的。

远远看到约会的茶房，老易突然停住脚步对马克说：有个女孩子要见你。

——闹什么？

马克警惕地停下来。他对朋友介绍的女孩不感兴趣，确切地说，朋友介绍的女孩大多是有始无终，可能碍于这个共同的朋友，双方感觉再好也是不了了之。激情到了他这年纪已经完全纯化为性，只有性才能解决问题。而性，因为有了这么一个共同的朋友，就变成一件曲折复杂又暧昧的东西。

——她是我朋友……

——你朋友？

——确切说，是我朋友的女儿。从法国回来，想见你。

——很拽嘛！

马克见到琨雅第一句话就这么说。你想见我，就差人来骗我。

——哈！琨雅又一副女人对男人的神态。

你还会说这么时髦的词儿：拽！

——30年前，北京小青年都会说，啥时候变成时髦词儿了。你见我，想跟我说点什么？

琨雅没理马克，她笑嘻嘻地招呼老易到旁边几个喝工夫茶的年轻人中间坐下，介绍说那些都是跨国公司做IT的专业人士。那些穿名牌T-shirt的少年/男人随后发出快乐的欢呼声，欢迎传说中的作家。

马克借机端详这个大嘴大眼大气的女孩儿，她有种在男孩子中间爽快侠气的禀赋。这有别于那些要么对男人没感觉，要么感觉一上来就爱上别人的女孩子。现在爱男人的女孩多如牛毛，有感觉又很难爱上男人的女孩，却少之又少。

——这就是为百姓复了仇的作家？

一个IT小子说。

见老易茫然，琨雅用英语朗诵了一句维斯瓦娃·申博尔斯卡的诗：

——“我快乐，我快乐至极！因为我为千千万万的百姓复了仇！”这是我对作家的全部理解和敬意。

几个少年/男人又一次爆发出明亮的笑声。

——你们还知道这样的诗句？因为她得了诺贝尔奖，对吧？

马克对回到座位的琨雅不无调侃。

——我们有可能比你们这些写小说诗歌的人更早阅读外国作品。我们能直接读原文，而你们的英文始终过不了关。

琨雅笑容可掬地伸出手来：

——重新认识一下，苏琨雅，巴黎大学计算机博士。听说，你认为电脑博士都像白痴一样头脑简单？

马克有点茫然。从某个时间开始，他把女人分为两种：需要去征服的和不予理睬的。年轻时热衷的什么异性间友谊、红颜知己，在现在的他看来，都是弱势男人给自己找的半个楼梯。从生物学角度来说，只有是你的配偶和不是你的配偶之分，强者有多个而弱者只有一个或没有。那些强大的女人，要么你下决心征服她，要么不予理睬，不可能对她若即若离。这几年他已经不太跟女性交流思想了，或者只跟那些不需要征服的小老太太交流。所谓交流，就是他说她们听，或者她们要说就让她们说去，对她们自以为是的观点他从来不置可否。他更喜欢跟棋逢对手的老将对话，那种语言的刺激，思想的碰撞和性格的博弈，才让他有交流的快感。他更相信友谊和知己只在同性之间产生。眼下这种平面的、简单直白的对话，他既提不起兴趣又不知道怎样应答。

——你这么说，只能说明你不了解学理科的人。你们研究的是无限深入的人的精神世界，我们研究的是无限宽广的物质世界，研究对象不同而已，你怎么能说我们像白痴一样头脑简单。

——因为你们关心人的问题，所以被人们拥戴；而我们关心的何尝不是人的问题？只有在基本生活保证的情况下，人才关心精神世界。但生活的哪一步离得开科学进步？

——任何事情做到最高境界都是哲学和艺术。可别说我们面对的电脑是一堆钢铁，我们编的最好的程序你知道能用什么来形容吗？“秋水文章不染尘。”

这个叫琨雅的女孩/女人带着一副掌握先进科学技术的优越，和清晰简明的思维方式，看来要给眼前的大师洗洗脑，至少要跟他对对话。在老易和几个IT小子看来，他们似乎是针尖对麦芒了，因为越来越浓的火药味飘散到他们这边，让他们有关“符号”或“物质”谁是世界本质的讨论，变成只有几个IT小子的一家言说。过后，老易对之大为称奇，他对神色惶惶的马克说：“先不说他们对不对，仅仅是他们思考时的专注你就感到后生可畏。他们旁若无人，他们不管你们这边怎样唇枪舌剑，他们像在一间空房子里，专注不受干扰地表达他们的思考。嗨呀，他们竟然提出符号是世界的本质，这就像我们说语言是世界的本质一样。语言何尝不是符号？”

而在当时，琨雅和马克的对话已经无以为继。琨雅说了一句十分狂妄的话，她说，只要电脑的内存空间足够大，他们可以描述整个宇宙。这让马克厌恶透了。他憎恨一切把物质膜拜成图腾的理念，更别说把“0”和“1”当作整个宇宙。

——你们永远描述不了人的内心和大脑。

他嗤之以鼻地说。

——我认为写小说就跟编程序一样，只是要把你想说地表达出来。其过程不过是首先解决要说什么，然后是怎么说的问题。

马克讥讽地一笑，说：“这是小学生也知道的。小说跟你们编程序的不同至少在于，要表达的是说不清道不明的东西，至于怎样说就更困难了，那是一代一代立志写作的人终生追求的东西。”

琨雅迷惑地看着马克，她半眯的眼睛和微启的嘴唇，让马克心头怦然一动。他见过漂亮女人，但是漂亮、智性又本能的女人像大熊猫一样稀少。他开始焦躁不安。他深谙女人，知道对怎样的女人该用怎样的办法，他本能地表现出一副不屑的模样。

琨雅乜斜着眼睛，一脸的将信将疑。她开始认真看马克的脸，她对所有感兴趣的男人都不正眼相看，有时甚至会出现这种情况，虽然她已经跟这个男人交手过几次，但不能清晰记住对方的脸。有时连她自己都担心，自己会在人群中认不出对方。

——真的吗？如果这么难的话，我就改行写小说吧。

——嘀！你以为写小说的都白痴啊，随便什么人，想写就能写啊！

马克的眼睛移过来，愤怒地戳琨雅一眼。

——我是随便什么人吗？

接下来，易同志和IT小子看到的是，咄咄逼人的琨雅对马克的小说进行无情地剖析，之后又对马克本人进行无情地剖析。令大家啧啧称奇的是，几乎算是两代人，琨雅却对马克的作品及经历如此熟悉。她一边剖析作品一边引证篇目和书中段落，弄得恼羞成怒的马克无不讽刺地对她说：

——你对我这样熟悉，是想做马克小说研究的研究生，还是想当我的情人？

——我只是想告诉你，你的书根本不是小说，而是你所谓的哲学思考。是你在哲学上的野心，或者更准确一点，是你在政治上的野心。你在政治上始终有野心，不得志，继而转到哲学，哲学上又没有真正的学术修养，就拿半是哲学，半是小说的东西糊弄。我见你的目的之一就是要告诉你，别糊弄了，老老实实写小说，你的艺术成就可能还要高一点。

——你有什么资格评价我的哲学修养？

——你推崇的一切思想、观点，包括你的左派热情，都源自法国大革命和法兰西哲学，你连法语都不懂，谈什么地道的哲学修养……

至此，两个人的争执变得明火执仗。老易和 IT 小子们最后听到的是，强压怒火的马克冰冷地说：

——请问，你结婚了吗？

——是。

——有孩子吗？

——对。

——好！从今往后，你，还有你的丈夫你的孩子，三个人捆在一起，用你们两代人一生的时间，看看能不能超过我！可以明确告诉你，我是一座山峰，是不可逾越的！

人们看到，琨雅的神色由开放变得收敛。她没有太大的动作，只是站起来撂下一句：

——10 年后，你等着！

然后扬长而去。

接下来的冷场是必然的。左右为难的老易要求马克赶出去向琨雅道歉，被激越的内心冲突弄得挪不动脚步的马克，半晌才咽了口唾沫。他的喉结在小伙子们看来，无法表现得像他的外表一样镇定。易同志赶出去向琨雅道歉去了，那帮 IT 小子一边喝威斯忌，一边打开手提电脑玩游戏。他们玩的是《铁血骑士》，当古堡公主乞求骑士带走自己时，几个少年 / 男人学着女主人翁的声调异口同声地说："求求你，绑架我吧！"然后发出恶作剧的大笑。

他们对马克是不是新左派知识分子领袖无所谓；对他是不是著名作家无所谓；对他的思想、社会地位、感召力也无所谓。他们只看到，他对他们的朋友琨雅十分不礼貌。马克前所未有地感觉到自己老迈，他觉得自己非常无趣。刚才他还听到这些年轻人说，无趣的人是最没品位的人。现在他们用英语交流，他们已经不打算让他听懂他们的对话了。

——我不敢追出去，因为，我怕我会爱上她。

老易回来后，马克这样对他说，这也是说给那帮年轻人听的。他想用被琨雅吸引，来消解自己在他们心目中无趣的印象。

在另一个时间，马克和琨雅怎么又坐在一起吃饭的，我们不得而知。我们看到的是，琨雅腰杆笔挺，落落大方地对马克说："也别你请我，我请你，我们自己请自己，这样最踏实。"

——那好吧。

无计可施的马克无奈地说。对于他的故意装酷，在酒店还戴墨镜的可笑行为，琨雅表现出一种宽容怀柔的姿态。

——哎，放松点好不好?

说话间琨雅颇为不忍地几次提醒马克。马克几次想说一些正经话题，都被她机智地绕开了。

——别那么神圣好不好？就算我超你，也不用这么悲天悯人的。你知道你的问题在哪儿吗？没人告诉你吗，你的问题在于，即使在细枝末节上，你也喜欢搞"宏大叙事"，往名垂青史那方面靠，好像一举一动都进自传，一言一字都进马克全集似的。即便你是不可逾越的山峰，现在也是跟一个名不见经传的小女子一起吃饭。为了这顿饭，还费了不少劲。

马克忍气吞生地不说话。吃饭是手段，上床是目的。在达到目的之前他可以先不说话。

两人点的餐上来了。马克要的是一排书简似的烤羊排。他拿着刀和叉子，一刀一刀切得简洁有力。琨雅盯着那双手看，她喜欢手底下稳健的男人，这种男人才有征服的味道。马克知道琨雅在看自己，他应该不比琨雅更忽视细节。但他讨厌被观察，或者说只有他观察别人而不喜欢别人观察他。他插了一块肉放到嘴里，说：

——让你看看吃肉的男人是什么样的。

——那也让你看看吃辣的女人是什么样的。

琨雅说完，一盆哔啵作响的食物端上来，一层以辣椒花椒为主的香料漂浮在一盆油上。

——你能吃完这盆水煮鱼？名为水煮，实则油焖，看这一锅油！

马克讥诮地说。

——女孩子都怕发胖，你不怕？哦老天，自然灾害般的“减肥”！

说完像是遭遇了灾害，马克下意识地闭上眼睛。

琨雅注意到这个神态，眼前的老男人尚存一些孩子才有的神态，让她松弛许多。她不计前嫌地笑起来：胖不是吃出来的，而是不运动积攒下来的。你看我吃那么多肉，还不是照样苗条？说着，她站起来舞蹈般地扭动腰肢，然后快乐地笑起来。马克被这突如其来的动作惊呆了，那扭动的腰肢性感又无辜，显示一种洁白无瑕的肉欲。肥香的烤羊排食之无味了。

你还不如我吃得多。饮食男女，不饮不食则无趣无味。马克终于把琨雅带进宾馆后，琨雅这样说。她瞅了一眼沉溺于此刻激情的马克，那张很白的脸已被热情烧干，像是浮在烧开牛奶上一层起皱的奶皮，那里的雄性激素和脂肪都不多了。这个当年在北京城叱咤风云的人物，这个 20 年来一直兴风作浪的人物，不过是皮肤皱皱肌肉软软的半老男人，他此刻正为欲所困，这“欲”，此刻既不是哲学也不是艺术，而不过是性，或者说到底，还是性。琨雅像那些子孙满堂的老母亲，神态安详，目光蒙眬，她很深很响地“嗯——”地叹口气，两臂圈住马克的脖子，右脚前点，左脚后抬，那重量使两个人跌倒在床。

据说，琨雅和马克激战了三天三夜。他们除了吃，就是博弈。先是男人吵着饿，或者说男人还没忘记一个绅士应有的风度和节制，到时间就点餐上楼。可到第二天，他的秩序、规律，总而言之他的理性，都被女人的感性消解，他变得随波逐流，浑浑噩噩，像个傻子一样只会做三件事：做，吃，睡。他还时不时在女人翻手为云、覆手为雨时露出孩子般的欣喜若狂：

——你天生让男人为你发狂……你简直是大师！

从第二天开始，马克就成了琨雅的孩子。女人说，起来，我饿了，我要叫餐吃东西。男人说，我再睡一会儿。过一会儿女人又说，不行了，我快饿死了。我自己出去吃了。男人说，我陪你去。不过再睡一会儿，就一会儿。或者女人说，起来，洗个澡去，满屋子都是你身上的味儿。男人说，我不想洗，就这个味儿好。女人说，什么味儿好，起来吧，干干净净再睡不好吗？于是马克不得不起来洗澡、吃饭。马克倒是还能吃烤羊排，他边吃边像是叹气，嚼几口，停下来，深出一口气。琨雅却有一股越战越勇的劲头，她快活地在房间里走来走去，浑身一丝不挂就像穿着裙子时一样自然。她还是一如既往地吃辣，并且喜欢上了最近两年风靡一时的麻辣蟹。中午叫了一盆，晚上又叫了一盆。她就那么裸着，对着一个硕大面盆，盆里半钵油一层麻辣香料一堆被肢解的红花蟹，一点一点慢慢吃，吃得盆见底，面前的蟹壳堆积如山。

——我还没见过像你这么漂亮又这么能吃的女人。你吃得让人起欲。

靠在床上的马克忧郁地说。女人不理他，自顾自吃东西。被晾了会儿，马克无话找话说：“你怎么保持得这么好？你的体形和心态还像个少女。”

——想听秘诀吗？琨雅回眸笑了一下，秘诀就是——少吃多睡。

马克瞪着清清爽爽的琨雅，袭上一阵即将失去她的酸楚。他几乎知道说什么都是无用的，他也知道说出来会给对方什么印象，但他还是要说，他更愿意用外在的伤害抵御内心的惆怅。

——你家庭生活幸福吗？

——应该说幸福。

——你想过……我可能爱上你……这样的事吗？

——你不会是爱上一个人就想跟那人结婚吧？我从来没想过离婚。

——那你为什么愿意跟我这样？我是没约束的，而你有。

——看了一本名著就放弃看另一本吗？一样的道理。

——你怎么净说实话。

——我喜欢准确表达。

马克仿佛心碎地把脸扭向一边。

——你惧怕实话吗？你们都惧怕实话。实话却是这个世界最有力量的。我不喜欢那种要么让人猜，要么表演给人看的做派。

琨雅把眼睛斜过来，笑吟吟地看着马克。后者又一次痛心般地闭上眼睛。

——你，什么时候回法国？

——后天。

——我们明天晚上离开酒店好不好。

——不好。

——你还有什么事？

——我要去见我那班朋友。

——那些IT小子？他们中有你的情人吗？他们中就没有想跟你做爱的？

——让他们想去吧，我只跟高手过招。

马克无奈地笑一下。琨雅瞅见了，也笑起来。笑声被发展了，两个人相互推动着，变成一股奔腾汹涌的大笑。

——你会告诉他们我们的事吗？

——那是我的事情了。

——你准备什么时候离开？我按你的时间表。

琨雅站起来，生机勃勃地来回走着，把小山一样的蟹骸推进垃圾袋，收拾过茶几，泡好两杯清茶，从盥洗室洗罢手出来，乜斜着马克，吟吟地笑着，说：

——把你击垮再离开。

我是在琨雅回法国后才知道这件事的，她现在就坐在我家露台的藤沙发里。巴黎的黄太阳照在她的脸上，建筑物中间飘荡的音乐润色着她的故事。沉浸在内心——在巴黎，你总能沉浸在自己的内心中——的琨雅，目光集中而有力。

他的确非常有魅力，她说，不是他的思想他的哲学和小说，而是，他在床上像蛟龙一样。他的呼吸富有乐感。他的叫声像童男子一样锋利透明。琨雅的脸像秋天的向日葵，成熟而安详。

你知道跟人战斗的滋味吗？不过，我也不错，她说，他说他是一座山峰，谁都无法越过。我的小说可能写不过他，但是，他来到我的床上，我就彻底战胜了他。

## 破·裂

在那样的灯光下看，那粗糙的木桌像个砍尸板，古代埃及人在上面挖出死人的所有内脏，敷上药物，缠上绷带，做出流芳百世的木乃伊，有股味道飘出，浓腥的，这块板子令人崇敬。前女往一个厚底玻璃杯里倒上一盎司酒，三倍的雪碧，她急于演示，还是我已经到了忽略细节的地步，一些飘着烟线的手势之中，只听“嘭”的一声，几串水柱飙在我身上。前女一声不吭地拿起玻璃杯一饮而尽。她像跑到祭祀场上狂喝经血的女神，小小的肩膀圆圆的乳房真讨人喜欢。我第一次见她，看看能否喜欢她。

那“嘭”的一声，从我飘着白翳的脑壳中炸开，子弹般穿过我的颈椎、脊椎，一通到底，直抵幽深的最深处，挤压，穿钻，“啵”的一声钻出——我身上的口子，好像再次破裂。

让她们先试，我总是在最后，最后有最大的果子。龙舌兰酒。这是前女介绍的第三种喝法。一盎司酒，三倍的雪碧，“嘭”地拍一下，关键是毫不迟疑，一饮而尽 。我没听她说了什么，我的身心全在感官，我的口腔充满包裹着墨西哥浓情的小泡泡，小泡泡挤压我的味蕾，像春季里产在水草边的蛙卵。我对右囡囡说，有初什么的感觉。TV 青年像从水里泅上来，说，初恋的感觉？我对右囡囡说，初恋就太轻了。

右図図刚才还跟左左女谈论波伏娃。最近见面，她总用一定时间谈论波姐姐与萨特的“第四种关系”。我不参与。我也看波姐姐和老萨的书，但不谈论，一谈论，自己的学养就固定了那种关系。而那种关系的复杂、难测及其个别性，总比我们能表述的要多得多。我宁愿去感受，像一团雾抱拢一株大树。绅士 B 说，波伏娃最后成拉皮条的了。他的意思是，波伏娃把跟她有关系的女学生介绍给萨特。右図図的语速开始快了，提着小半口气：他们已经形成一个圈子，只有这个圈子里的人才接受他们的观点，那不就是圈子里的人才能互相做爱？绅士 B 瞅着右図図，他可能没想到这个女子在思考。女子开始说流行之外的话语。我不发言，如果要我说话，我就说，做爱对萨特、波伏娃和那几个女学生已经不算个问题，波伏娃和女学生当时情愿也好，过后后悔也好，那是女性在思考。女性的思考和她的做爱，在一部分女性那里也是分开的。

每次讨论波姐姐都会将我带入一个灰色意境，银光闪闪的思想交流，砖灰色的男女关系。男女关系不能说，一说就成了老妈子买菜。只能去感觉，只能去悟。右図図则是这方面的专家，三年来她写了上千篇探讨男女关系的短文，每一篇都在寻找跟男人打交道的路线。我曾问她是不是条条大路通罗马。她说男人不是罗马，男人是卡夫卡的城堡你怎么也进不去。最近谈论波伏娃可能是来拜老祖宗了，想在老祖宗那里找到办法。今天她说了一句话，说波姐姐和萨特的“第四种关系”，是男女之间最好的关系。右図図不光理论还要实践，她组织这次聚会时说，必须带个男人来，否则别来。毫无办法，我和左左女一人带个老朋友：绅士 A 和绅士 B，他们像老侯爵一样，只想在年轻女人身边转转，并以“转转”自足。我注意到右図図今天的服装，新的，带着西南少数民族的文化符号，长袖长裤。

这热带的十月中旬仅仅是没热到流汗。换到窗下的座位，TV 青年先把右囡囡让进最里面，再让进我，自己坐在我的外侧。对，刚开始他坐右囡囡身边。他在现场洗牌。

我跟前女面对面，我看她，中间好像隔着去西藏的路，她在西藏待过。跟西藏来的人说说西藏，是近两年我最珍惜的话题，我总是又想说又舍不得说。当然我还是从最表面的说起，心底里那些宝贝不遇到投机的决不说出。我说第一次进藏在拉萨待了 6 天，回来后头顶头发白了五分之一，现在，之所有挑染，是不得不掩饰越来越多的白发。TV 青年批注道：美女啊！我耳朵支棱起来：嗯——不特别。不过，且听着吧。前女说有人有失忆的症状。我说，回来后躺了半个月，像冬眠一样脱了层皮，才从高原症中缓过。我说当时的景象十分后现代，每天早上好像是从一堆皮屑里爬出来。闭着眼睛躺在床上时，总看到自己光着皮肉在前世的黄土道上走，黄土道上烟尘滚滚。你看到自己的前世是什么？前女检验我的成色似地问。我向她递过去一眼，说前世的我是个光头壮实的乡下孩子，总是对自己硕大的本本儿乐不可支。一片笑声，前女幽幽的眼睛向我看来。绅士 A 说，很多女人有男孩情结，希望下辈子做男人，你倒臆想上辈子是男人。排开众人的重重话语，我把目光投向前女，她正在看我。两束目光像是有重量，挤压两人面前无形的膜，我们好像相互看到了自己的前生后世。她是我的后世。我轮回几次后，也会有巫婆般的相貌和自然耸起的狐狸般的肩膀。她 7 岁前只能吃蒸米糕和白糖。

TV 青年的胳膊肘轻轻触我的胳膊，就像一张透明纸去碰另一张透明纸。这个人把写作女子分成“意淫者（YY）”和“手淫者（SY）”，把网络上横空出世的女子，叫“当众手淫者”。他是这样划分女人的？他以为他是谁？想用快餐刀把写字的女子大快朵颐？他是 TV 人，在话题间隙不遗余力地表白自己的工作。他的关键词是谈、操作。谈这个谈那个，操作这个操作那个。谁都能为他所利用，明星，舞台，聪明人的大脑，笨人的钱，利用他们、它们，做成一件件事。他以做成事为目的。现在他就开始操作。他每说完一段风光往事，都用英语重复最后一句话，然后看我一眼，如是再三。不过这种示意不会很多，两三下，你要是没回应，他就闪开了。打乒乓？老生常谈了！有魅力的运动应该是足球。我和我的女友们爱足球，看一群男人抢一个球，使尽智力体力。抽烟，TV 青年给我和右囡囡点烟。他再次碰我，我知道有些人把每次出门当作艳遇的机会。实际上很多女子不在意碰不碰胳膊，而在意碰得好玩不好玩。一张有机玻璃纸碰另一张有机玻璃纸，只能导致 30 分钟后 TV 青年让我和右囡囡换座位。我鼓励右囡囡，把绯闻进行到底。

在某个我们没看到的时候，TV 青年摸了右囡囡一把。

墙上有画，西藏风物的。法器，红衣僧人，妇人的手，瘦小女孩窄窄的脸和吃惊的眼睛。小女孩很像小时候的我。画是前女画的，酒吧也是她的。她在西藏流浪了 9 年，又在内蒙古漂流 3 年，现在漂到这个热带大岛。

我的眼睛镜头一样捕捉她身上的片断，我看到她那双伸到强光下的手，总忍不住四处张望，想找到它投在别处的影子，看看它是不是摇曳着巫术的烟雾。那双手明目张胆地对着我，就像一个女子的脚尖不由自主对着心仪的男子。我知道，它已经锁住沉默寡言的我，在观察，想在我的肉上抓一把。你为什么要从一个地方流落到另一个地方，为什么需要在边远的省份不停地流动，你在找什么？我很想问她，不过有了刚才的目光交锋，本能告诉我，我得像对待风流成性的男人，决不主动出击。

左左女，被酒精灌溉后开始苏醒，从绅士 A 和绅士 B 的印度知识分子“喀拉拉邦试验”的谈论中挣脱出来。大声对 TV 青年说烟呢？我对你给那两个姐姐烟不给我很有意见。对叫我左老师很有意见，你叫她们右姐姐草姐姐叫我左老师对吗？我有这么老吗？话语像头发一样飞扬。刚认识她时，我用短信跟她有这样的交流。问：徐娘？答：后徐娘！我说，我爱后徐娘，并说生日快乐！她说，呀哈哈你来吧，我这儿一块蛋糕，就生日俩字，从中间切开，你负责“生”，我负责“日”。我脑子里立马闪出冒气泡的笑声，说，想得倒美！你负责“生”，我负责“日”。她说好好好，只“日”不“生”，只“日”不“生”。笑声是膨松剂，现在就在我们周围飘浮，泡沫般涌涨。左左女点着烟，抽了口，翘着兰花指夹着。她一定想起看过的老电影。自己总结到：知识妇女也疯狂。

我不是没男人带，我的男人坐在那间可以望见海的房子里，正在读《杜诗详注》的 174~184 页。此时，海风吹着，他的思绪会不会穿过杜诗毛茸茸的意向，飘到我身上？我跟他说起过这个聚会，我说我的女友们要求我带一个男人，我差点儿没说女友们想见你。这个男人跟我相处了三年半，没见过我的任何朋友。他听了我的话，在电话那边沉默不语。他知道我多少还有点冀求，知道我的女友们知道他这个人存在，但最后他温和地说，你还是自己去吧。挂电话前又温和地嘱托道，带一个你的朋友，你的朋友都会愿意跟你去的。我说是的，我有的是男性朋友，随便找个谁他都愿意跟我去。这个男人沉默不语。

在我们认识之初他对我说过，他不能见我任何朋友，我们的关系不能让任何人知道。我那时认了。后来为此我们吵过架。我说你不敢见我的朋友，难道你以我为耻吗？他也大声咆哮，说，可是我让你见我的朋友了。我毫不示弱，说那是为什么，我的朋友不值得你见吗？他恨不得吃了我，叫：傻女人啊，因为什么因为什么，因为我总是要走的，让她们都知道了，你怎么办？！

是的，我们说好了的。呵！我不怨恨。

再一次，一盎司酒，三倍的雪碧，“嘭”地狂拍一下，一饮而尽 。我让空虚的泡泡抵住上颚，蔓延到舌根，就像海水涌上岸边的礁石。那地方不是处女地，却在开垦后闲置起来，在最繁盛的时期被闲置。酒精的欢乐像一些闪光的小泡泡，从颈椎散遍大脑，从脊柱沿着放射状的脉络四下快跑。我喝的仿佛是人的骨髓，含毒的水银；我想喝和被喝。我像流体一样柔软。

三个月前这个正在读诗的人对我说，他要离开这个热带大岛，继续他的流浪，到西藏去，西藏住两年再到新疆，然后去云南，再去别的地方。这是他计划中的事。所庆幸的是，他流浪的第一站就来到我居住的热带大岛，在他还年轻的时候。我知道他终究要走，刚上岛时他说他住两年，现在已经三年了。在两年和三年之间，我每天都觉得他要对我说，他要走。我从没想过他会因为我放弃计划，也从没想过阻止他。他该走就会走的，说任何话都没用。从他说要走到真的走，又过了三个月。现在他真的要走了，行李都托运走了，一周后人也要离开。我现在就等着他走，这，也没什么可怨恨的。

我问绅士 A 会开车吗？绅士 B 说你怎么不问我会不会开车。那你会开吗？绅士 B 又退缩道，我还没上过路。再问 TV 青年你会开车吗，TV 青年说，我想喝出状态，所以最好不要让我开车。他说我给你叫个人吧，是开飞机的，看看会不会开车。嗷——开飞机的！不仅一个人血液中多了氧。TV 青年跟尚未出场的小飞说话，带着同谋的口气：女作家们需要一个开车的。右囡囡大叫：我来跟他说。说：帅哥，来见见我们女作家。一个人有一个人跟男人打交道的方式，她故意的粗嗓门有一种挤压的力量，像一掌推到别人脸上。右囡囡说了还说：穿制服来！哈！鞭子和皮带？水泥楼梯间或者胡椒面啤酒？

小飞，没穿制服，他的肉不愿包裹在厚布里。他可能喜欢闲散，或者还没历练到用制服激发女性的想象。他逆着光走来，身体的轮廓带着光芒。他坐在右囡囡旁边，女人的肌肉向另一侧收紧。

我有些慌，本能地寻找另一个支点。我摸出手机写了一条短信，随便发给电话簿里的一个人，说，几个女人在玩高潮俱乐部。过了一会儿对方回，你是谁？我张着潮湿的小白兔眼睛回答手机：草草。右囡囡对小飞说，刚才是我打的电话。我帮腔说，就是这位女作家邀请你来开车的。手机回话说：玩吧玩吧，玩痛快点。我仰脸笑一阵，声音跑到藏式帷幔上，翻转的帷幔掏空声音的内容，只留下烟雾一般的轻。右囡囡说，你不能离开他一晚上吗，别哝哝唧唧叫人眼馋。我假装很得意，假装短信连接的是那个读杜甫的人。我向她投去温柔迷乱的眼神。她大喊，丫头，看你的桃花眼儿吧。

我问手机那边的人，你是谁？对方说，凡·高。哈哈哈哈，我又忍不住笑起来，拨通电话，说，哈哈哈哈哈，我喝了酒了（他说你又喝酒了，听这声儿，已经差不多了。告诉过你少喝酒），龙舌兰（他说他的，我说我的），叫你来你不来……左左女和右囡囡都说，现在是聚会，不许打电话，够了够了。我对电话那边可能正发呆的凡·高说，她们不让我打电话，她们说够了够了。哈哈哈哈笑着合上电话。凡·高是我游走青海时捡的同路人，他的大嘴巴和高大身材一样引人瞩目。我们是哥们儿，什么话都能说，还能做爱那种。我曾对他说我现在不想爱上谁，但身体得磨炼磨炼。他说，陪练。他说你要允许，我现在就去机场。我说，好孩子……又说，还是算了吧我不能让你花这个钱，“打飞的”。这是 4 年前的事。跟读杜甫的认识后只在吵架后给他打电话。我说我们又吵架了，他说我还想跟你吵呢，你不跟我吵。我冲着电话苦笑，眼泪流出来。我说凡·高你真好。他说：我不好，就是一杂种，就是对你好。这很奇怪！别吵了，快饮食男女去吧。

我没看小飞，我从不正面迎战，我只观察，站在氛围之外。老虎觅食和狼不同。狼是团队作业，一哄而上，抓着就抓着，抓不着等待下一个猎物。老虎只要一下就够了。我和左左女坐在长条凳的最里面，我们开始一唱一和。我跟凡·高继续发短信，我问左左女，一塌糊涂的塌字怎么写。她说，左边一个“土”，右边上面一个“日”……我撩起眼皮看她，她就大笑起来，说：现在的人啊，一说到“日”就笑。TV 青年说，不是流传在你们编辑和女作家之间有个段子么？叫“日后再说”？女人们嗤之以鼻：那是老段子了！ TV 青年不甘，又说，我负责日你负责生呢？女人们继续嗤之以鼻：也老掉牙了！ TV 青年悻悻。左左女乘胜追击，今儿看到个好段子，对联。上联曰：昨夜黄花闺女；下联曰：今早妇道人家；横批：一日之差。全体笑翻。左左女把龙舌兰一拍，一饮而尽。我和右囡囡也把龙舌兰一拍一饮而尽。TV 青年发现自己悻悻毫无意义，便说，段子不可笑，听女作家说段子才过瘾，跟被抽筋似的，一疼一酸。

我捧着手机，以瞭望的姿态举着胳膊，左左女看到我，愣了愣，又说，亲爱的，一塌糊涂的“塌”，左边一个“土”，右边上面一个“日”，下面一个羽毛的羽。羽毛，她的语言就像一堆羽毛，从嘴里飞出……她还在说，生日快乐，生不快乐，日快乐；同一个句式，节日快乐，节就不快乐，日就快乐嘛！大伙的笑声像从口腔里飞出的羽毛，打孩子的鸡毛掸子似的。我颓靠在墙壁，发信息：醉得一塌糊涂。按一下，再按一下，发了出去。左左女问右囡囡，谁呀？海边的还是新疆的？右囡囡不知道有这么个人。她们都不知道。凡·高回信息说，只要你高兴我没有理由不高兴。

小飞在做什么？他那个座位像树荫下的潭水一样寂静。我问右囡囡，说他们纯洁什么呢？右囡囡也说，是啊，他们在纯洁什么呢？TV青年拉住前女的手在亲。今晚他调戏了三个。

该闪一下。文章得分个章节，戏得有个场次。一场戏下来，中间得拉上一会大幕。我去盥洗室，小飞拉住我的胳膊。他什么时候拉着的我忘记了，只记得自己飘摇在去盥洗室的水泥路上，像风筝摇晃在早春不确定的春风里。他拉住线，也拉住了风筝。黑色墙，钢筋梁架，钢梁上吊着帷幔，帷幔之上还有个太虚般的空洞，像老人空空荡荡挥着的手。人老了手势都这么空荡，你的人离你而去是不是也是这么空空荡荡。我怕自己飞走，我想被一个什么抓住，牵住，绊住，不要陷入空虚。我看到小飞中性的手，这样的手适合漂亮地夹烟卷。我不熟悉花样男子，不知道这种男人手底下流露的到底是什么。我怎么还拉着右囡囡的手？把那只软软的手拿到眼前，才意识到身边还有个女人的手。你的一双手，总是一只在同性一边，另一只在异性一边。

我依偎着右囡囡。她说，这么喝，怎么回去见老头呢？这是怎么了？是她让大家出来玩什么高潮俱乐部的，还让一人带一男人，以为她有多大决心呢。她有时候发短信说她都得抑郁症了，想做爱。我毫无办法，只能说，那就做爱吧。她苦笑说只能自摸。我说上帝真幽默。发过去她不作声，我不忍，就再回信说算了，网上随便抓一个吧。她过了半天才回，说，舍不得自己！我不想听这样的话，耳朵不愿承受更多的疼痛。我以为她现在终于舍得自己了。

我不想当着小飞的面讨论这没出息话题，我想给陌生人总是勇往直前的印象。我说，你写文章时也考虑老头？我的口气有点逞强，好像小飞已经是我的马子，我可以持男傲女。右囡囡立即弯曲了，她说不。她时不时流露的谦卑让我立即感觉自己可耻。最多是一晌贪欢，有什么可骄傲的？我把醉酒的败花脸转向右囡囡，体恤说，这跟那一样。我实际上很想对她说，她那纸上谈兵一千条，不如真刀真枪一两次。女人到了她那个年龄，得靠肉体的解放才能再次飞升。但我不能跟右囡囡多耽搁，我不愿跟同性在一起就诉说无穷尽的悲苦，那会失去跟男人交往的斗志。眼下还有个小飞呢。他新鲜的肉体和果汁般的性情煞是可爱。

我像一个被抽打的陀螺，旋身跳进盥洗室。我真担心自己会旋转着掉进下水道。我抓住肮脏的墙。

一出像样的戏，一般要用三场铺垫才能进入高潮。我和右囡囡重新回到座位，左左女已经开始了第二场。她在唱《可爱的一朵玫瑰花》，颤颤巍巍。前女高八度伴唱。前女小小的胸腔能发出如此浩大的音，再一次引起我注意。我盯视她圆圆的乳房，想象：如果从它们中间穿一根竹签进去，会不会像画里画的，一根丘比特箭，穿透两颗心。我说这支歌功德无量，左左女在青海撂倒一个藏族司机，我在伊犁迷住一个16岁的牵马人。TV青年接茬：现在又迷住一个26岁的小伙子。就像唱歌的节拍，一个会唱歌的人决不能掉拍。我说，谁26岁？小飞说，我26。我说让我看看你被迷住没。说完扳了一下小飞的肩膀。我这是第一次正面看他，他被这混乱的气氛浸染，以为这是女文人滥交的场合。色情女伯爵。人们总是被自己大脑的迷幻所惑。哈，迷惑最好。我啪地一拍酒杯，喝了。左左女也啪地一拍酒杯，喝了。

我说，在唐古拉山口，没想到左左能那么大胆狂情，一个藏族司机啊！在海拔 5800 米！那你呢？左左反唇相讥，一个 16 岁牵马人，简直就是乱伦啊。情感教育情感教育。我说，这不见得是搪塞之语。谁教育谁啊，左左拍案而起，知识妇女到农村去，接受农牧民的性教育，很有必要。我结论道：这不见得就是玩笑话。右囡囡插一句，是不是发现广阔天地大有作为？更准确说是自救，我说。我实际上更想说喜欢那里的自然和单纯，但我不想给这些城市男人看到我本质的纯洁。哈哈哈哈哈哈……男人的语言像落在大海里的树叶，被女性的波涛淹没了。是是是，不为别的，就为自己。左左斩钉截铁：姐姐我还写过《向着爱情狂奔》呢。她向着男人说。我更喜欢对着女人：姐姐你吗？曾经啊？来左左，站起来——我把手伸给左左，她拉着我，我拉着她，站起来。我把她拉向我，她也把我拉向她。表演。她不知道我将表演什么，要说胆大妄为还就数我。我凑过去，亲了她的脸颊。左左便知道接下来的戏该怎么做了：她满怀女性温情地拥抱了我。拥抱完，斩钉截铁地说：这跟同性恋无关！这跟女子的隐秘友谊有关。我故作神秘地说。绅士 A 和 B 趁乱跑掉了，他们真是绅士。

女人都相互接吻了，我们怎么办啊。TV 青年站起来，郁愤地摊开手。哈！好！世界需要坐不住的男人。

那个读诗的浪人能坐住吗？他也坐不住。我经常恶作剧地逃开，跑到远海岛上，没有手机信号，没有网络，跟渔民在一起，吃新鲜的鱼和贝壳，让他满腔怒火地待在小屋里，读古人的书，写关于海和女人的诗。半月后，我带着一头虱子和晒黑的皮肤回家，听他高声嚷嚷：不要再跑了，听见没？听见没有，你这个傻女人？他要在我的头发上打敌敌畏，还说要不然撒一把六六粉也可以除虱子。他净说些白痴话，发一些招人喜爱的火。火气发完，我躺在地板上杀头上的虱子，他坐在我身边读他写的关于海的诗。他从不给我读关于女人的诗，那些女人都是他脑子里的幻象。他不愿把梦幻从自己嘴巴说出来。而我，我会跷着二郎腿，兴高采烈地说渔民和海上的事，说海钓人的故事，探究他们为什么离开喧嚣来到海上。我假装对海钓人比对他热衷，逼着他说他害怕自己再也找不到我。他不说。他满腔怒火，就是不说。不说，我就又逃开，再次出海，待得更长。

实际上我也知道这毫无疑义，逃开和回家，只能增加我们相处时的欢愉，并不能留住他。他还年轻，对人生还有很多梦想，梦想之一就是到各地去住，书写那里，被当地女子爱恋。我也觉得这很美妙，我也想去，但不会跟他一起去。

再喝一口，龙舌兰。我跟浪人在一起时都是喝北京二锅头。

前女把酒杯口刮了冰，抹上盐，在我的左手虎口上放一片柠檬，让我的嘴唇包住抹了盐的杯口。我必须说这时我像婴儿一样听话，她让我喝一点酒，然后把嘴唇整个地贴在虎口的柠檬片上。我如是做了。我瞪着前女，隔着飘在光影中的一个个脑袋。如果没有男人，我会说，如是，就像亲吻女人的花朵。我珍惜地再次把嘴唇贴在柠檬上，想象某个质感的嘴唇。

我整个扑在囡囡身上，实际上我是想伏在小飞身上。一个不自负的，甚至有点羞涩的飞行员，真是上好的牛排。他似乎被眼下泛滥的女性浪潮唬住了，被煎炎在语言的热锅里，自身泛着油沫。牛排，我喜欢六成熟。我的脸贴着囡囡的膝头，就像等在草丛的猫科动物，等着食草动物自己走出来。

我满可以等浪人走了再出江湖，就一周时间了，即便他离去后必然背叛对我的忠诚，我也会为他守最后的贞洁。是的，就一周，一周过后，我想我会用再战江湖抵御他永不回转的离去，我一天都不让自己沉溺于哀伤，我已经让自己相信这是命运。只是，现在，我的身体像吞噬渔船的海上漩涡，吸进，向无限深入的黑洞裹旋，饥饿一样吞噬意志，我想抓住一个实质的东西。我们崇尚寻找和发现，但最后无不看到，抓在手里的是“无”。这是我们的命运，万劫不复的。我已经认命，我不去找那个将走的人，我有意识地爱情“断奶”；他也同样，他把自己锁在房子里读《杜诗详注》，把离别时最饱满的情绪施予古书而不是活生生的人。那么，痴情和眷恋就像傻子发情一样可笑。傻子才悲伤。

我像一条睡着的鱼伏在囡囡身上。我不会伏在左左身上，我能跟左左表演 100 次亲吻也不会挨她的身体。我看到过她精细的身体，它像果冻一样让人浮想联翩。容易成瘾的习性让我对自己警惕。我宁愿接近囡囡有点粗糙的身体，它像大馍馍一样踏实，像大汗衫一样温暖。她又一次牺牲了自己的愿望。我像鱼一样展开，这样身体发出的气息小飞能闻到。至此我退至场外，像黑暗中一个不愿睡觉的人，盯着银幕上别人的喧闹。

白茫茫的，仿佛挂在雾天里的一个银幕，有灯从后面投来，左左女和 TV 青年像两个皮影，影子打在幕布上。动作的细节被忽略了，只剩下粗枝大叶的主干。他们在说什么？金钱和爱情，要金钱还是要爱情。这太小儿科了，男人把女人当成小学生了。左左女说，我爱自己。操，给劲！！再来一个。姐姐，咱们喝酒，你喝多少我喝多少。哈，TV 青年又上当了。黑色曲线一闪，只听啪地一拍杯子，再听声儿：拿碗来！哈，左左女青海那套又用上了，直接喝翻过藏族小伙子的，呵呵瞧着吧。嗨，兄弟，姐姐今天奉陪到底。呵呵呵，国色天香，超国色天香。左左女开始表演自己，她不在乎 TV 青年是否跟她演对手戏，好的演员总是独自大放光芒。穆桂英两军阵前挑下杨六郎。接着是，传统皮影戏，凰求凤。

我闻到右囡囡身上女人皮肤的香气。还看到前女此时狐媚的眼睛。据说她在塔尔寺门前受过一个格西的鞠躬，另一时间另一个地方，另一个格西见到她就低下头，让她摸自己的头顶。她说她吓坏了，哪敢放肆，抱歉地逃开。我倒信的，她已经轮回到七层或八层了，这从眼神可以看出。她的目光像五瓦灯的光晕，一层层传递过来。我喜欢听她的故事，我还是想问一问，她从一个地方流浪到另一个地方，到底找到了什么？那找到的，是不是她想要的？她现在正在看我，鼓励我走向她。我一开始不准备去碰她的手，但这时，仿佛一个人的领引，我向她伸出手去。她的手指能传递给我什么，我能不能感到另一个境界的清凉？我的手在半空被小飞抓住了。一个男人握住一个女人的手，应该有的都有，他捏了捏我。我伏在囡囡腿上，抬眼看小飞。他不看我。他的手还算天真，但很多模糊不清的东西不知道是什么。

左左女的纤细手指捧在 TV 青年的鼻梁上。见血了，他们嚷嚷。见血了，高潮俱乐部首次活动就见血了，就像处女首次行房，见了血倒是从此自由了。那层膜再一次破裂，在脑壳里破裂。他们在说什么？听不明白了。只能听懂片断，就像一卷曝光不足的底片，大段模糊的黑影，夹杂片段清晰影像。女子说：你以为我这么跟你说话就能跟你上床啊！女子再说：你别以为我不敢跟你喝交杯酒啊！喝，不就是抱一下么？他们像两片黑色的影子交叉在一起。女子又说，我就是艳遇也不一定非得跟你啊！男子的脑袋倒在女子肩头，女子倒是让他靠了，却说，我认你做弟弟吧。她为什么又打又拉，TV青年的意图很明白，她要么理他要么不理他，拉一拉放一放，一句正一句反，拉着不放，进一步又挡着，这是为啥？在城市就不行了？当上左老师就不行了？在青海时她坐在副驾驶座上谈笑风生，我们都下车了藏族司机还拉她继续兜风，那风兜得面颊都成了映山红。现在是怎么了？

我又被投进洗手间。指甲抠进墙粉，站稳，黏湿的脊梁靠在墙上，眯眼看着长了翅膀的白炽灯。一眨眼，我睡了一小觉。啵罗啵罗的响声，从睫毛之外飞来一只蝙蝠。蝙蝠的小爪子扒在我脸上，兽毛带着腥臊。你想去西藏是吧？蝙蝠的眼睛像狐仙，我的颧骨被刺伤了。想找什么？圣洁？宁静？蝙蝠的薄嘴吧嗒吧嗒。我推开狐臊的小爪子，鲁莽地说，一直走。我有一种执着，可这执着到目前没给我带来什么好。我正要问问她，她不是已经轮回到第八层了么。我乖得像贞女，对她的想象把我吓住了，以为面对的是一个格西。我闻到一股腥臊艳香之气。她说我来自雪域，在我身上你能找到你不曾发现的？我迷魂了，但撑着，说，我感动于人之间一片白菜、五根豆角的温情。乌托邦主义者，对方说，看看你白皙的鼻子，被烟酒熏得俗气了。你要爱惜自己，不然你轮回不到我这一层。我说你说什么，我不是你。蝙蝠的眼睛发出媚光，叽叽嘎嘎笑：我不是你，我是你的来生，看看你的来生吧。啧啧啧，让我们看看这玉颈下面是什么。我的衣领被拉开了……

NO——我大叫一声，嘴巴里吐出一连串骂人的英语。我狗急跳墙或慌不择路时就用英语骂人。我用汉语说话用英语骂人，我边骂边说，我才不愿封闭在女人自给自足的内循环呢（蝙蝠吱呀哇啦地乱叫），你想说那个画上的小女孩是我？还是想说你是我的中老年，甚至下一个轮回？别自恋了！我才不会拘于女人的命运！你要我把美色给你，你把慈心给我？女人和女人？自产自销？自给自足？单性繁殖？不！不！你要再拉我领子，我的耳光就上了！叨叨叨叨，26个英语字母组成的一大堆骂人话。我不知道自己是真的狂骂了，还是脑子里的狂想。我双手双臂在胸前狂舞，打着什么了，凉湿湿的肉感的；蝙蝠的肉翅在我乳房上划了两个血痕，扑腾着抽离了。待我定睛，一大群蝙蝠聚集成一束黑影，从门缝扑棱棱流泻而去。

莲雾般光滑的嘴唇，湿热的像血一般的唾液，自爱的被宠坏的吻。虽曾经沧海但依然像第一次遇到爱情那样，隐忍着热切的身体。我在肮脏的厕所门口跟小飞接吻。不知道是他来找我的，还是我见他对自己的美毫不在意，便把自己的嘴唇送上去。身后窜出呛鼻的氨味，我口腔里也发出难闻的气味，酒精已经使我的胃翻成泔水缸。身体里旋动着恢宏的漩涡，把我吸进去，也把我周围的牛鬼蛇神扫荡进去。我是它的牺牲品，眼前一身好肉的小飞也是它的牺牲品。我想过放长线钓大鱼，但我不想等待大鱼，他也不是什么大鱼。只有肉体，只有肉体。这个人的肢体无所谓地存在着，无所谓地奉献自己青春的吻。眼里迷惑不解但并不想去了解，只忠于自己的肉欲。还有还有，他的内里模糊不清，没什么在激荡，也没什么像布条一样飘来飘去——我的浪人不是这样的，我吻到他，就像吻到拍击礁石的海涛，于是我为他激荡——小飞的内里静静地一片昏暗，像一池黑夜里的湖水，把你淹没在它的寂静中，无声无息，无踪无影。

我一边冷笑，一边感觉着自己被一寸一寸淹没。我知道水下柔软缠绕的水草，知道水底稀软的淤泥，我知道后果是什么。右囡囡劈头盖脸地说，你为什么不等他走了以后，就一周了。我六亲不认地说，你们仅仅是处女膜破裂，你们得经历一次大脑的处女膜破裂。你怕他走后留下空虚？右囡囡想找到我的软肋。我不想跟她解释，三言两语很难解释清楚。我不会因为一个男人的离去就停止生命体验。我是那个男人的，更是自己的。我的思想和肉体掩埋在对那个男人的爱情中，我必须破土而出。

小飞内里寂静无声，像一台突然关闭的马达，只有关闭前的余热丝丝散出。我警觉地退出，继而侵犯性地推小飞一把，这个追到盥洗室来的男子究竟怎么回事？我不能容忍出了手局面还平淡无奇。小飞猝不及防地倒退一步，撩起眼，仓皇地戳我一眼，这一眼他看到自己要做什么了。小飞以眼还眼地把我推到墙上，他揪住我伸出去的一只手，用五秒钟的耐心，看看我真实的意图——他停在表面，就像蜻蜓站在草尖上，只停留准备走的前一刻。接着，他像一个金属支架，把我卡在墙上……右囡囡站在我面前，大馍馍似的身材挡住盥洗室的灯光。我在她的阴影里，向内弯曲。你难道从不考虑忠贞这回事？从不考虑过对浪人的歉疚？我嗓子眼里堵着呕吐物，我只能把过去全吐出来，才有可能重现生机。我不想说，我是用放浪形骸保持对他的忠贞，对他的忠贞和誓言早已超越了肉体，已经物化地生长在肉体里，这辈子都跟我如影随形。我想说的是，肉体和对男人的爱情都不能阻挡女人的成长，他们和它们只能随女人一起生长，否则，只能像女人身上每月必须脱落的黏膜一样，无可挽回地被女人推出体外。

我对小飞说，到门外等着我，我指着卫生间说我去去就来。我扶着墙，走进卫生间，插上门，做了一系列动作之后，看到每月都撕开身体的鲜血，已经把我撞开——呵呵呵呵呵，嘿嘿嘿嘿嘿，哈哈哈哈哈，原来如此呀，原来是这回事呀！哈哈哈哈。告诉你吧，仅仅是身体正处于周期性的生理需求，子宫只不过需要种子来孕育，它热切地想拥抱一个可以抓到手的“人”，而这个人是谁，实际上并不重要。在这时，正好一个漂亮男子想献出自己，于是，通常说的“偶然”就出现了，千万不要以为这是爱情！哈哈哈哈哈，哈哈哈哈哈。你的眼睛不要蒙上泪花。你的鼻尖涌上一丝酸楚也没道理。你要肉体上破裂一次，精神上再破裂一次，然后，你就可以轻飏直上。

我回到条形大桌，穿过小飞、右囫囵坐在自己的位置上。小飞像深夜寂静的湖，我再也没往那里看一眼。我坐下来，开始噼里啪啦叮叮咣咣大侃神侃。不是讨论老萨和波姐姐吗，我现在可以笃定泰山好好说说了。我说人的全部价值在于他是自由的，老萨和波姐姐身体力行了他们对自由的追求，不要追问波姐姐对老萨的艳事是否怨恨，她对他的爱已经超越了肉体，或者说已经进入了肉体，各自像一个脏器深植于对方的肌体，他们带着这个脏器各自奔赴更广大的生活。我们不能辜负来此一遭的生命和纷繁复杂的生活，谁都不能阻止我们生活。哈哈哈哈哈……唰啦唰啦，哇啦哇啦，喜唰唰喜唰唰……

# 力·量

## 1

这个男人和这个女人怎样认识的，于我们文本不再具有意义。在我们叙述的开始，两个人已经通过几次电话，他们看到手机上的号码，脑海就浮出那个特定的、后来发现也是特别的声音，特定的声音套进特定的人，就仿佛一个螺丝钻进一个螺母，一丝扣一丝。在见面之前，他们已经相互喜欢上了对方的声音。那声音像花上缭绕的雾气，经过电波的洗涤，变成一泓澄碧的清流；那海浪般层层推进密不可分的行语方式和相互攀缘的作答，使两人见面之前，就对对方产生抑制不住的欲望。这欲望导致他们今天的见面。

现在他们见面了。这是一条大学区公路，挂满灰尘的杨树刚烈地站在七月的骄阳下，使得男人开来的红色轿车显得特别矮小。路边的女人一下子迷上了眼前的景致。她眯着眼，出神地望着开往郊外的载重汽车，车轮掀起的金色帐幔，在她眼里形成凹镜效果，这种变形让即将开始的事件似乎还很遥远。她刚有一次失败经验，前不久，知识分子式的拘谨和顾左右而言他，让她与一个诗人的约会索然无味。诗人最初吸引她的是长发长髯，她第一次仅仅因为容貌走近对方。问题就出在这儿，她自认为像他们这种人不能完全绕开形而上，多少应该在语言上进行交流，其结果，好不容易放下的东西又回到他们身上，他们的僭越，弄得跟诗人的诗似的，艰涩而干瘪。

今天她又一次出来了，这次她选择了一个陌生人。她已经有了点经验，让自己在出来前和路上什么也不想。她已经认清了自己的命运，那就是，她已经无法对知根知底的人产生爱情；如果仅仅是性，她又无法跟熟悉的人只论性不谈爱；那么只有陌生人。一个漂浮在现实之上的前提，一个仅仅依据一副声音的人。她要看看自己是否能逃出“始于形而下、终于形而上”的樊篱。

现在，这个女知识分子像那些为情所困、不愿悔改的女人，任性地将自己流放到马路边。她瞪着停在高大杨树下的红色轿车，固执地告诉自己已经无路可退：“也许是洁白荒凉的个人历史的胜利结束，也许是抱憾终身的羞耻。”像所有到了这时候的女人，她已经听天由命。她打开手机，将自己缚在那吊诡的声音上，希冀拉住这根绳索，让自己渡过情欲的河流。

“喂，你是那个穿蓝裙子的人么？看见一辆红色桑塔纳么？你来吧！”

她应该振作一下。所有的革命都是先拯救肉体，再拯救灵魂。而且像她这样的女人，自救是唯一的道路。

男子用放下车窗的方式迎接她。他本人不如自己的声音快乐，也不如声音表现的那么多情。他眼珠是栗色的，此时悬在撩起的眼帘下，这使他的目光像秤。

女人穿过汽车掀起的沙尘，从迷幻走进现实。她注意到开门的那只手表现出的惊讶和意外。这不出她的意料，几乎每个第一次见她的人都会对她的容貌惊讶；她同时还知道，自己的美雅不是相貌而是神态。她的雍容和静寂使她看上去不像整天思考的人。

女人用散淡的目光向对方撩一眼，算是打过招呼。她不准备对这个神态傲慢的男子表现得多情，她深知眼下这种关系，多情无疑是个笑话；她也不想表现得太好，她知道，自己无论从哪方面来说都太好了，随便一个做派就够抵消眼前这个年轻人的光彩；她也不准备多说话，思想和话语消解情欲。她决心把习惯的一切禁锢在皮肉内，让皮肉下的火焰刺穿而出，成为她唯一的语言。她希望，当这个男子日后偶尔想起她时，情欲是回忆唯一的花朵。

汽车把她带向他的单身公寓。路上，男子勉为其难地赞扬了她时尚的裙子和婀娜的身材。她知道这对他是困难的。对于这个年龄的年轻人，美人至少在二十五岁以下，其目光应该因无知而无畏，因无畏而明亮。这些她已经不具备了。

## 2

马路对面的女子，静幽幽地嵌在蓝色车窗里，人被斜阳照着，裸露的玉腿和裙裾被斜插下来的光线拉得倾斜。她看着别处，一副出神的样子，这让他不笃定。他希望是个表情写在脸上的表面化的女子，优秀但不深厚，他就可以浅薄而表面化地和她交往，一次或者两次，或者几个月，留下的全部是雷电般的感官感受。

他为见面等了六天。六天前他在电话里迷恋上对方。他不想使用“迷恋”这个词，这个词应该专属那个长头发女孩。她在床上跳来跳去，头发耸动的样子像落在石头上的水瀑，跌下又溅起。这已经是两年前的事，女孩已经从立体活泼的人，变成单色平面的影像。他知道，到最后连那薄纸般的幻象也将不存在，只剩下一个非物质的概念；这个“概念”最后留在心底里的是一片纯净的光明。现在他正为将女孩变成“概念”而奋斗，他励精图治的是，永远不跟那个女孩联系。

对这个电话女人他不知用个什么词好。他惶惑，却本能地反抗这种惶惑。女人有种准确表达感受的能力，而且匪夷所思地，在女性普遍躲闪回避的性上，有说真话的力量。

他从没见过这种不做作，而且不装傻的女人。她的内心到底有多大支撑让他好奇。从某个时间开始，这个男人怀着进账心理，通过各种怪异方式接触女性。他把不同的女人带进公寓，跟她们一言不发地亲热。他从不去了解她们，了解的结果只能是两条：对对方兴趣盎然或者索然无味。前者可能导致爱上对方，后者则直接影响他能不能继续跟对方继续下去。这都不是他希望的。

美丽女人当然也不例外。六天前当他百无聊赖跟这个女人搭上话时，他就知道这是个美丽女人。美丽女人有一种由于美丽慢慢煨出来的倨傲和优雅，那是男人的目光和女人的嫉妒共同塑造的，也是寂寞和禁欲熬就的。这是她自己的造化，跟他没什么关系，他不准备给任何人开口子。六天前，当他们通过话语相互攀缘提升时，他希望马上见到她。他不想在情欲之外有什么旁枝末节，他实在担心这个有强大语言能力的女子，会将谈话引向理性的深渊。但女人没有马上见他，其理由微不足道却又好像天经地义。本来是件轻巧的唾手可得的事情，现在却变得他不喜欢的复杂化了。

他们通了六天电话，从傍晚，到午夜。他坐在一把蓝色海绵转椅里，舒服地放平两腿，望着窗外灰暗下来的天空，开始絮絮而语。刚开始是他打给她，后来是轮换着相互打，好像为了那个“费用均摊”的游戏规则。日复一日，汪洋一片的语言游弋于迷乱的星空。那是一种复杂跌宕的、语言的性交流，它产生汹涌的情欲，却成功地阻止感情的产生。其技巧的繁复和对临界点的准确把握，让男人眩晕和迷惑，并对下一个夜晚暗怀期盼。

是他首先使用语言诱惑的。他不乏词汇，语言具有引导性，能把话语带入沉溺迷幻的境地。女人对语言的牵引性和致幻性是有感觉的，不然，他的雕虫小技也不见得能得逞。但很快他就发现，一旦女人穿越内心的黑暗，在最深处，有一个异常光明的宫殿，这个宫殿不是外人能够触摸到的，即使女人本人，可能也为这个光明的存在惊讶。他看到，穿过自身黑暗的女人，欣喜若狂地沐浴在自己内心的光明中，处子般地对性爱世界东张西望。这时已经不太需要诱导，对方就能令人瞠目结舌、深刻准确地表达自己皇皇天音般的内心感受。也就在那六个夜晚，女人和她的语言像根线，把他的身体牵走了，牵走的可能还有魂儿。这是危险的，他已经意识到了。他要赶快见到她，把这根紧绷的线剪断。

马路对面漂移而来的女人，已经不是绽放枝头的花朵，更像是一地斑斓的落英。这有点出乎他的意料。在过去的六天里，从她声音传达出的强劲情欲和矜持态度，让他以为她还很年轻，但他马上认同了这种零落的美。这种美，使那张脸是花的，乱的，凄迷的，矜持的神态也掩饰不住随风而逝的飘零感。

现在这个花容月貌的女人走进他的公寓，这有点不可思议。这不是他的问题，他能够绝对妥协。见面的前一天，他甚至对女人说，如果见了面感觉不好，他们可以用纱巾把眼睛蒙住，黑暗里，仅仅声音在房间里飘荡，他们就又可以找到电话里的感觉，回到他们开始的地方。这话他当然不是对自己说，他现在已经相信任何女人都能给男人带来快乐。让他茫然的是：这样的女人怎至于走进陌生人的房间？

他不敢动她。上楼时脑子里搜索电话里的感觉，对女人鲜活的呈现视而不见。节奏，是的。他提醒自己，去冗从简。他要把情欲这根线，从纷扰的情绪中抽出来。他快步走向自家大门，打开，把女人让进去。他尽快把手搭在女人肩膀上，他要让过程，像他们在电话里表现的那样，尽可能纯粹化。

## 3

女人注意到，年轻男子不仅是语言，而且其行动具有天赋的带入性。令人匪夷所思的节奏，丝丝入扣地引导人坠入情欲之网。他没有哪怕一个多余步骤，甚至每一步都没有错位和细小过失，具有仿佛剪辑过的洗练和美感。他海浪般一波一波向上推进的话语里，不含一句情欲之外的闲话，像一块不含杂质的玉石，呈现一派纯净的光芒。

女人喜出望外，只是她已经来不及思索，她被年轻人带进精神的迷幻和行为的肆无忌惮中，前所未有地被纯粹化了。这个被理性光辉照耀了整个容貌和内心的女子，在黄昏的晕眩中，看到自己被提起的修长大腿和两只仿佛挂在树上的梨子般的乳房；她知道自己落肩收腹走在众目睽睽之下的美丽，却从没注意到自己在纯生物运动中，还能如此妖娆。同时，她惊异于年轻人来自肉体欢乐的大叫，这种退回肉体本能地为文明所不齿的生理现象，此刻给了她光明而璀璨的幻想，脑海里瞬间爆发出的光亮，仿佛太阳雨中光与水的交相辉映。突然间，几十年建筑的理性仿佛一钱不值，不仅如此，好像专门亵渎她的信仰似的，她突然感到一种神性和宗教的东西在肉体里滋生，这是以往的知识和观念所不齿的，形而上的东西不可能产生于肉体。但是现在，这种从肉体倏忽而出近乎宗教的虔诚，她无法解释。

眼下她不再是她了，她是只勇敢的小鹰，神气地翱翔。她用“拍遍栏杆”的手，一寸一寸感知那结实的肉体；不能说此前她没有发现肉体的可爱，而眼下，仿佛是重新唤起她对可爱肉体的认知，她的手触及的地方，有一种新鲜快乐的气息导入体内。她，惊呆了。

她想发出一些声音，确切地说是话语。她多么习惯用话语固定一些东西，又多么习惯将自己的行为赋予意义。一些事情如果没有留下几个深刻的句子就好像没有做过一样。她搜肠刮肚、嘟嘟囔囔：“所有的痛，都可以被性爱消解。”话一出口，立即感到不合时宜。整个过程，男子的语言都是开放的，向上推进的，而她郑重其事说的话，就像一道闸门，突兀地横陈在奔腾的流水中。

年轻男子像猫一样弓起身子，小心地抬眼察看她的脸色，她立即注意到对方小受挫折时楚楚的神态。

“不要打断我，好吗？”

“好。”

他救了她。倘若触及“痛”、“消解”、“人格分裂”这些词汇的实质，她的这次僭越，可能又将是一次索然无味的名义上的背叛。

现在，女人不打算再说话了。关闭了语言，就关闭了逻辑思维的大门。女人很快进入了年轻人引导的行为美学中，她的语言只剩下语气词。

## 4

男人蓦然发现，投在地面的女人的身影如此高贵美妙。在房间里他没有注意，他甚至没好好看那张脸，他被她身上的气息笼罩了，这气息让他放心，剩下的他不愿多想。现在他看到了投在地上的身影，正风摆杨柳般地摇动着，他爱上了这个身影。当然，这并不是说他会抬眼去看身边走着的人。迷人的影子和身边的人是两回事，前者更像是一个意象。他宁愿日后回忆一个扑面而来的画面，一句特殊的语言，一个转眼即逝的表情，但未必愿意记住她这个人。花自飘零水自流，她这片花瓣不过是正好落到他这段流水上罢了。

让他耿耿于怀的是这一天最后一个细节。他开车送女人出来，车到了他们见面的地方，女人要下车准备继续打车回家。他放慢车速说："何不把你直接送回家呢？"他斜了一下眼，看到对方山峰一样高高低低的侧面。在他看来，一个真正高贵的面容更多来自侧影，没有多少面孔经得起从侧面推敲。这张侧脸此时有种鱼死网破的神情，跟一小时前的雨打牡丹好像不是同一个人。"我还是自己回家吧。"女人说。"实际上，没关系的。""我不太想让你知道我住哪儿，也不太想让你知道我是谁。你介意吗？""不介意。"他把车子停在路边，打开车灯为她解开保险带。他现在知道这是个鲤鱼跳龙门的女人，拼死一跃为的是一种形而上的永生；她又是一个黄鳅入泥的女人，这一去，从此不见踪影。他泛上一股牺牲的情绪，他总为怀有各种目的的女人奉献，而他的目的，忘却和为了忘却的放纵，却淹没在别人的目的中。

他不愿铺展"牺牲"这个情绪，不想在意对方的心理，也不过多观照自己的心理。他希望在每次艳遇中占据稍微绝情的位置，这样就不会有被抛弃被辜负的感觉。他为女人打开车门，下车时女人出其不意伸出手，这一点他没想到，仓皇地跟那只令人眼花缭乱的手握了握。他觉得就在这最后一招上输了。他最不该的是，借着车顶灯那点光亮，看到女人的眉目和唇线比下午刚见到时还要清晰，面颊上涌动着潮湿的粉红，他自己，傻了巴几地，为这张脸惊艳了。

一场惊心动魄的体验便这样过去了，男人又开始新一轮的抚摸般的回忆。比起让他痛苦不堪的恋爱，这些邂逅也许更是他的经历。他关着灯，摊开两条腿，坐在蓝色海绵转椅里。他望着房间最幽暗不明的地方，回想女人的种种细节。他始终追求一种境界，即来无踪去无痕的飘忽感，但如果真的雁过无痕，正如这个女人的离去，他又有些茫然。一个嵌在车窗里的变形的形象；一句不知所以然的句子；水泥地上的影子和一张风中之烛般摇曳不定的面容。就这么多，只有这么多。他连她叫什么都不知道，哪怕是个假名；他也没把自己的名字告诉她。他原以为自己会满足于不需要知道对方是谁，但如果真的什么都没留下，他怀疑自己是否真的甘心。任何男人都想给趟过的女人留下点什么，不能留下孩子至少留下个名字，让她们记住自己。通过她们对自己的记忆，也记住她们。

之后的几天，这个一方面满足于自己捉摸不定的姿态，一方面又心里惴惴的男人想给女人打电话。他不打算说什么，只想给她留一点信息，更确切地说，只想确认自己是否给对方留下痕迹。他在整个白天都不去想她，到了晚上，当手心反复滑过圆幼的手机机身，对那一时刻的追求，让他的心动从右手心开始。他终没打出这个电话；他不想首先发出声音，他不想对什么人产生留恋。留恋就是痛苦，就是跟女人的对弈中先输一招。对他来说，要么是女人的敌人，要么成为敌人的俘虏。男女之间可能会有其他关系，但都不是他可以尝试的。

一天他在手机上看到女人发来的短信：我还想要一次高潮。他的嘴巴一下咧到耳根处，完全忘了自己的原则。他窝着背，双手按键输入短信：晚上我给你电话。他按“发送”键时仿佛已经看到女人的面容：落英殷红。那种大家闺秀，竟有这般简单直白的表达，I服了Her了！

他不管了！！

## 5

一次奇遇一夜间改变一个人生活的童话，如今已经不太可能了。然而如果一个人走投无路，像赤贫者一样起来造反，似乎也没什么不可能的。

我们的女主角在那一夜的红杏出墙后，被汹涌的情欲所控制，内心豁然激发的巨大动能，是她自己始料不及的。这个一年四季穿长衬裤睡觉的女知识分子，第一次满脑子都是情欲和那天晚上的情形。那副一直被她忽视的束之高阁的肉体，那被她佯装不在意的性欲，第一次水落石出般摊开在她面前。她被吗啡般的性爱迷惑了。她对情欲的妖娆的自己目瞪口呆，对清教徒般刻苦贞洁的自己同样目瞪口呆。她的身体如梦初醒般发出寒剑出鞘般的尖叫。

知识分子的居高临下，让女人始终把自身的肉体和性欲撇到一边，较之饮食男女，它们只能是精神生活和爱情的附属，它们的满足只能是水到渠成；如果水未到、渠未成，闲置便没什么不妥。这个生怕浪费自己才情的女知识分子，就这样把自己给荒芜了。直到现在，直到快要老去的时候，性爱这座矿山只被剥去一层表皮。她知道大多数女性，直到老去、死去，性爱的潜力只被调动表层。她们深邃的性感，牺牲在婚姻的伪伦理中。大多数男女在配偶那里中规中矩，在“伦”的规范中行夫妻之道。她也不例外。她一直是认命地，她在其他方面不认命，唯在性欲问题上认命。知识分子是社会的良心，那么女知识分子则要守住社会道德的底线了。但什么是道德的底线？“一个妻子”和“一个女人”相比，哪个更人道？当她在电脑前、书本里年复一年度过寂寞长夜时，真不知道在哪儿了。

好在女人终于在老去之前发现了窗外一树一树的梨花，她吃到了一个梨子，仅让她吃一个好像已经不够了。这与其说是对性的渴望，不如说是对改变的渴望，是对已经定义了的女知识分子生活模式的叛离。女人所有的反抗和解放都是从最禁忌的性开始的，她们走来走去，万变不离其宗。不过这女知识分子自以为，消除的虽是性的禁忌，打开的可能是领悟生命更高层次的通道。走过这个门槛，她认为自己将摆脱千百年女人对男人的怨恨，男人将是女人的同谋，而不是敌人。现在，性爱的锦绣图画只打开一角，这个情欲课的初等生，忍不住自己的好奇和占有欲。

她的确被闪电般的激情击中了。她忘不了年轻男子无边的纯美和既漫不经心又细致缜密的性情，贪恋男子紧致油滑的皮肤，和身体上令人惊讶的柔软。她一点也不回避对那紧绷绷的肉体的惊讶，但更愿意承认年轻男子的行语方式带给她的震惊。她想将之演变为爱情，但一场现有道德所不齿的一夜情，一场没有任何感情基础的邂逅，如何跟以思想交流为先导的爱情衔接？事情从一开始是什么它就是什么，无法改变。她已经无可挽回地实行了肉体先行，只能无不挫败地承认，眼前的一切也就是一场艳遇罢了。

艳遇也罢，女人不甘心就此放弃这个飘动的绸子般的男人，但她不知道男子是否愿意再见她，也不知道怎样才能再见面。

女人在愤怒的情欲中，希望在书籍和自己的智慧中找到出路。这是她的习惯。她抽出最艳俗的渡边淳一，想弄明白男人是什么。人文知识分子的毛病就是把人复杂化，其结果，他们以为现实中的人也和他们处心积虑塑造的人物一样无常，从而失去了进入另一半世界的切入点。如果以最本质的角度看待男女关系，这个满腹经纶的女人蓦然发现：当没有婚姻这最虚伪最市侩的目的横在其中，男人和女人，仅仅相互吸引就够了。在过去的三十多年里，这个不能说不了解男人的女人，始终不能准确判断男人。她可笑地采取帝王策略，以为自己存在那里，男人就会爱上她；而她始终不明白的是，她那正经样儿只能让男人望而止步。

如果她的寂寞是因为男人对她望而却步，她便知道该怎么办了。最原始的目的和手段，终于在她还没迂腐到顽固之前指导了她的行为。她决定主动跟男子联系，现成的理由就是，她迷失在对情景的惊讶中，没有达到通常意义的 Hi，她可以向一个与她有了一晚的男子索取一个 Hi。这个男子似乎没理由拒绝。这是一个光芒四射的理由，她发现一旦崇尚行动，连理由也 Hi 得可有可无了。

女人的脚插进密密排布的书籍里，脚趾依此拨弄散发木浆香味的书籍。她边给男人发信息，边想象脚踝上唇吻的蝶印。

她在路边再次见到那个年轻人，这次天光相当明亮，她也没紧张得让自己失去判断。她在观察。男人仅看她一眼就把眼睛移开，他甚至没像第一次节制地揽她的肩膀。但他处理她带来的鲜花时有点小欣喜小激动，他双手捧着那束小花在厨房和客厅间来回跑，忙乱泄露了内心。如果是这样，她就可以对他的诸如“我们只是性伙伴，只是解决生理需要”

之类的话置之不理。她只要确认男子对她的基本态度，其他的都可以置之不理。寻求天长地久的爱情就像寻宝，那是可遇不可求的。对伟大爱情的寻找，已经将她囿于荒凉，现在她只想抓住眼前转瞬即逝的美丽。

她再一次感受到男人身上的美，那不是容貌的问题，容貌在皮肤内穿刺而出的锋芒前一钱不值。那种美是千万朵小花铺就的草地，是花园里芬芳的空气，是如烟如幛的春雨，更是一种挥之不去的气息。她要的就是这种纯粹的性爱，没有过去也没有未来，一个唯美的性爱的横截面。之后，这个人和这段情都随风而逝。她用“昙花一现”和“随风而逝”来界定这转瞬即逝的情爱。她不想破坏这两个词界定的美感，同样不想破坏自己在这个年轻人眼里已有的美感。她想把自己的美丽印在别人的脑海甚至生命里，如果她整个青春殚精竭虑书写的文字都不能给这个世界留下一点痕迹，还至少将纯美的性爱嵌入一个人的生命。这个终于在自己老去之前把一些最基本、最原始的问题想明白的女人，此时鼓胀着吞噬的冲动，第一次感到子宫巨大的包容性。

现在她全部身心集中在眼前的行为美学中，眼前的男子为她提供了参照，男人给予她惊心动魄，反过来，她涌泉相报。好在，上天赐予她敏锐的感受力和持久的耐受力。她有一副柔韧有力的腰，她把这副身体闲置得太久了，留下一个巨大的探索空间。现在这副柔韧的身条像一尾白鲨，折转拧绕，在灰茫茫的身外和黢黑幽深的内心之间徘徊；那刹那间打开的光明之门，让她飞升，让她汹涌出君临世界的傲慢；她用一种傲慢而悠远的表情，在暗淡的天光中包裹着年轻男子；她看到年轻人柔美而细碎的目光，那像新芽沐浴在阳光里的满心欢喜感染了她；她摊开花垫一般的身体，席卷了年轻人。

## 6

男人发觉，这个第二次见面的女子像着了魔，那井喷似的激情和唾液般的黏滞，不像个知识女性干得出来的。他已经从对方的神态中猜到她是知识女性，那怎样妖娆美貌都掩饰不住的内里的一种硬，是智慧铸就的内核，它多半使人高贵却缺乏可爱。

这个女人有一种知性的肉欲和舞蹈般的性爱肢体语言，让这个对对象既挑剔又无所谓的男子颇为惊讶。是的，面对这样的女人，他发觉自己是挑剔的。他本来不在乎对方是谁，那些行将老去的女人自然有太多的感情和经验。那是从别的男人那里磨出来的，他没必要挖掘，只需要利用。这想法根深蒂固，以致他沉醉于各色女子的肉体，却对她们本人视而不见。他彬彬有礼只是出于教养；他浪漫专注，来自天性。他从来不受这些女人干扰，一直没有。可是，现在，非常讨厌地，眼前这个女人让他产生失忆般的眩醉，他由于迷醉而脑缺氧，因缺氧而更加迷幻。以前他只知道女性的肉体美或不美，从没料到还有一种运动中的美感：性爱中的运动之美。健如蛟，妖如蛇，气息如花。他被这一发现弄得自己头昏眼花。

他有点分心，有那么一会儿他动了探究对方的心思。他知道这是危险的。这个无论是女知识分子还是如花美妇，跟她的交往都只能是浅尝辄止。爱情和性，他能分得开；爱情和婚姻，他还分不开。他爱上对方就想永远拥有，否则，他宁愿看落花东流水，让她们漂过去。

这次见面，女人默不作声，连那些挤压出来的“警句格言”也没有了。她靠在小木几上，像只鹰，悠然地伺机而动地俯视他。他张皇地在寻找盛花的容器，又觉得应该先把沙发床打开，同时觉得应该先把自己厚重的牛仔裤脱掉，也应该打开电脑调出几支英文歌曲。他同时做几件事：他拿着花，打开电脑；他解开皮带，接着打开蓝色沙发床，裤子在腰上挂着，露出一段蚕丝般的皮肤；他从电脑里调出音乐，在布鲁斯音乐中轻摇着褪去长裤。他觉得女人没看他的眼睛，目光落在他的身体和艺术化的穿插错落的动作上；她对自己的亲吻，也是风拂湖面般的轻浅。他明白了，这个女人像男人对待露水情事一样，不想溜得比他更慢。这次，女人从这个门出去，便是白马入芦花，再也找不到踪影了。

男子被这事实激怒了，一下子，全然不能容忍这个人第二次走入视野。这算什么呀！她向他发出信号，他回应了，就在自家门口惶惶地等着她；她要跟他亲热，他就做了；之后，她悄无声息地走掉，可能这辈子再也找不到她。不！他不能什么名堂没有继续跟她继续，他必须知道对方是谁，即便再不见面，他也要知道有个如此姓名的女人在城市的某个地方生活着，当他想到她时，有个具体的人存在于某个具体地方。

了解对方的愿望几分钟内就背叛了他的原则。他开始从只言片语揣摩她的身份，他甚至不惜讲自己的情爱故事引诱对方开口。他看到女人在自己的叙述中现出忧伤表情，并伴以柔美温存的动作，但这些并不能打开她的嘴。这个在情欲中放大了自己的女人，并没有忘乎所以到放松警惕。她不想让他（或许任何人）知道她是谁，他（和那些跟她一夜情的男人们）不配知道她是谁。男人心中渐渐生出空落，觉得面前存在一个巨大黑洞，他对这个混沌的黑洞一无所知。不仅如此，一种怎样努力都无法知明的被动感，让他惴惴。

这种情绪困扰着他，在接下来的几天里让这个气定心闲的男子怅然若失。烦躁很快转化为颇为恶毒的鄙夷，除了那个让他身心已摧的，谁也干扰不了他。

## 7

女人感觉自己已经吃掉了这个年轻男子，他的肉体，他的心性。这可以称作初战告捷。她要的就是突破禁忌，至于能否成为所谓的幸福女人，实在是一种造化了。

她觉得该收场了。年轻人灰冷的神态让她知道，她必须及时撤退，她不想让男人认为她缠着他们，她不缠任何男人，甚至让她付出爱情的人。到了这个年龄她已经知道，所谓爱情不过是脑垂体分泌的肾上腺素，是一个化学过程，肾上腺素分泌减弱，爱情也随之消失。那么爱情不可避免是一段一段的。她要把握的是，全身心体验正在发生的爱情，及时从容地从中撤退，趁着感情还没完全消失。她已经学到了跟异性打交道的崭新方式，找到高处不胜寒的女子通向男性的通道，那么，她那看上去如花似锦实则乏善可陈的情爱史，也可以有点色彩了；那么，这个男人便可以"归档封存"了。他帮助她完成突破，这场陌生人之爱也就完成了使命。是的，她突然意识到，自己如此这般不过是试图结束性爱的荒芜寂寥，原先试图寻求的种种意义，不过是知识分子将任何事物赋予意义的恶习罢了。

她知道自己跟这个年轻人不会有什么故事，或者说这种剑光一闪、昙花一现的关系就是故事本身，她只希望这个注定是恍然如梦的故事，有一个坚硬的内核。她不知道自己对于这个男人意味着什么。而他，这个萍水相逢之人，却可能翻开她生命新的一页。那不仅仅是情爱、性爱问题，而是一个三十六岁女人关注自己生命状态，继而亦是关注其他生命的态度。那种态度可能给予她一贯叫嚷的悲悯情怀以实际内容。

现在她对他的感受还不丰满，她摸到他的皮肤，还想摸到他的内心。只是，已经没机会了，内心的节奏告诉她，这个飘逸的年轻人最多还能跟她接触一次，他将淹没在这个1400万人的大都市，从此跟她再无瓜葛。一个跟她激情相撞的人就这么消失于生命的未完结处，与其说是惆怅，不如说让她愤怒。再看看对方痴迷又不为所动的神态，投入又迅速抽身的玩世不恭，一时间在女人心中激起的摧毁力量，比得到他的力量更大。是的，她要再找一次机会，“消灭”他。

她思忖怎样给男子打电话，她不能保证自己不依恋这纯粹的性爱，也不能保证会甘心于没有思想碰撞没有思慕的两性关系，更不能防止深入骨子的东西不会卷土重来；而这些都会破坏眼下来之不易的恍如梦境的诗意。女人坐在自家青瓷马桶上思忖了会儿，给男子发了条短信：我明天就走了，去美国。她不能给自己留后路，美妙的爱情只存在于突然的斩断中。

女人裸着修长的脚踝在家里走来走去，不时在札记本上记点什么。当一件美好事物就要消失时，她总是徒劳地想用文字记忆点什么。她感觉自己胜券在握，又怕老马失蹄。她想象得出年轻男子收到信息时的吃惊和随之而来的犹豫。他是在犹豫，这个自负的男子可能突然发现事情不在自己的掌握中，不知道自己是当俘虏，还是当逃兵。这种想象让女人畅快。这个男子可能从没对两人的交往焦虑过，他志在必得？那好，现在让他左思右量去吧，也算对他无动于衷的惩罚。不过这种洋洋自得俯视对手的心境，到了下午五点对方还没消息时，几乎消失殆尽。女人变得消沉郁闷，常年来地狱似的孤寂又如期而至。这个在黄色的天光中显得干燥憔悴的女人，慢慢坐进常年伏案的藤椅里，面孔上的寂寥加重这间堆砌如山的书屋的荒凉。

没有话语支撑，肉体先行的实践显得如此脆弱、可疑；而话语的交流直至爱慕最后到性爱，中间相隔的岂止万水千山。女人自忖，这些天从男人那里获得的自信和快乐，让她对不可恋战的原则存在侥幸，那性感的肉体又让她欲罢不能，贪婪的结果必将使她再受挫折。罢了，不来也罢了。事不过三，任何事大凡都如此。这场盛宴缺少的可能只是最后一次大鱼大肉的饕餮，没有也罢。

好在事情终于向喜剧方向发展。年轻人终于在女人准备把他封存之前来了电话。

他终于如她所期待的，声音有些发紧急促，情绪有些波澜。他的语调里终于掺杂了感情，问她去美国是移民还是短期旅行。女人恍惚了一下，她再也不愿出现腐蚀了她一整天的失败感了，至少对这个人——对一个人只能挫败一次——她所能做的就是牺牲自己的爱情。她说："移民。"他问："还回来吗？"她不想给自己任何余地，说："不。"年轻男子没了声息，过了会儿，他像给人往腰里捅了一棒，虚弱地说："我什么时候可以见到你。"女人往后陷进藤椅里，她看到桌子下有一处阳光终年照不到的角落，现在正弥漫着一片青色，跟她去过的高原小寺庙一个颜色。她知道过了今天，这样的颜色还会出现在她心里，她的身体还将长期与桌下的灰尘和幽暗为伴，那时候，她的心也许不像现在这样躁动了。一切都会尘埃落定。

如果说僭越是一个仪式，就让它功德圆满吧。她轻声对电话说："我的朋友打算给我践行。要么早点儿，要么就晚点儿。"男子赶紧说，"如果是后者，你能在我这里不走么？明天早上，我送你去机场。"女人看见桌下的灰尘里挣扎着一粒纽扣，她在那里看到它至少三年了，每次看到都会想起自己曾十分喜爱收集纽扣，但每次都没有将它捡起。它和其他美好事物一样都作为一个存在留在以往中了。她对年轻男人说："不，还是早点吧。”男子慌忙同意了，说：“你现在就出来吧，我马上回家。”

她又见到了他。这次她终于能认出他的脸，他家的大概位置，也终于看到男子眼睛里钟情的神色。看来，这次他不想掩饰了。他用眼睛“扣”着看她，目光在她眼里搜寻；他在她结实的臀部拍了一下却软弱无力；他上楼梯的步子不知是多了半拍还是少了半拍，显得踉踉跄跄，终于在楼梯上绊了一跤。他的矜持土崩瓦解。

房间显然被简单收拾过，紧张心绪下把家什东塞西藏。几天前她带来的花还在那里，配了一只白蓝格子的土瓷花瓶，空气中有股枯花的静穆味道。

这个男子说话了，这个男子开始把一些意义附加在这最后的交欢上。他说你走了，再也见不到你了，是不是？他说，你不告诉我要去美国，就是要在最后一刻，让悲情催发我们的情欲是不是？让我用爱你为你送行。

女人颤抖了，对男子的征服欲被一种作茧自缚的绝望所代替。她第一次认真看那张卸去伪装的脸，因为被抛弃而一个接一个地找女人；因为怕再次被抛弃而玩世不恭？是的，只要认真看一会儿就能看出。只可惜前两次她专注于自己的感受，单纯吮吸对方的性爱，又不想输在撤退的顺序上，把必要的观察漏掉了。否则，他们可以将对方作为一点灯火，不能照亮前途，至少可以相互温暖。现在她却兜那么大一个圈子，编造那样一个自斩后路的谎言，将自己重新抛向孤独。晚了，一切都追悔莫及。

但是，她不能放弃已经取得的成果。她知道男人的留恋来自她的逃遁，如果她流露一星半点眷恋，要逃的将是男人。不！她绝不给这幅美丽图画留下一处败笔，绝不让自己的完美形象露出一丝破绽。为此，她宁愿牺牲这场爱情。

“你还会记得我吗？”他说。无可奈何看花流去的人，能抓住的，就是这最后一点形而上的东西。

“会的。”

“你真的不回来了？你的父母你的朋友都在这儿，你就不回来看他们？”

她想哭，至少在这一刻她后悔编造那个谎言。一股从内心深处、从肉体深处挤压出来的强劲力量澎湃着她。她说：

“会。”

“你回国，会给我打电话么？”

到这时，我们的女主角进入的则是人类面对的永恒黑洞，那死亡般的无力和无奈癌变般吞噬了她。她哀怜地将目光从男子的脸移至天花板，从高处，她悲悯的目光覆盖了这个伤情的男子，也覆盖了自己。她叹了口气，仿佛不是用声音，而是用全身力气说：“那需要强有力的理由了。”

年轻男子在她的怀抱冷了似的颤了颤，不再说话。他们的性爱里，第一次有了温暖缠绵的东西。他们对待对方不再暴烈，而是姊妹似的温情脉脉：男人奉献了他的亲吻，女人相濡以沫。

## 8

现在是深夜，在我们关切的眺望中，故事中的两个人像一对噘着嘴的小鸡，轻轻待在对方的身旁……

# 一架钢琴

从 10 月下旬开始，海南岛就进入一年中最美妙的季节。最后那场台风过后，天气就像我老家那地方的初夏，阳光轻薄，树叶鲜亮，温度湿度在出汗的临界点。运动和忙家务会让你出一点点汗，汗的微酸带给人的振奋，会让你一瞬间闪出“还有很多好时光”的喜悦。这种喜悦，让我这个半退休状态的人每天午睡起来，都跃跃欲试想干点什么不同寻常的事。每天这样的小盘算能让人肌肉里都冒出快乐的小泡泡。

去年 10 月的某一天，我就是这么从阳光和温度带来的喜悦中醒来，先煮了壶茶，喝茶的时候盘算着晚上是去找蔡姐聊聊奇斯洛夫斯基的闷电影，还是找王姐吃一顿印尼果蔬海鲜餐，用餐时聊聊她的早年情人。对爱情的不断述说有时候比爱情本身还养人。楼下女人的敲门声就在这时候传来，我趿着拖鞋去开门，见是她，不由得惊讶。

我在这栋楼住了 8 年，见这女人的次数不超过 50 次，据说大部分时间她都带儿子在北京拜师学钢琴。见她儿子的次数更少，10 次吧，或者一年两次。不过一到寒暑假，小伙子的琴声天天爬上来，上午八点半到 12 点，下午两点半到 6 点，晚上有时还会弹一两个小时。这些年，我一年的时间被琴声分割成四段，就像是邻居装修。琴声敲打楼板的时候，我就找点不动脑筋的事情干干，比方说翻晒衣被，扫墙，洗吊灯，给花草换盆，反正海南这地方插根筷子也能活。现在，这位女士站在我家门口可算是稀客，我们过去打过招呼吗？不管怎样她现在站在我面前，整个身体表现出的矜持让我回过神儿来，请她进家门。

她进门换了鞋，这让她顿时矮了半个头。原来她是这么矮小的女人。

“从没进来过，今天才来看看。”女人尴尬地笑笑。这是一个消瘦的女人，眼睑下长着雀斑。“你家的盆景栽种得好。我在院子里远远地就能看见。”

我想她可能是来要种子的，她家阳台光秃秃的，天凉快了，可能想绿化一下。

“如果不挑品种，可以给你分几盆。草本的仙人球类的，都可以分盆。”“谢谢。过些天，我买些盆回来再来讨。”女人挡住了我的热心。

女人扫一眼客厅的布局，又走到茶间门口看看，那里有一个荔枝树根打的茶几，是我招待女友们的地方。我又猜她也许是想看装修的。我有时会下错电梯，错站在她家门口，她的门也不是8年来从不打开的，不定什么时候撩进去一眼，知道她家还是白墙。我之所以这么东猜西猜是因为她从不跟邻居打交道，人像张曼玉在《花样年华》里一样清冷，是我们这个院子里的“地平线上的风景”，今天这么突然造访，一般不会没有事儿。但我不再多嘴。

“要不要来点儿茶？”见女人点头，我又说，“红茶还是绿茶？”

“绿茶吧。”

除非她不懂。选择红茶还是绿茶基本可以判断这个人处在人生的哪个阶段。我年轻的时候嫌红茶软了，浊了，现在，每次喝到嘴里都有种“正中下怀”的窃喜。我给女人沏了茶，请她坐在荔枝茶墩儿上，看着她，等着她说话。

“是这样的，我想跟你商量一件事。”她终于说此行的目的了。我微笑地看着她，她能有什么事跟我商量呢？

“儿子今年上大学了……”

“哦，是吗？都已经上大学了。”我轻叹着，脑子里淌过这 8 年听到的像榔头敲钉子一样的敲击琴键声。当然，这种敲击流畅起来以后，我已经习以为常，反而听不见了。它是什么时候流畅起来的呢？噢，已经 8 年过去了。

“是啊，真快是不是？”这女人不等我回答接着说，“吵了你 8 年，挺不好意思的。”她不等我客气一句，就压住我的话头说，“是这样的，孩子走了，琴也没用了，我想把琴送给你。”

我还在想楼下少年的点点滴滴，被最后一句话吓了一跳，不假思索道：

“为什么？”我看着女人的眼睛，想知道发生了什么，“这没来由嘛！”

“我看过你一篇文章，你说你看见钢琴就想哭。”

我身子一顿，身体下意识地往后撤。她居然知道我写文章，还……当然我已经忘了自己是否说过这话……问题是，即便我曾经说过，即便是……也由不得她送一架钢琴给我啊！这不合情理。我们几乎没有交往。我很快冷静下来，如果我还没想清楚眼下是怎么回事，但至少那句没有免费午餐的话几千年来都适用。我有什么对等的价值可资她利用？

“无功不受禄。”我觉得多说一句都会消减这句话本身的力度。

“啊，是这样的，你误会了。怎么说呢？是这样的……”

这女人话一多，就抵消了她在邻居们眼中矜持、清冷的印象，但她似乎不顾了。她急切而焦虑地陈述，说得很多很过，说几句，就加上一句：是这样的。她急于让我明白：这 10 年，她被钢琴困住了，也把自己的儿子困在了钢琴里。当初给儿子选择弹钢琴，是因为她本人小时候喜欢音乐，而从结婚的第一天起就万念俱灰地认识到，自己这辈子再也无法贴近音乐了，所以……她说的这个故事也没多少新意。

“我像一滴甩进夜里的墨水，一出笔管就不见了。”

“至少你把儿子培养出来了。”

“他上的是体院，高尔夫管理专业。”

女人的回答让我的身子又一顿。在音乐学院墙内墙外转悠了 10 年，最后上的是体院？当然不是说体院有什么不好，而是，这太跳跃了吧？看着女人干黄的皮肤，突耸的肩胛骨，坚定了我的认识：这种女人只适合远远观望，不适合盘桓于自己身边。

“即便这样，”我选择词汇，不想挑起她的偏执，“你可以把琴套个罩子，放到闲置的房间。最不吝，就卖掉。对，你怎么不把它送到二手店？”

“总归用了十几年，有感情，舍不得卖。人家说，有种女人养东西、养人，什么丢她手里都养得好。你搬来我就注意你了，你家啥都养得好，连木头桌子都养得好，我把琴送给你就算找到个好归宿。”

大致就这个意思了。这女人又说了一个多小时，她看上去心力交瘁，最后说了这么一句话：我已经被信仰终身的梦幻国度牢牢裹挟，我不想再受了。她这句话立即在我脑海形成一个画面：一棵树，被周围小叶榕的气根绞杀了。在海南，这现象很常见。话已说到这个份儿上，我再拒绝就是铁石心肠。而事实上，如果我家里什么都养得好我本人肯定不算铁石心肠，但一架钢琴怎么也要一两万块，最后我折中一下，答应先在我这里存放，她们家的任何成员如果有一天想要回去，随时可以搬走。那架钢琴傍晚时分就搬进我家，女人连琴凳、琴罩一起送了过来。

从海南岛最舒服的季节开始，那架钢琴就在我招待女友的树根茶几旁静静地发着幽光。

我没把它当回事，继续我的生活。上午写作，午睡后冲杯茶，靠在垫子上看书。热带海岛居民喜欢傍晚出动，这七八年我也顺了这习惯，傍晚出去采购或会朋友，或大吃大喝或清茶清聊，过得像个地道的岛民。但人总会有那么一些无聊时刻，哪怕只有几分钟，哪怕只有几十秒；我在某个无聊瞬间，对着那架人家暂放于此的钢琴发了会儿呆。

人得认账自己的过去。我恐怕是说过“看见钢琴就想哭”这句话，何止是说过，35 岁前还不时冒出类似情绪，只不过后来忘了。很多情绪后来都忘了。某些事也忘了。某些人嘛，也忘了。我是否想过学钢琴，不用说，这我记得的。我曾宣布过了 50 岁就不用再为什么奋斗了，到那时候可能会有点钱了，有了钱第一件事就是买一架钢琴，找一位老师，学一学。现在，我恐怕是买得起钢琴也请得起老师了，但我还真的想学吗？这个问题最近几年从没在我的脑子里出现过，不过那是没钢琴的时候。现在，家里放着一架钢琴，虽是人家暂放的，但照楼下女人的意思，没有大的变故她是不会来拿了。那么，这种情况下，我要不要学一学钢琴，实现一下少女时的梦呢？我每望一眼钢琴就想一次这个问题。海南岛的太阳很好，每天明媚地照进来，照在钢琴盖上，我就几乎每天都要想一次这个问题。这变得十分扰人。我开始睡得越来越晚，晚睡反而睡得很浅，早上也醒得过早，一上午处在疲倦状态，午觉也只能睡着 10 分钟、20 分钟。我的下午茶喝得越来越浓，然后从红茶换喝绿茶。与此同时，楼下的女人则在“大陆”漫游，时不时发来一些图片或人生感悟。桃花开的时候，她发来短信说自己正在丽江，昨天艳遇了。呵呵，去丽江总能艳遇。真老土。不过，一个女人如果快被气根抱绞，能艳遇一下也算为人生增一抹亮色。我恐怕得为她高兴才是。

不过我的状况有点儿打滑。没经得住诱惑，到了，还是弹了那架钢琴。我看得懂五线谱，另一个常识是，只要明白五线谱，手指照着按，你就能敲响琴键。我开始尝试。我的家从春节后也响起了榔头敲铁钉似的叮叮声。当然，我是一边敲一边琢磨着打退堂鼓。理由就是楼下那个8年来只见过10次或16次的少年，那孩子，8年来什么时候见他什么时候都像是刚从全托幼儿园放出的孩子，个子年年茁壮，神色一直没变；还有那位“地平线上的风景”的女人，想想那两个词，“终身信仰”和“梦幻国度”，就这两个词就注定了败局。我一边打着退堂鼓一边还是照着业余三级的课本练习指法。我恐怕不是弹钢琴的料，脑子里越转越多头绪，手上却老不长进。手指头一旦在键盘上移动，脑海就是移动的画面。这些画面刚开始有形象，过一段时间就是图形，再过一段时间就简化为线条，最后简化成一团雾。

事实上我没发现自己的变化，让我蓦然惊醒的是有一天，我的手机录音功能在不知情中提示储存空间已满，接着又是缺电报警。我插上电源，摆弄半天才打开播音器，里面跑出一个声音，听了半分钟才听出那是我刚才弹的曲子，磕磕绊绊接不上拍子只是问题之一，重要的是至少两个音失准，这让从手机里传出的声音有些古怪。奇怪的是，直接听钢琴声没有问题，怎么录了音之后就不准了呢。我把练琴停了两天，随后，无事干的焦虑如湿布裹身。我恐怕不是那种任凭自己焦虑而不行动的人，便又是找熟人又是托朋友请来了调音师。调音师忙乎了一下午，他走后我不得不到菜市场转转，让日常生活的人声养养我的耳朵。我又开始练习车尔尼的第五练习曲，我个人认为音是准了，当我能把这个曲子弹下来后又录了音，这次是用电脑加话筒录的，放出来一听某些琴键音准又错了。我再次找调音师，这位不行又换了一位。从暑假开始，我把自修钢琴变成修理钢琴，跟调音师扯不完的皮。到这时我才明白，楼下的女人是把一个大麻烦甩给了我。蓦然认清这个事实，已经10个月过去了。

立了秋，即便是海南岛，风也有凉意了。我开始造访中医，看看我的浮肿、失眠、增重到底有什么办法调。突然间，人们喜欢说“调”这个词。我蓦然发现，自己的生活应该“调”一下了。我开始一边吃中药一边四处打电话联络失修的友情。一天傍晚我正在熬中药，门铃响，我拉开门，门口站的居然是楼下的女人。她什么时候回来的？一点儿动静也没听到。我赶快把她让进来，转身跑回厨房把熬药的火关上。从厨房出来，一眼看见她穿着高跟鞋，四寸鞋跟像钉子一样插进地毯。

“怎么样，旅行？”我兴致勃勃地看着她，一般出去艳遇了的女人都想找人倾诉，我不介意她再占我三四个小时。

“是这样的，我想了想，这钢琴……”长成这样的女人一般不会出尔反尔。我定在那里，只消一霎就明白了女人的意思，连忙把那句话由我来说：

“把钢琴搬走吧，我这种心里不静的人简直无法伺候她。”

我还打算再说一些自损自贬的话，好像以此能激起她的优越感，或者恻隐之心，把那“纨绔子弟”收回去。但我发现完全不用，我在这女人脸上看到的，是长久寄宿幼儿园的孩子突然被放回家的表情，眼窝里居然有泪花。我肯定是愣了一下，连忙住了嘴，庆幸没把什么恶毒话甩在人家宝贝身上。

“人恐怕就是这个命吧，你说呢？”

“是啊。”我根本没弄懂这命不命的说的是什么。我连忙应着，既怕对方反悔，又怕太怠慢那宝贝伤了人家的心。

“是这样的，捆一块10来年了……没着落……跟自己已经死了一样，虽不再是信仰了，我想，还是借回去……”

我连忙说：“它本来就是你的。本来就是暂时放到这儿的。”我说着，耳朵里还捎来一句，“你说是不是呢？”我不知这又是说啥是不是呢。

钢琴在这天晚上就被抬下楼。女人在第二天送来一盆凤梨科植物放在原来钢琴的位置，似乎是算作保管钢琴的报偿。之后，她就再没在我家门口出现了。有那么几天楼下没什么动静，待我出岛过完中秋节回来，就听见满楼都是敲钉子似的琴声。那么说，这女人自己练上了？这敲打声，像她儿子当年假期时一样准时：上午八点半到12点，下午两点半到6点；有时晚上也会响一两个小时。嗯，人是这样的——你瞧，我也学会了这句讨厌的口头禅：你可以容忍一个讨厌的人，但不能容忍这个人几乎就是你的镜子。我的心脏在心窝子里半悬着跳了大半个月。这年寒衣节到来前，我带着家里的花花草草和几箱子废稿，搬家了。

# 猜一猜，谁和谁是情侣

## 1

公元前6世纪的某年5月，在雅典城埃尔大街，智者保罗身披黑氅，头戴黑披巾在接近哩拉酒馆时放慢步子。他留神过路人是否注意他，街拐角或某个窗洞里，有没有告密者的眼睛。他的脚向里撇，垂着头，手在胸前，拇指捻着食指，逡巡着。当确定街上无人，他像一只猫，迅速窜进哩拉酒馆。进了门，他像是从水里泅上来，舒了口气，细白的手指揩了揩额上的汗珠。 他很快镇定下来。谁会想到能在这里遇到他？他每天研读柏拉图，正在写一部《论崇高》的著作，怎会混迹这下等酒馆？他在最靠外的位子、面朝里坐下。这个位置能让他看到每个进门的人给酒客带来的骚动，从他们的表情可判断来者受欢迎的程度。

保罗从掌灯一直等到钟楼敲23下，酒馆里的人走了一批又一批，现在只剩下两个上点年纪的。他们头发花白，面皮松弛，神情沉溺于肉色。“他们的一生都在纵欲中焚毁，现在只能自暴自弃。”保罗忧伤地想。两个年轻侍者坐在柜台里面，在保罗思考《论崇高》的句子时，柜台挡板不时发出声响。

沙漏又漏下去两成的沙子，拉里亚终于在酒馆门口出现。他的到来使酒馆里所有人都抬起头。两个侍者听到骚动从挡板后面探出头，随即露出柔美淫亵的表情，像杀人者看到素不相识的人慢慢流血而死。保罗脸上也慢慢泛出沉溺的微笑。

“绸缎轻抚他百合花似的玉体，黑发围拢他桃花般的面庞。这众神宠爱的尤物，怎会出现在下等酒馆。”老男人之一瞪着布满血丝的眼睛嘟囔道。

拉里亚心满意足地看着大家的表情，轻浮地瞥一眼赞美他的老男人，身体一荡，欣快地坐在保罗对面。

“你这是又去了柏多利酒馆，我的朋友？”保罗嘴角挂着酸笑，目光却像火把一样，穿透黑暗。

“没有。”拉里亚甜美地扯起嘴角，矢口否认。

“你脸上还沾着柏多利酒馆的轻浮，我一眼就看出。”

“哦，您真了不起！”拉里亚把否认改为称赞。他撒起谎来还那么纯真。

“《理想国》读到第几页了。”

“读了 10 页。‘你看喜剧表演或是听朋友们说笑话，可以感到很大的快感。你平时所引为羞耻而不肯说的话，不肯做的事，在这时候你就不嫌它粗鄙，反而感到愉快。’我在认真学习这一节。”

“从上周四到本周四，怎么才读 10 页？”

“因为……大师……你看我们酒馆来了两个女人。”

保罗抬起眼，酒馆里的人都抬起眼睛，两个侍者也从挡板后探出头，但他们很快闪了回去。过了一会儿，一名侍者走出柜台，拉里亚看着侍者走路的姿影，略带嘲讽地扯起嘴角一笑。经过的侍者脸唰地红了。

“将来你会写一本书，书中你会写上这样一句：通过夜晚之爱，一个男子在起床之时开始看到美的真谛。”保罗不动声色地运用自己的方略。

“太好了！你说这是我写的？”

“是的。你终将写出一部杰作。”

“你怎么知道？我一周只能读10页《理想国》。”

“因为你还年轻，内心太浮躁。有一天，差不多到了我这年纪，你就会沉下心来关注精神世界，关照心灵。到那一天，你就会想起我今天说的话……”

“您可真是先知！保罗先知——我始终不明白，我们天天见面为什么还要让我到这里见你——导师，我们约两个女子和我们同坐好吗？”

“我们在这里见面不是别有一番滋味么……昏暗，美酒涌涨的气味，人们暧昧的目光……整个晚上我都在亢奋中……”没等老师说完，学生的注意力已经在两个女人身上了。

“导师，那个稍稍年长的、高大丰满的可能是萨福。”

先知保罗意味深长地看着拉里亚。而后者，已经把热情的目光投向两个女人。他不看保罗，他知道老师会依从他，尽管心怀不满，却从未阻止过他的要求。他没等老师答应就站起来，笑吟吟地走向两个女人。他的面颊在侍者的目光中闪闪发光。

拉里亚走近两个女人，当看到背对他的年轻女子，脸上立即有了笑容。

“尊贵的夫人、小姐，我的导师，智者保罗，能否有幸请你们一起小酌？”

“您的导师是雅典城最著名的学者保罗？”年轻女子扬起明艳的脸蛋，她的脸颊和眸子被聪颖和智慧从里到外照亮了。

“我很幸运是保罗先知的学生。”被这光明照耀，拉里亚说话都嗫嚅了，但他没忘向万方仪态的萨福鞠个躬。

“您可太有福了。”

“师从萨福女爵爷，同样非常幸运。”拉里亚瞥见萨福穿透一切的目光，顺嘴说道。

拉里亚侧身一旁，等着两位女士站起来，走出条形桌。“您叫什么来着？我肯定在哪里见过您。”等萨福转身，拉里亚小声对她的女弟子说。

“优丽。我一直住在勒斯波斯岛，您不可能见过我。”

“就在今晚上演《女神颂》的戏院，您在那里么？”

“呃，是的，我在那里。”

“那就对了。我在贵族席位上看到您了。我只能坐在卑贱的平民席位。您就像那出悲剧的女优，我在剧院就仰慕您了。”

在萨福伸手给智者保罗亲吻时，优丽俏丽地回眸拉里亚。

“可惜女优只能由男子扮演，那些娇柔的男孩迸发不出女人的激情。”萨福落座后威严地说。优丽垂下眼皮，遮蔽眼中热情的光彩。

“您的到来，总使雅典城充满鲜花，阳光也格外明亮了。亲爱的夫人。”

“雅典上空弥散着脂粉气，这种气味甚至浸淫到男子身上。”萨福举起酒樽，向保罗示意。“难道使人迷狂的东西只有美酒？我相信全希腊一定能找到第二种麻醉品。”萨福抿了一口酒对两位先生说。

“您不喝点儿吗？女学生。”保罗意味深长地对优丽说。

“不。”萨福打断保罗的试探，“难道您允许弟子饮酒么？”

“我 18 岁时导师已应允我饮酒了。”

“我已经 21 岁。还没被允许。”女弟子没看自己的导师，任性地说。

“我的孩子，您是位女公子，将来还要嫁到体面人家。”

“我记得您是第一位公开反对柏拉图那个著名论断的——女子和植物不属于同类。您是这样认为的吧？现在怎又将女学生的出嫁放在如此重要的位置……”保罗无不讥诮地说，并为萨福脸上短暂的难堪得意洋洋。

两位导师炫耀各自辩才的当儿，拉里亚一直盯着优丽。她的脸庞像太阳下的果实，青春让她透明。许是不堪被年轻男子盯视，许是酒馆污浊空气让女子燥热不堪，她扇动着香帕站起身，礼貌地道歉，说要到外面透透新鲜空气。拉里亚立马站起来准备陪优丽，保罗用一种使拉里亚胆怯的口吻抢先说：

“亲爱的小姐，这酒馆的确燥热，我陪您出去透口新鲜空气。”说着保罗站起身，伸出右臂让优丽挽着。优丽撩动眼皮看了一眼拉里亚，手臂不情愿地挽着保罗。

桌子边只剩萨福和拉里亚。拉里亚不动声色地慢慢坐回座位。他垂着头，两只手伏在木桌上，轻轻抠着酒樽，等着萨福开口。

“他问过我。”拉里亚等得不耐烦，自己开口了。

“都在大家眼皮底下，有什么好问的。”

“有 3 小时的空当。从学馆到您丈夫家。”拉里亚狠毒地说。

“他问了？”

“问了。”

“你怎么答？”这个骄傲的女子终于还是问了，青年生出快慰。

“您知道我怎么答。”拉里亚傲慢地看着萨福，嘴唇现出一抹讥笑。但他那张脸如此俊俏，那抹讥笑在他脸上也显得如此甜静纯美。

萨福不动声色，轻蔑地看着拉里亚。

“你们谈得可投机？噢，我差点忘了。你们并不是第一次见面。我的学生曾为女诗人的才华和美貌倾倒过。你们算是叙旧了。”

挽着优丽进来的保罗大声打趣道。他吵醒了趴在桌上睡着的酒鬼。老头儿迷惑地抬起头，惊讶地看着优丽：“这不是雅典娜女神吗？我已经上圣山，见到众神了？这样的好事怎么会轮到我？看来我是在做梦，到了这年纪，美妙只能出现在梦中了。我还是继续睡吧。”随即又趴在桌上睡着了。

萨福撩起犀利的目光。拉里亚则把头低下。萨福伸手，把女弟子拉到身边。她摸着女弟子干燥柔滑的手心，就像摸水仙花花瓣。

“尊敬的大师，很多男人都为我的才华和容貌倾倒，这是雅典城颓靡的风气，不能说明什么。女人还是被列入家庭财产，我的诗歌还是被当作书写情欲的低等之作。”她拍了拍优丽的手，目光如春。“过不了多久，雅典城就会为另一位女诗人的才华和美貌倾倒。她不仅会写诗，还会演戏。她有可能是第一位与男子同台演戏的女子。”她斜过眼睛，温柔地看着女弟子，“亲爱的，那当然是你！”

“谢谢您，导师。”优丽被导师说得涨红了脸，目光潮润地看着萨福。

“这可真是可喜可贺。您总是开女子先河。”保罗心不在焉地恭维道，之后，威仪地对拉里亚说：

“我的好学生，刚才我和优丽小姐谈到好空气对健康的影响。你是不是也应该出去透口气？特别是对你这样正在长身体的青年。”

拉里亚正伸着脖子，小声问优丽读过谁的戏剧。欧里庇得斯？是不是能背下他的所有悲剧？他不想现在离开酒馆，但导师脸上露出令他敬仰的威仪，那是由才学和智慧铸造的。他也知道自由的尺度，便涨红了脸，慢慢站起来，故作轻松地说："我出去透口气就来。您等着，我将和您一起背诵欧里庇得斯。"

拉里亚快步走出大门。之后，保罗也借口出去了。萨福和女弟子坐在酒馆里，昏暗的油灯把她们的面孔刻画得像大理石雕塑。优丽怏怏地抽回自己的手，脸上一副不以为然。

"你得允许我饮酒。保罗先知允许他的弟子 18 岁可以饮酒……"她轻浮地说，对老师恨铁不成钢的表情视而不见。

"上个月，你已经向我提出非分要求了。你不能得寸进尺。"

"可我已经成熟了。我已经 21 岁了。您 21 岁时已经嫁了现在的丈夫。"

"婚姻不值一提。当你得到时你会发现它庸常无聊。家庭，那个名义上的丈夫，只能给你一些钱财，其他的，他再也不可能给你。这些道理，你现在听不进，但你要相信，我是绝不会害你的。我们有 8 年非同寻常的友谊。"

"您有的，您却不允许我也有。"优丽避开老师意味深长的目光。

"这不是允许你进城、在我的监护下寻找合适的男子么？"

"可是……"

"好了，已经超过我的底线了。"

"那您得允许我饮酒。您自己如此好饮……"

"好吧，这件事依了你。不过每次不能超过一樽。"

智者保罗和他的弟子出去了很长时间。之后，保罗大师面色红润、心清气爽地回到木桌前，开始谈论柏拉图的《裴德若篇》，谈论灵魂在迷狂状态中对于美的理解和追求。过了一会儿，拉里亚也回到座位。那个趴在桌上睡觉的醉鬼这时抬起头，惊讶地看着从身边经过的拉里亚，嘴里嘟嘟囔囔："他的眼神些许迷醉，些许自嘲。他的面孔更加白净，更加凸凹有致了。"

萨福瞥了一眼这张年轻的面孔，"哼"地发出一声冷笑。

优丽倾慕地看着拉里亚，她被对方漂亮的面孔迷住了。

"您已经开始研习柏拉图了？"聪颖的姑娘再也不能让机会流失于今晚。

"是的。您主要研习诗歌和戏剧？"

"是的。我能通篇背诵《荷马史诗》。"

"呵，您真了不起。"

"她比你年长3岁。三年时间可以背诵三部《荷马史诗》。"萨福揶揄道。

"呵，老师，年长就一定博学么？有些人已经年近40，思想和学识却停留在自己28岁的时候。保罗大师，我说得对吗？"优丽热情地甚至有些风骚地看着保罗。保罗哈哈大笑：

"这伶牙俐齿的小姐真是可爱得紧。如果您的导师肯放，我愿意教您3年哲学。3年下来，管保比年轻的拉里亚先生学得好。他太放任自己了。"

"放任自己成不了大气候。"萨福狠狠道。

"成了气候，就开始放任自己。"优丽发现老师快被自己气疯了。

"呵，萨福女爵爷，不要责怪年轻人莽撞，血性正是他们的优点。我的好学生，请带优丽小姐出去透透风，这5月的夜晚真是燥热难耐呀！”

“呵，导师，您可真善解人意。我正准备带优丽小姐出去透透风。请吧？优丽小姐。”

“亲爱的夫人，您对弟子管教可真严啊。”

“您对学生管教得似乎不严。这年轻人身上有股脂粉气。”

“呵呵，这正是您极力批判的。您对雅典城贵族生活的批判，真是让贵族们如坐针毡啊！我敬佩您的勇敢。不过您对妇女也可以进入下议院的提议我不能接受。妇女，除了考虑自己的情欲还能指望她们思考什么？对于那些希望到下议院展示她们漂亮服饰的贵妇们，多开几家风雅馆便是了。她们的情欲和罗曼蒂克的想法一得到满足，就不会再有什么要求了。”

“大师，您把我开女子学馆、争取进入下议院，理解成满足情欲？”

“女子的情欲不能满足，才会有这样那样的要求。而女子的思想和理性仅仅相当于一个没成年的孩子……呵——不谈论这些会激怒您的话题。不过女爵爷，我有时会想，如果当初我们两个订了婚，希腊两个最聪明最有学问的男女成了婚会怎么样？”

萨福不易觉察地撇撇嘴：“不怎么样。如果我们两个成了婚，一个不可能成为雅典城最有学问的男子，另一个也不会成为希腊最负诗名的女子。”

“呵呵呵，这是为什么？我们可以举案齐眉，比翼双飞。”

“男子的学问是在幽闭中获得的。女人的学问是在压迫中获得的。您如果跟我生活，您得不到幽闭；我跟您生活倒有可能备受压迫。那么很有可能是，我成才了，而您没有。”

“我会压迫您吗？您是如此张扬。”

“张扬是对压迫的反抗。其情形可能成正比。”

“这么说，婚姻生活让您备感压迫。”

“这对外人是秘密。对同道人，还算什么秘密？您不会是假装天真吧。”

“哪里话。我对婚姻生活一直不深入。我只是从母亲家，搬到妻子家。对婚内男女不甚了解。”

“如果是这样，你我成婚，只能造就两个庸才。”

“呵呵，那么历史上也不会留下两个人的英名了。”

萨福又不易觉察地撇撇嘴：“他们俩出去很久了，该回来了。”

“年轻人待在一起比跟我们更快活。我们不要做绊脚石。”

“您真假惺惺。我的学生还是处女，我得为她的贞操负责。”

“呵呵，是吗？您到这个年纪还在写秀丽、声色的情诗，却要为21岁女弟子的贞操负责。您似乎才假模假式。”

“您未必不为情欲所困，不然怎会在这种酒馆遇到您。您不会在这种地方向弟子宣讲柏拉图的《伊安篇》吧？”

“呵呵，您真是不可理喻。我不是在这里也遇到您了嘛！”

拉里亚和优丽相偎依地回来了。他们的眼睛一直注视着对方，脸上流露出甜蜜的笑意。

“老师，我现在似乎知道什么是爱情了？”优丽目不转睛地看着拉里亚，“老师，世界上真有比诗歌戏剧更甜蜜醉人的东西，那就是爱情！”

保罗呼地站起身子，目光如炬，盯着自己的学生。拉里亚无地自容地摆弄面前的酒樽，把剩余的酒一饮而尽。

“我们该走了。”萨福绝望地盯着优丽，一瞬间有些恍惚，接着生硬地低喝。

“老师，我不回勒斯波斯岛……”

“你说什么？”萨福的眼珠都快瞪出来了。长期在昏暗灯下看书，她的眼珠已经突出来。

“呵，老师！”优丽猛然惊醒般地面向萨福，“您答应我好吗？我们再住几天，一周，5天，哪怕只有3天。然后我再跟您回勒斯波斯岛，跟从您学习诗歌戏剧。您答应我吧！过了这几天，您要怎样都行，您愿意怎样就怎样……”

“你疯了？”

“我就是疯了。老师，老师，我真的疯了。我终于尝到您在诗歌中描写的甜美爱情。您不能不答应我留在雅典城几天。实际上，老师，我想留在雅典城一辈子。”优丽对着拉里亚，目光忧伤迷离。

“不行。我们还要研习戏剧。我要把你培养成伟大的女演员。你不能这么意气用事，把自己的前途毁了。一个要成为伟人的，必须牺牲庸常的个人生活，必须一切服从伟业。再说，回到勒斯波斯岛，我们同样有甜蜜的闺中生活。”

先知保罗听到这里，不无讥诮地耸耸肩。他突然站起来，踱了几步，拍了拍拉里亚的肩膀，悄声说：“我会原谅你的。”拉里亚的头埋得更深了。

而那边，优丽攥着两只粉拳，两眼熠熠发光：“会的老师，我会的。我回去会更努力学习诗歌和戏剧。我会像您一样，作为女诗人女演员回到雅典城。可是现在，请求您给我几天，让我把爱情的果子初尝。”

“我说过不行。”

“老师，求您了！”

“不。我明早一定要回勒斯波斯岛。而您一定要和我同行。”

“您不能这么对我。您都称我为‘您’了？”优丽探出身子。当看清老师决绝的表情，她也变得冷酷。“我要是不回呢？”

“你竟敢说这种话？！优丽，你这是对老师说的话？嗬——又一个被情欲毁掉的女人！嗬嗬，算了。长大的女孩留不住。您愿意怎样就怎样吧。您要是现在不回，就再也不用回勒斯波斯岛了。”

“您不让我回勒斯波斯岛了？您竟这么无情！”

“是我无情还是你无情。仅仅两个小时，您竟把我们8年的情谊置之脑后。”

“老师，您允许我自由表达的，可遇到具体事，您就变卦了。还有老师，您自己是爱情至上，您写了那么多血泪诗篇都是为了爱情。可是现在，我才感觉到爱情。我的身体在剧烈冲撞，我的情感在热烈燃烧，我为突如其来的爱情不能自拔，您却让我离开？！可怜可怜我吧，我的恩师！8年来我是第一次没有听从您，您难道不能依我一次吗？看在我跟随您8年，看在我们非同寻常友谊的份儿上，您不能成全我一次吗？这次我真的感到爱情了啊！”

“我为您羞耻！”萨福站起来，准备走了。“您可以跟我走，也可以留下。我现在要走了。”

“不，老师，我一周后回勒斯波斯岛，不管您收留还是不收留，我都会回去的。我现在回雅典城的父母家，即便被愚蠢的父母拒之门外，被粗暴的兄弟打得遍体鳞伤，我也要尝试这最初的爱情。拉里亚，我回去就给你写信。我也希望在天亮之时收到你的书信。你看到，为了你，我已经放弃了一切！”

“天下最无耻的就是背叛。而且，这种事就发生在眼前，发生在我最得意最宠爱的学生身上。这个世界还有什么可信赖？8年啊，把一个小女孩培养成人，把一个懵懂少女雕琢成玉，她两个小时就会为轻浮少年舍你而去！呵——也罢。这苦难罪恶的世间也没什么好留恋的。优丽，你会后悔的。这个青年不值得你这么做。但是，你既然做了就必须付出代价。这个代价是，你失去我了！我！希腊有史以来最有才华的女诗人！萨福！你永远失去她了！”

萨福庄严地站起来，昂然而去。

“优丽小姐，您真的背离自己的导师？她教育了您8年，您的所有教养都离不开她。您的父母，恕我直言，仅仅是付钱养活您的人，而萨福女爵爷才是养育您的人。”保罗看着彷徨的优丽，继续说：“您回父母那里，他们会收留您吗？他们把您交给女爵爷，就是希望您跟从她，不要半途而废。您这样，为了一时的情欲就背离导师，不顾父母的期望，这太自私了……”

“我想听拉里亚怎么说？拉里亚，你让我留在雅典城吗？”

“我……”拉里亚张皇地抬起头，优丽的目光让他惊慌。保罗站在面前，他不敢看导师。“萨福女爵爷太悲伤了……”他躲闪地说。

“我问的是你。我要是回岛上，你悲伤吗？”

“当然……我们以后还能见面。再说，我不值得你……正如女爵爷说的，不值得为几小时的欢愉牺牲8年的师徒情。您还得靠女爵爷出人头地。”

“拉里亚，这是你给我的回答？”

“我很羞愧优丽，我什么都不能给你，甚至学业还不如你，我得抓紧跟保罗导师学习。您，还是跟萨福女爵爷回去吧，她应该还没走远……”

“拉里亚，真不愧是花花公子！”

“对不起，优丽，我可能就是的。一晚上，您是第三个想要我爱情的人，我都给了，谁都没辜负。但爱情过去了，一切都烟消云散了。”

“我算看错人了！”优丽激愤地攥紧拳头，“我知道希腊的法律，女子是不能打男子的，否则，我会让你那张桃花脸变成烂苹果。保罗先知，好好教育您的弟子，不然的话，他会辱没您的盛名！”优丽说罢，愤怒地扬长而去。

酒馆里只剩下保罗和拉里亚。两个醉鬼不知什么时候离开了，两位侍者趴在柜台上睡着了。只有一盏油灯，两人的面孔淹没在黑影里。保罗先知的手跃过光亮，伸进拉里亚的头发。拉里亚的头垂在自己的手臂上，被保罗触摸而僵住。保罗将对方往自己这边拉，拉不动，便放弃了。手依然插在对方的头发里。

“我会原谅你的。不管你做了什么，我都会原谅你。”

拉里亚撑着不动，之后，把保罗的手从自己头上拉下来，让它整个抚在自己脸上。他“哧”地一下痛哭起来。

“我会教给你所有的学问，把我的思想传承给你。你会成为大学问家，受人尊敬，受人爱戴。情欲的探讨是为了辅助思想的探讨，辅助对真理的追问。什么时候都不能忘了，智慧的人应该与智者对燃。”

“嗯，导师。”

“女人是情欲的、不可理喻的动物。她们会毁掉我们的理性和理想，会用无穷无尽的琐事占领我们的时间，还会用愚蠢的举动让我们蒙受耻辱。一个月以后，我们会听到萨福女爵爷跳海自尽的消息，人们会对她的死议论纷纷，她丈夫和家庭会为此蒙受耻辱。一位被柏拉图称为第十缪斯的女诗人，就这样殉情而死，这种牺牲毫无意义。”

“您怎么知道女爵爷会死？”

“你的导师是先知。”

“崇拜你！”

“我会用我的学识，我的思想，我对世界的洞察力为你搭一个梯子。你会踩着我的肩膀走到更高一层。只要你听我的，沿着我的思想走下去……”

“大师，我会的。”

“那我们就回去吧。凉爽的房间，干燥的被单，我们回去可以安寝了。”

“好的导师。您得再给我一些钱。”

“每次欢愉的时候你都向我要钱，你不能换个时间吗？”

“白天向您要，您什么时候痛快给过？您要是白天给我钱，以后我就不在芳香四溢的夜晚要了。”

“怎么又要钱？你的开支已是我的两倍。”

“我欠了柏多利酒馆的钱，还欠了柳荫街上的钱。”

“你去了柳荫街？”保罗抬起的手又放下了。

“我看见一个俊美少年，十五六岁，美若天使，就不由自主跟上他。之后才知道，他是柳荫街的。”

“你要是不好好做学问，也会沦为柳荫街上的男孩。”

“可是他真的洁白无瑕。我都想赎了他。导师，您赎了他吧，让他跟您学习。”

“他已不可能洁白无瑕，他的灵魂已经不可救药地堕落。他吃不了苦，好逸恶劳，习惯伸手向别人要钱。现在看上去还洁净，但过不了几年，他就像放在太阳底下的瓜果，迅速腐烂。那时候，他则生不如死。”

“是的。导师。我这就跟您回学馆。”拉里亚哆嗦道，他被彻底打垮了。

保罗站起身，轻轻拉了一下呆若木鸡的拉里亚，拉里亚搓搓脸，站起来。保罗将薄披巾戴在头上，气宇轩昂地走在前，拉里亚垂着头跟在后面，离开了酒馆。

小酒馆的灯因他们的离去渐次消失……

## 2

罗小左写好那出《猜一猜，谁和谁是情侣》的独幕剧是在 1988 年底。春节一过，他领着一干人，在郑州国棉五厂职工礼堂排练这出戏。每天晚上，分散在各处的青年，啃着烧饼夹着卤好的烧鸡猪头肉，骑着自行车从四面八方赶来，他们以为自己在创造历史。20 世纪 80 年代，许多青年人做事是不考虑有什么用的。他们写诗，写剧本，演戏，开讲座，听讲座，上夜校，也不知做这些最后有什么用，最后能达到什么目的，但并不影响干这些事的热情。他们热血沸腾地参与着，把时间和过剩的荷尔蒙，抛洒在这些奢侈而无用的事情上。

罗小左就找了三个跟自己处境差不多的青年来演自己的戏。他演保罗。每天晚上，四个青年穿过 80 年代理想主义空气，聚集在职工礼堂，在那个踏上去窟哩窟嗵的破舞台上，血脉喷张地排练这出戏。

这出戏有四个节点，每个节点都有两个演员下场。最先下场的是保罗和优丽，其次是保罗和拉里亚，再次是拉里亚和优丽，最后是萨福和优丽。每对下场的演员，都会待在后台等着再次上场，也会跑到台下，观摩台上的两人表演。因为剧情的限制，总是固定一对演员在场下相会。这种被限定的一对一的对话，意外记录了他们在 1989 年春天的个人历史。

最先下场的一对演员是保罗和优丽。他们曾经有这样的对话：

“我都不知道你写这个剧有什么意义。”半路扮演优丽的是个在校大学生，正是幻想一拳打出一个新世界的年龄。“别人都在演存在主义、后现代，演《苍蝇》《魔鬼与上帝》，演《等待戈多》。你这个剧有什么？四平八稳，题材平庸。《猜一猜，谁和谁是情侣》，剧名都不爆炸。”

“你那么想爆炸。”坐在包装箱上的罗小左目不转睛地看着舞台。他是中学教员，只有在舞台上才能看到他犀利的目光，听到他凌厉的声音。

“只有爆炸才能冲击人们的思想，才能一鸣惊人。我太想喊出点什么，干点什么了！你笑什么啊！你才 28 岁，没保守到‘九斤老太’吧？我想演那种一石激起千层浪，把芸芸众生惊得目瞪口呆的戏。你这个戏，温温的，表现方式和思想情感都太落伍。”

坐在包装箱上的保罗看着优丽，认真地点了支烟。他抽烟的架势有种表演感，优丽惊异地看着这个动作。保罗说：“我写了爱情，情欲，贪婪，背叛，决裂和顺服。这是人类的基本情感，哪朝哪代都会有，而且几千年来变化得不多。不论是存在主义还是后现代，他们涉及的无非是这些话题。”

“但表现方式变了。你这壳子太陈旧。这个时代，各种思潮风起云涌，不用新方法你就会被淘汰。”

“呵，年轻人总迷恋形式……”

“我相信你也没老到害怕形式创新。”

“我倒是有意避开这个主义那个思潮。我想用心平气和的方式书写永恒的男女冲突。”

“但这样的戏谁会注意？我不相信你不想引起别人注意。”

“我倒认为，应该警惕不能平静书写的下意识。警惕要么斗争，要么这主义那主义的文艺心态。”

“不跟你争。没指望在这种小地方能演什么惊世骇俗的戏。我是为将来做准备。”优丽正为“不许掉头”式的文艺精神鼓舞，根本听不进旁的话。“不过我还是给你个忠告，没有标新立异是出不了头的。”

保罗没再作声，目光深切柔软地看了一眼优丽，脸上带着腼腆的笑意。

“萨福演得太好了。我走近她，就感到一种气势，压得人抬不起头。”女大学生说。

“人有了一定年龄，就只能靠经验和所谓的气势跟年轻人抗衡了。”保罗冷淡地说。

“她是你女朋友啊。”

“如果你看见她要求演萨福时的歇斯底里，你会认为她是恶妇。”

“为啥呢？演这个戏又不会出名，争个啥呢？我看她挺端庄的。”

“不说她了。女人过了 30 岁，除了怜悯就再也激不起任何情感了。说说你吧。学校里是不是很多男生追你？”保罗目光深切地看着舞台。

“看不上他们。太浅薄了，简直像小男孩。我喜欢成熟男人。”

“有头脑的女孩都这么想。”

“这么想不对吗？”

“没什么不对的。你是你的真理。”

“你说话挺有道理的。过去一直怕你，接触起来好像也没那么可怕。要不是我现在爱着别人，说不定会爱上你。”

“你不怕萨福？”保罗调侃道。

“她爱她的，我爱我的，反正你们又没结婚。不过我现在爱着别人。”

“我也爱着一个人。爱着他，心里特别洁净，特别安静，不求回报，只要每天看见他，待在他身边就足够了。这个剧本就是为他写的。我要让他看见我爱他，我要看到他被人爱怜时身心的欢愉。”

“你说的是我们这里的人吗？”

“是。”

“保罗……我在爱另一个人……”

“嘀嘀，傻丫头，我们该上场了。”

1989 年的优丽惊讶又受宠若惊地看着保罗。保罗富有塑造力的身体、表情生动的脸还是能满足女孩虚荣心的。多一个爱慕者没什么坏处，每个自负又轻佻的女孩儿都这么希冀过。这幻想蒙住了她的眼，她带着挑战意味地把手插进保罗的臂弯，扬着下巴再次上台。

第二对下场的是保罗和拉里亚。拉里亚的扮演者是印染厂的漂洗工夏冬冬，他是诗歌戏剧爱好者、交谊舞爱好者。他已经不习惯去车间上班，所有病假条都是保罗的姐姐开出来的，每周一上午去车间送假条，是他心理负担最重的事情。他每天从城东赶到西郊的国棉五厂，带来穿过这座杂乱城市的各种见闻：行政区的小道消息，地下摇滚乐队的斗殴事件以及大厂青年的怨言。他曾对保罗说，如果再让他到印染厂干漂洗，总有一天，他会把那些布点燃，然后自己去坐牢。

一天，他跑进排练礼堂就往一个包装箱冲，没冲到跟前膝盖先软了，上身匍匐在地，胳膊肘撑住了包装箱。等着排练的保罗连忙赶过去，拉里亚看着他，难过得几乎要哭了。

“他死了。”

“谁？”保罗盯着拉里亚，紧张地问。

“海子。”

“……”

“你说，他就这么死了！你说？”

“已经二十来天了吧……”

“我今天看《诗歌报》才知道？你说，他死了，叫别人咋活？咹？你说说！”他一急，河南方言都出来了。

“冬儿，不能这么想……”

“他让自己轧成两截儿，你说，咹？‘从明天起，做一个幸福的人，喂马，劈柴，周游世界。’这样的人，让火车把自己碾成两半。你说，他还让咱们咋活？你说说？”夏冬冬失声痛哭，把头靠在罗小左腿上。

过一会儿他又破涕为笑，推了老罗一把：“不要脸！”

老罗羞怯地红了脸，定睛看拉里亚没心没肺的笑脸，骂着反扑：

“你才不要脸！哭得跟娘们似的，搞得老子父爱都叫你哭出来了。”

“你哪来的父爱啊！他都死二十多天了啊，尸骨上都长蛆了啊……我特别不能忍这个！哇……”夏冬冬号啕大哭，然后把老罗一把抱住。这次老罗跟他一起哭，边哭边说，“我实际上早都想找人一块儿哭哭了。他没死的时候我也不怎么觉得他的诗好，他一死，我突然觉得自己是迷途的孩子，再也得不到认领了……”两个人拥抱在一起。

有那么几天，因为海子的死，每次排练完，拉里亚和保罗都会在破礼堂再坐会儿，抽抽烟，说说话。这样过了两个礼拜。一次排练，又轮到他俩中途下场，保罗用身体挤拉里亚，把他挤到后台。

“我妈来了，带了酒酿。给你拿了一盒，我还搓几个汤圆下进去。”

“真是的，你自己吃就中了。”拉里亚跟工友说话才用河南方言，跟剧社的人从来不说。

“你不是爱吃嘛。”保罗佯装没在意拉里亚的方言。

“中。你带了我就吃，下次不要带了，再带也不吃了。”拉里亚也假装满不在乎，呼噜呼噜很响地吃着。他眼睛看着舞台，不理会保罗盯着他的吃相。“呵——”看着看着他就笑起来，用普通话说：“那B太有魅力了，浑身是戏，站到那儿往外爆炸，感情从皮里往外挣。你说她怎么在研究所待得住？”

“她自认为是因为我。”保罗狡黠的目光像蜜一样，慢慢涌向拉里亚。

“你已经不爱她了。我早看出来了。”推开饭盒，拉里亚看着舞台上的萨福。“她跟女王似的，既高高在上，又温柔可亲。她不看我，却好像从肩膀向后射击，站在她身后，被她一次次射中。”

“从名义上，她是我女朋友……”

“你不爱她，眼神就能看出来。不过她爱你，从眼神也能看出来。”

“她爱自己心中的爱情。而这个爱情，现在正好对我。”

“说那么难听……”

“我跟她……已经做了，不然我早就……”

“她还很看重自己是不是处女？”

“简直为它活着。我甚至认为，她所谓爱我，就是因为处女膜是我破的。”

“呵——我喜欢这样的女人。我爱上她了！”

“尽管爱好了……”

“你同意？”

“这苦命女人有人爱，我为啥反对。”

“啊……真是好男人！你还爱她吗？你们会不会分手？”

“分不分手是她的事，一年前这权利就交给她了。我对她是责任。你要我分手我就分，不让我分我就继续。”

“呵——老罗，你太有魅力了。你不要提分手好吧，这有点不讲理。但我不知道能坚持几天，也许我不能给她幸福。”

“好说。可是，我自己有件事……”

“你的事就是我的事。”

罗小左沉吟着，慢慢抬起眼睛，深情地看着夏冬冬：

“我的事是，拉里亚，我爱的是你……”

夏冬冬皱着眉头，把脸调到一边。他英俊的白里透红的面颊又一次击中保罗。

“这话以后不要再说了。”

“可是我真的喜欢你……过去，我以为自己是不爱萨福，见到你之后我才知道，我是不爱女人。我已经把这感情压了一年了……”

“别说了——”

“既然咱们能摊开说你和萨福的事，也应该能坦诚说这件事。”

“告诉你，别说了！”拉里亚涨红脸，后者则不甘心地喊叫：

“我相信，自始至终，你是知道的。”

“你找揍啊，主意打到我头上了！老子就是自宫也不会让个男人操！”

“你难道真的不能理解同性之爱……”保罗瞪着炽热的眼睛，看着愤怒的拉里亚。这个青年骨子里的美再次击中了他。

“你不恶心死我不算完是吧？你个鸡奸犯！”

“你演这个戏，没受一点启发？同性之爱……”

“你再说？什么爱不爱的？”

“这部戏，就是献给你的！我认为，你心知肚明。”

“老子打不死你！”

恼羞成怒的拉里亚像发狂的狮子扑将上去，业余剧作家罗小左也反扑过去，抱住狂躁的拉里亚。拉里亚的拳头打在保罗的嘴上，保罗嘴里发出沙石乱滚的声音，很快，血从保罗嘴里流出来。之后，拉里亚的拳头不怎么管用了，保罗将他拦腰抱住，拉里亚一边捶保罗的头，一边想方设法挣脱。

“你松开我！你个狗屎！窝囊废！”

“你等着，我告你耍流氓！”

罗小左和夏冬冬再次回到舞台，台上的两个女演员都看到拉里亚撕烂的衬衫和保罗嘴上的血。两个女演员谁也不看谁，默不作声。

第三对下场的是拉里亚和优丽。我们撷取的这个片断发生在5月下旬。郑州的马路上广场上聚集着越来越多的人，人们听到一些平时不怎么说的词汇，说着比平时多得多的话。拉里亚和优丽越来越不能按时来排练，他们白天混迹街头，晚上带着亢奋和疲惫姗姗来迟。

“这戏我演不下去了。”拉里亚捡起一块砖头，狠狠砸在木箱上。“我越演越绝望。这是干啥？班不上，工资没有，演这种毫无公演希望的戏，有什么意思？我得出去，到能欣赏我的地方，真正干点事儿。我都25了，老的自己都慌了。”

“你去哪儿？”女大学生这些天也跟打了鸡血一样满脸喷红。

“去北京。这儿都快把我憋死了。”

“我想跟你一起去，可我还得上学。”不知哪来的勇气，优丽脱口而出。

拉里亚掉过头看了一会儿优丽，然后把脸扭过去。

“你是大学生，我是臭工人。你跟我不一样。”

“大学生不也快闷死了？”

“别说了！”

“为啥不让我说？”

“别说了。朗朗，你干啥都得等毕业后。别的先别想！”拉里亚举起一只手，模仿了一个港星发哥的动作。

“你走了会给我写信不？”

“不会。”拉里亚垂着头，根本不看优丽怨恨的目光。“你根本看不起我。你就是想看看我会不会喜欢你，让我讨好你，围着你转。你想错了，我不想给你这种小姑娘当跑腿的，忙了半天啥也捞不到。我要找关心我、心疼我的人。我想要啥她都能给我啥。”

“那种围着男人转，围着锅台转的女人，我才不当呢！”

“我说的跟你说的是一种人吗？你懂个屁，只会拿概念套。好好上你的学，等毕业分到北京，至少还有我这么个熟人。”

“别把我想得那么幼稚。我年龄不大，但心理成熟！”

“你成熟不成熟我不会看？你可能比你同学成熟，可让我看差得还远着呐。咱上场吧。”

“你不是不演了么？”

“好歹把老罗这个戏演到北京。老罗奋斗了这么多年不容易，即使毫无用处，咱也得把场子撑下来。”

“你和老罗为啥打架？”

“丫头片子的，管这些干啥？上场！”

优丽没等拉里亚说完，就桀骜地走在前面。之后每次排练，他们除了剧情不再交谈。

最后一对中间下场的是萨福和优丽。她们在整个排练中很少交谈，优丽把这归结为萨福的傲气。她们之间有价值的谈话是5月底，她们在北京参加民间剧社展演的当晚。她们情绪高涨地表演了背叛和决裂，像两团火一样冲下舞台。

“我们成功了！”优丽热血沸腾地攥紧拳头，激动地对萨福说。萨福的扮演者，那位高大雍容的试验员瞥了优丽一眼，不自然地笑了一下。

“是。”试验员很快收住笑容，叹口气说：“总算来北京演出了，老罗的梦想也实现了。不过，我们的合作也结束了，我对你的忍耐也到头了，现在我终于可以出自己的一口气了。”

“红姐……”

“别装了。你装得很单纯，实际上放荡贪心。你霸了一个霸两个，只要好的男人你都想霸过去。你喜欢成熟男人，但你不能置别人不顾。我爱罗小左，我们本来已经谈婚论嫁了，可一演这出戏，一见到你，他再也不说结婚的事了。你喜欢打别人男朋友的主意是不是？喜欢拆散别人还说那是你的自由是不是？冠以自由恋爱的名义，你就可以原谅自己，纵容自己是不是？”

“我没有……”

“你给我闭嘴！我不是瞎子！我看见罗小左为你跟夏冬冬打架！还

看见为报复你和罗小左，夏冬冬对我大献殷勤。你当我是瞎子！你以为能瞒天过海？也罢，你有你的自由，我也有我的自由；你能夺走我男朋友，我能让你身上少几件东西！”说着，萨福抡起早已准备好的红布包，包里包着一块木板，一板子下去，“啪”地拍在优丽的嘴上：“罗小左被夏冬冬打掉两颗门牙，现在轮到你了。这下，你可以跟罗小左天生一对了！”

“红……”优丽还没反应过来，只觉得嘴里像炸弹爆炸，整个牙床都碎了。

优丽是把两颗门牙吐出来，攥在手心里，噙着满嘴的血，上台谢幕的。她要让台下所有人都看到她嘴上的血，看到她忍住眼泪的倔强。

之后，一切都过去了。大幕拉下来，保罗问优丽嘴上的血是怎么回事，她不理保罗，走到拉里亚面前，把攥着的牙齿和手上的血，狠狠甩到对方脸上。

## 3

起风了，真想找个人聊聊。

我已经一天没说话了，没人跟我说话，我也不想找人说话。当发现自己竟一天没说话，你会觉得很荒诞，又会觉得无以名状的孤独，会想到，即使你现在死了，也不会有一个人知道。于是你不免恐慌起来——我就真的恐慌起来。我打开电脑，登陆，点击，点击，再点击，找到我要去的门户。那是一条熟悉的路，就像回家，你怎么走，都会走回家。我进入网络之家，“戏剧聊天室”，然后说：“我来了。”时间或长或短，总会有人进来说：“我也来了。”这些，都是陌生人。

我没有门牙，门牙是假的。我的左耳有点聋，是一个英俊男子在我24岁时打的。我的第二胸脊是断裂的，是一个强有力男人在我27岁时把我从床上推下来摔的。我还有这样那样的伤痛，我的躯体早已不是母亲当初给我的那个，它已经备受摧残。

你现在知道了？是的，我是优丽，优丽的扮演者。16年过去了，我没成为演员，也没成为诗人，我的理想一样都没实现，却一晃到了中年。我现在是一个区政府的信访办事员，我对那份工作一点兴趣都没有，纯粹是做一天和尚撞一天钟。单位之所以没让我下岗，完全因为公务员没有下岗一说。

我是个彻底的失败者，败得一无所有。过去我有激情，我把时间激情消耗在诗歌戏剧这些高尚而无用的事上，却没有收获。相反地，我的身心伤痕累累，家庭生活一团糟，混饭吃的单位对我怨声载道。我不知道问题出在哪儿，我只感到一次又一次地挫败，一次又一次颗粒无收。我也是一次次抗争的，弄得身心俱毁，人几近崩溃。突然有一天，不知怎的，我一下子屈服了。我放弃了演戏的梦想、写诗的梦想，回到日常生活，而这时我发现，一旦放弃奋斗了十几年的东西，我什么都没有了。

现在，我能抓到手的就是曾经演出过的剧本《猜一猜，谁和谁是情侣》，唯一可以称为“文化活动”的，就是在网上“戏剧聊天室”，跟陌生人一起朗读台词。我把剧本重新整合了一下，把罗小左那个版本和我们排练时发生的故事糅合到一起，整合成一部两个时空的戏，我撰写了现代时空的台词。我设想把舞台分割成上下两部分，后面高一层演古希腊的戏，近前台演我们在1989年发生的青春故事。演员既演戏，又演自己。

老彼，烈焰红唇，未未，T，是我在网络上认识的人，我们在“戏剧聊天室”混的大家都成了熟人，相互间还有点故事。我把整合后的剧本贴在网上，一人分配一个角色，在东南西北中五个地方，对着白花花的屏幕，朗读剧中的台词。我还是优丽，我总逃不脱优丽的命运。老彼演保罗，烈焰红唇演萨福，未未演拉里亚，T是个同性恋，扮演同性恋酒馆的侍者和客人，如果哪天哪个男角缺席，他就自动补上。当然我们聊天室不仅仅我们5个人，也不仅仅演这出戏，但这是保留剧目，也是联络我们5个人的介质。当我们中间某个人寂寞难耐时爬上网，进入聊天室，从某一段开始朗诵，总有一个人会接下一句。我们在声音中相互知觉，在声音中相互温暖。

“我爱上你们了！”有一天，烈焰红唇说。

“我也是。”老彼沉郁地回答。

我在屏幕前看着，我“隐身”，假装没上线。

有时候我会没头没脑地说：“你的声音很浪漫，人浪漫吗？”

未未马上从隐身状态跳出来，好像就等着我如此发问。

“浪漫总被风吹雨打去。我不知自己还浪漫不浪漫。不过能守在屏幕前，守着一个剧本，守着看不见的四个人，我想，我还是浪漫的。”

在屏幕上，我给这个声音像王子的男人一个笑脸。

“你好看吗？”未未问。

“对于我这个年龄还不算逊色。”

“我不会问你的年龄。我知道你很美。”

“美，也总被风吹雨打去。”

时间长了，我和未未腾挪躲闪地生出隐约的暧昧。我不知道还能不能爱上一个人，在情场上我已经饱经沧桑，与其说我相信爱情，不如说我相信腾挪躲闪的游戏，或者不如说相信情欲。我们总是错把情欲当爱情。而未未有的，我猜想，也不过是情欲。一个风流男人，是情欲得逞培养出来的，这从声音就能听出。我自己是不敢苛求爱情的，特别不能苛求这个年龄男子的爱情，但我愿意跟未未腾挪躲闪，因为，很简单地，如果没有这些，日子简直没法过了。实际上，我们在网络上朗读《猜一猜》有什么用呢？青春、快乐、事业、理想，哪一个都挽回不了，但我们还是聚集在一起，耗着时间，互相感觉着烛灯般的温暖和相互照亮。

老彼和烈焰红唇应该也生出点儿情愫吧，中年男女，除了相互之间弄出点暧昧，似乎也没啥可干的了。

我们在聊天室相守了一冬一春，当我们用声音把这个剧演绎得炉火纯青，当我们的声音不仅抚摸这个剧，还开始抚摸拥有这个声音的人时，我们已经不满足于此了，我们想见见面，想用形体、用表情、用眼神来演绎这出剧，我们还想用眼神、表情、形体来感受已经如此熟悉的陌生人。

“我想见你们。”这回是我说话了。我是剧本的主人，我拥有绝对发言权。

“我也想。”烈焰红唇立刻附和道。

“憋死我了，早都想说了。”老彼说，“我们都得去，一个也不能少。”

“我要见你，优丽！”未未说。

T 说：“即使你们都不想见我，我也要见你们。”我们都说想见 T。

我们约了一个中间的城市见面，还是郑州，这部戏诞生的地方。有一年我路过郑州，又去看了国棉五厂。在原来礼堂的位置起了一家名叫瓦格纳的酒吧，我们就相约在那里见面。我为这件事筹划了两个月，等了两个月。这两个月里，我们5个人的关系在迅速变化，暗藏的激流涌上了表面。仿佛提着裤子找茅坑，谁和谁都想找到自己那个坑。未未不再回避现实中的交往，开始给我打电话，在电话里跟我调情。老彼公开说，他若见了烈焰，他要狂吻她的红唇。T说，烈焰是唯一的、女性的、智慧的、博大的、爱的巅峰。她的方向是人类应该的走向。烈焰反戈，说T："你应该去操自己的妈。"这两个月就这么纷乱极了。

呵——好了。现在，我又来到郑州，来到我读大学、并把生命的很多记忆留在那里的城市。手机短信告诉我，已经到了3个。

给予我们激动和感慨的即便只有三五天，我们也终于为了一个剧本走到一起，或许我们都知道，能为梦想做的，也就只有这个了。

我深吸一口气，走向瓦格纳酒吧。就在我要进门的时候，背后突然有人喊：朗朗！

天！你还记得我叫朗朗吗？我有时都会忘记，我常以为自己是优丽。我没转身，但我知道事情复杂了，有人认识我，那么这个人是谁呢？他的出现会不会改变这两个月建立起来的脆弱格局？谁又会跟谁是情侣呢？你猜一猜！

# 千条线　一根针

## 1

“常伟，把电视关小点儿。”

今天晚上黄茜已经把这句话重复三遍了。每说一遍，电视机的音量就会小一点，但小一点并不是听不见。74 寸的彩电正播着美国枪战片，咔咔的声响和哗哗的闪光引得四岁的蒙蒙不时偷看，被黄茜呵斥后，虽不再偷看却支棱起耳朵，音量越小，注意力越集中，以至黄茜问他几遍图中哪些是正方体都没听见。

“这孩子怎么跟你爸一样自甘平庸！这种三流电视就这么勾你的魂？”

黄茜一把将《半小时妈妈》摔在桌子上。蒙蒙听到申斥连忙收回神，怕挨打似的缩脖子夹肩。黄茜见不得这倒霉样，这比淘气或不学习更让她伤心。没出息的孩子不是调皮而是贼头贼脑。她愤怒且厌恶地盯了蒙蒙一会儿，转过身，以同样愤怒和厌恶的神情逼视丈夫：

“常伟，有你这样的父亲，这孩子我没法教。”

陷在沙发里的丈夫此时沉默地直起身，慢慢伸手把电视关了。

“也差不多了。幼儿园回来两个小时，晚饭后又两个小时。他才 4

岁，哪就紧成这样。”做丈夫的坐回沙发，把一条腿架在另一条腿上，慢慢晃着。

“你不求上进，也想让孩子跟你一样？现在的孩子可不像你那会儿，满嘴白字也能上大学……”黄茜愤怒地说。当看到丈夫满脸灰黑不准备说下去时，她更愤怒了：“冤枉你了是不是？你不承认自己满嘴白字？到现在你不是还把‘憔悴’说成‘焦脆’？还当大学教师呢，我都替你难为情……”

“黄茜，你就事论事好不好？我说错别字用不着你替我难为情。”

“好吧，常伟，你要愿意继续在讲台上错别字乱飞是你的事，但我的孩子我不能这样。我不能眼睁睁让他放任自流。他应该受最全面的教育，包括教养。”她把“教养”说得很重。现在，知识不知识、上不上大学已经不能区别教授的女儿和农民的儿子，能区别的只有教养和品味。“你不教育可以，但不能妨碍我！”

“我怎么妨碍你啦？”常伟尽量低声下气。

“你不读书不学习，一进门就看电视，让这种噪音充斥整个家，连说句话都听不清，还不算妨碍？”黄茜愤然嚷道，“以后，孩子睡觉前不许看电视。”

当丈夫的这时也霍地站起来，嚷道：

“这也不许那也不许，到底是小孩重要还是大人重要。电视都不让看，那干脆把电视机卖了。”

“这就是你！不看就卖，卖，卖，什么都卖！”黄茜眼眶涌上泪花。她不怕吵架，就怕看到丈夫不时冒出的农民思想和农民习气。常伟不仅会说把电视卖了，生起气来还会说把孩子卖了。黄茜认为这恐怕是天下最恶劣的意识了。她不怕穷，就怕痞。

在他们争吵的当儿，蒙蒙嘴里“啪啪啪啪”低声尖叫，手上比画着射击动作。黄茜忍住眼泪，见蒙蒙缩头勾脑、亢奋又紧张的样子，心又一阵刺痛。她不想因大人争吵影响孩子，但大人争吵孩子一点反应都没有，真让当母亲的伤心。

黄茜叹口气，今天只好到这儿了。她把书收好，快步去水房接了一壶水烧上，准备给蒙蒙洗澡。他们住的和学生宿舍一模一样，只不过学生 5 人一间，他们一家三口一间。公共厕所，公共水房，楼道里做饭。分套房要有职称，有了职称还要排队。毕业 6 年，她把时间用在结婚、怀孕、生孩子、带孩子上，弄到他们这届最后一批才升上讲师。常伟不生小孩也弄到最后一批才升上。她意识到，他们家的天下只有她来打了。

经过围追堵截，9：40 黄茜终于给蒙蒙洗过澡，吃了钙片，讲了两个故事，又用警察叔叔吓唬一番哄睡着了。这闹哄哄的环境，小孩 4 岁了还不能独自睡觉，也是黄茜的烦恼之一。每天晚上哄蒙蒙睡觉就像马拉松，最终把人的精力、忍耐力掏空。她支起酸困的身体叹了口气，又看看睡着的蒙蒙。蒙蒙睡着时一张小脸还是俊俏的，这像他爸爸，但醒着时怎么那么讨厌呢。黄茜想主要因为神态，这也像他爸爸。想到这儿，她愤愤地看一眼靠在沙发里的丈夫，见他的胃耸出腰带三公分高，又灰心又丧气。

“常伟，还让我提醒吗？”她尽量不带情绪地说，然后下床，一边拢头发一边把儿子的图书放到书架底部，又从顶上拿下自己的书，摊在家里唯一的桌上。没办法，就这么一间房，只能摆一张桌子，只好看书、写字、吃饭、儿子做游戏全用它。

常伟被妻子唤后慢慢起来，就着洗澡水洗衣服。这是他的家务定额。进入5月，黄茜就天天给孩子洗澡，雷打不动。他曾发表意见说：干嘛把洗澡弄得跟吃饭似的必不可少。黄茜立即瞪起眼睛厉声说：本来洗澡就和吃饭一样不可或缺。常伟听了就想笑，不能缺就不能缺，还“不可或缺”。小知识分子的酸腐，拿自己当回事儿。

常伟把衣服浸透，然后起身拿肥皂，坐下把手浸在水里愣了会儿，又起身把电视打开，插上耳机，重新坐下，慢慢搓起衣服。黄茜看他干活就来气，好像没事干的老太婆，洗一件衣服打发一上午时间。但她没吭气，她已经从结婚说到孩子4岁了，不但不见效反而增加抵触情绪。她打开这本杂志看看，又打开那本学刊看看，书上的字都认识，不用想就能把它们读出来，读了几遍却没读懂。她生气地把书撂到桌子上。

“常伟，蒙蒙暑假怎么办？”黄茜转过身，一臂搭在椅背上，尽量用商量的语气。

“我反正要和刘教授他们下乡社调。你说怎么办？”

“我问你，你又推给我？”

“你不是总说我不求上讲嘛，这次课题组……”

“常伟，你的理解力怎么像个没文化的农民！”黄茜按捺不住嚷起来。当看见常伟又要就“农民”和她理论时，她自知失言，重重地摇了一下头。

“我说过不让你去社调吗？我问你蒙蒙怎么办？”

“我反正不能管，你看怎么办吧。”

“你说你儿子这样，带着他能写论文吗？另外，我还要去省图书馆查资料，选题还要找人论证一下。”

常伟认真看了黄茜一眼，发现确实是个问题。

“要不让我妈来看两个月？”他试探地说。

“不行。蒙蒙正处在启蒙阶段，不能放松教育……”黄茜看了一眼常伟，嘴边的嘲讽没有说出来，“再说就这一间房子，吃饭睡觉都在这里，再加一个人怎么得了。”

常伟想了会儿，仍用试探的语气说：

“让你妈看？”

“开玩笑，让教授给你看孩子！”黄茜虽是反驳常伟，但神情有些得意。她说到父母总会不由自主地得意。“我妈妈才不会看呢。她比我们还忙，仅会议就安排了三个，还要写书，那本译著还要最后校订……”

常伟打断她。不打断，她会从她妈妈再扯到她父亲。她父亲的成就更伟大呢，没两小时说不完。“能看的没资格，有资格的不看……”

“你说话好听点儿。”

“就是不看嘛！都是年长的为年轻的牺牲，咱家是年轻的为年长的牺牲。”

“你牺牲什么了？”

“牺牲什么，你爸妈家的事不都是你我做的？”

“你小点声，吵醒了蒙蒙。”黄茜不愿谈这个。所谓牺牲就是牺牲时间精力，知识分子缺的就是这个。在他们家，是他俩做家务给父母腾时间。但他们是她父母，她虽然心中不快，但始终为父母做着。“干脆在家属院找个老太太看。”

“那不还是老太太。这院子里的老太太，有文化的不看，看的没文化。没文化的就能比我妈好多少。”常伟嚷起来，他见黄茜表情难堪进一步说：“还要花钱。有这钱不如给蒙蒙买营养品。”

黄茜一时无话可说，就起身出去接洗脚水。分析来分析去好像让常伟他妈来最可行，但这结果让她不平衡。她认为每一天每一小时对孩子都很重要，跟着一个大字不识、满脑子自私自利道理的老太太，则白白浪费两个月。如果再惯点坏习气，就不是两个月的事了。

常伟清完衣服，滴滴答答晾到家里的铁丝上已是11点钟。黄茜躺在床上，眼睛瞪着天花板，一动不动。

“想啥呢？”常伟讨好地说。

“连小孩衣服都晾不到走廊上，还算什么大学。”黄茜愤愤地说。

“附近盲流……”

“学校怎么总在找碴儿的农民、偷东西的盲流面前这么无能，保卫处不是养了几十号人吗？”

“哈，我说黄茜，你说话的口气就像你爸。”

“像我爸不好吗？”黄茜坐直了身体，常伟一看她的神情立即偃旗息鼓。

“我没说不好。过好自己的日子吧，管那么多干嘛。”

“问题是，现在日子过不好，滴滴答答满地都是水，过得好吗？”

常伟扑哧笑起来。黄茜一看丈夫自甘平庸的样儿，火就上来了：

“正是都不讲原则，日子才过得这么差！”

黄茜“嗯”地重新躺回床上，但从脸上可以看出，内心正经历着风暴。常伟踱过去拉灭灯，慢慢脱了衣服，躺在蒙蒙另一边。不久，屋里荡起他均匀的鼻息。

## 2

作为著名大学的著名教授，黄茜父母对子女教育归结到一点，就是在事业上有所成就。年轻人常犯的错误是，自以为比父母有更开放的思维方式，更公平的标准。不管父母是市民还是学者。黄茜从这所大学经济学院毕业后，在父母的执意下留校教书。当她意识到，自己这股水必须在父母开凿的渠道流淌时，心高气傲的她想跳出去，看看所谓的社会。这一指导思想付诸的实践是，跟父母看不上、明确表示不同意的常伟结了婚。她是赌气让父母看看她和常伟自己也能打天下，但事实证明常伟没给她争回这口气。除有较好的相貌和不太坏的脾气，常伟不能带来她需要的。她自己也不争气，结婚、怀孕、生养孩子，马不停蹄地把自己塑造成家庭妇女，好像她黄茜一生的目标就是这个，并且迫不及待地实现它。

这时候的黄茜回头与父母重修亲情，她认识到父母不让她这么早结婚是对的。“一个女人的好年华就那么几年，给了丈夫给了孩子，还有多少给自己？”“没有自我意识的女人干不成事业。”黄茜父母这样提醒她。当她为孩子所缠没精力顾及事业时，她希望常伟有所建树。可常伟是个满足于教好一门课，吃好每顿饭，看尽每晚电视，在一天将要结束时心满意足上床睡觉的人。他不想有所成就，或许也想，但一想到其中的困难，骨头就软了。这让黄茜很伤心。她忧虑过，哭过，劝过，吵过，由一个爱幻想的小女子，变成一个整天剑拔弩张的妇人。她惊心动魄地感觉着自己的转变，一边为自己痛惜，一边无不怨恨常伟。每次吵架，她的狂怒令她自己都害怕。

次日早上，黄茜醒来时浑身绵软，最初几分钟像刚从死界回来。良久，她叹口气，支起身子，慢慢下床。她起床了就由不得怠慢。她甩甩头，像是能甩掉困倦似的，启动年轻的躯体，慢慢上紧发条。她趿着拖鞋出去打开火门，回来时从发梢上扯下皮筋三挽两挽拢住头发。接着抓了把米，用焐得快开的热水淘了两遍，淘米水倒在痰盂里，拉过一个锅加了水，煮上稀饭。她至今用着煤炉，平价气要集资五千元，她没闲钱集资，高价气40元一瓶，她舍不得用。母亲自己用着平价气，却从来不问她为什么还用煤炉。为此，她多少怪父母，好像除了事业，他们没什么可要关心子女的。

在黄茜倒痰盂，倒隔日脏水的当儿，常伟汗涔涔、筋疲力尽地支起身子。房子不通风，楼道里又有几十只煤炉，清早起来就透不过气。他早上的任务是排队取奶，不仅给自家取，还代黄茜父母取，风雨无阻。他们曾准备给蒙蒙改吃奶粉，但因为黄茜父母，只好继续订鲜奶，常伟对此不无怨言。

常伟出门取奶，黄茜便连打带骂拖蒙蒙起床。她很想成为那种母亲：每天早上安详地走到床边，轻柔慈爱地说，宝贝，起床吧。孩子甜蜜地醒来，揉揉眼睛，一跃而起，清亮地叫她妈妈。然后雷厉风行地洗漱、晨练、吃早餐，快快乐乐地上幼儿园。她真希望自己是那样的母亲，也希望蒙蒙是那样的孩子。她从妇产医院回来就这么培养自己也培养孩子，但几年下来的结果是：她蓬头垢面地望着蒙蒙，不知怎么办才好，不知自己的出路在哪里。蒙蒙要么大哭小叫，要么撒泼赖皮。勉勉强强起床，勉勉强强吃点东西。拖着扯着好不容易送到幼儿园，在告别的一刹那，却扯她的衣服，拉她的包，让她难堪透了。她想成为最好的母亲，想使自己的孩子成为最好的孩子，但现在看来都不是。

从早上起床到把蒙蒙送进幼儿园，黄茜像打了一场战争。如果这种战场有个间隙，有个尽头，有个休养生息的机会，她也默认了，忍受了。而这样的战争每天都要打，日复一日，无穷无尽，让黄茜觉得生活如此灰暗。在这种情况下，与家相比，她更喜欢待在办公室，做点事，或什么也不做，默默地待着，奢侈的话有时还能感觉到自己。如果某一天她感觉到了自己，她会觉得这一天心灵和生命有了着落，又好像有了什么作为似的。“生活有意义”对她是精神要求，也是她从小到大所有教育的归结点。身为学者的父母对子女的希望，就是有作为。她弟弟黄赛弃教从商去了，这在她父母看来，弟弟的生命不会再有什么高尚意义，那么父母对子女的希望，则由她黄茜一人承担了。

教研室空无一人，正好给黄茜一个安静环境。她连忙从提包里抽出几本杂志，摊在桌子上，好像这样的时光，过去了就不会再来。

一二节下课铃响时，黄茜没什么收获。她要写篇能获奖的论文，但不知选什么题目好。虽然这几年浑浑噩噩，但耳濡目染她也知道选题很重要。“它关系到同样的时间精力最后能否成功。”父亲在她十几岁时就灌输过。黄茜浏览杂志后发现，心里有点雏形的题目都被别人论述了，她再写也不会比别人高明。这让她焦虑。三四节上课铃响时，这种焦虑变成了狂躁。她稍加思索便拿起电话，拨通省社科院，找研究世界经济的同行。她在一次研讨会上遇到他，他用目光追随了她整个会期，最后给了她张名片，说省府经济顾问李硕民博士就是他。

黄茜拨通电话。当对面文雅、清晰的声音说我是李硕民时，她对自己粗率的语气难为情。她迟疑起来。当意识到对方正等着自己说话时，她放轻了嗓音：“我是黄茜。”这次轮到对方沉默了，间隔长得让她难堪。

“我遇到些困难。”她依然用轻柔的声音说，“我要写个有突破的论文，也就是能在全国性刊物上发表的、争取获奖的论文……”她有些语无伦次，当她感到说得太多难为情地停住了。停下来脑子就空了，握着话筒站在那儿，像奋力表白完爱情的小姑娘。

“需要资料是吗？”对方终于说话了。

“不，是选题。我不知选什么题好，也就是说……”

她说了一半就停住，像欲言又止的少女。李硕民终于在另一头轻笑："想写一篇有突破的论文，不知写什么好？要题目？""对，对，请你帮帮忙，你是这方面的专家……"她又停了一下，然后小心地问："你有空吗？"那头传来轻轻的笑声。

"当然。这样吧，我下午还有个会，明天上午面谈一下。你明天上午没课吧？你还在世经系吗？"

黄茜一一作答了。他们约好第二天上午八点半见面。黄茜放下听筒，心中泛出异样的感觉，但她不愿发展这种感觉，就像她不愿多想自己曾是心高气傲的漂亮女生，弄到年近三十事业还毫无起色；不愿多想自己曾英气勃勃，结果却嫁给常伟这样的丈夫，生了蒙蒙这样的小孩，把自己弄得像太阳出来后的南瓜花。

## 3

黄茜骑车赶到社科院。她是准备坐公共汽车去的，穿得干干净净，规规矩矩。她知道最美的女人是那种安静清凉的女人，高尚男人欣赏的是这种女人；真正让他们惊心动魄的，是男人女人都认为好的女人。黄茜已 28 岁，很知道男人欣赏什么女人，与其说这是她学会的，不如说是她的学识教养自然培育的，如同优质棉能抽出好纱一样。但黄茜的学识和教养又阻止她去讨好男人，或在男人中挑三拣四；她觉得那粗俗又低级趣味。风起云涌的朦胧诗她只记得一句：作为树的形象和你站在一起。她觉得父母就是这样，她认为父母是她见到的最好的夫妻。黄茜是什么都懂，就是弄不好自己，弄不好自己的婚姻。

今天，黄茜很早就起床，想把自己收拾得妥妥帖帖，从容地去见李硕民，毕竟人家曾用目光追随过自己。但黄茜一大早就和常伟吵了一架。黄茜担心回来晚就让常伟中午做饭。他们除了早饭在自己家吃，中、晚饭都在黄茜父母那儿吃。这是他们给两位教授腾时间的又一项目。常伟躺在床上说他三四节有课。黄茜不想好不容易出趟门没个平静——实际上她早就没好心情了，近几年她所能达到的最佳状态就是平静，便轻淡地说："我不是三四节下课也做饭？"

常伟烦躁地说："你妈三四节不是没课？"

"叫你做饭怎么又扯到我妈？别管我妈有没有课，你都做饭。"黄茜凌厉地说。往常，她一用这种声调常伟就偃旗息鼓。一般情况下她和常伟的冲突，到这一级就可以结束，她也习惯到这一级就结束，没想到常伟汗涔涔地从席子上撑起来，嚷道："什么道理？上课的要赶回家做饭，不上课的就不能做饭？"

"我平时就是这么做的，就是这道理！"黄茜扭身看到汗涔涔的常伟，看见他印着竹席纹的松皮肉，压着的火就上来了。

"你做是你愿意！你愿孝顺你孝顺去，别叫我也上完三四节课赶回家做饭。"常伟也高声嚷起来。当妈的哪有不做饭的？！自己的母亲，除生小孩那几天不下床做饭外，做了一辈子饭！哪像黄茜母亲，饭也不想做，小孩也不愿管；不为子女做，连自己的也不想做。黄茜每次炫耀自己五岁半幼儿园回来开火做饭他就来气，如同他每次说起自己小时候领着伙伴偷瓜摸枣让黄茜鄙夷一样。

"你自己不吃？"

"要是就咱俩，中午随便吃吃就行了，现在是天天兴师动众……"

"什么兴师动众？别夸大其词，不就是煮点面条吗……"

"就别提面条了，说起就来气。一个史学界著名教授家，天天中午吃汤面条！当个教授也不知图个啥，吃也不吃，穿也不穿……”

“常伟！”黄茜把准备倒的痰盂往地上一顿，厉声喝道。满到盆边的尿水溅了出来。

“谁像你那么庸俗！除了吃还是吃。”

“你多高雅，天天中午吃汤面就高雅了……”

黄茜眼里喷出黄色火焰，常伟意识到大清早吵这种命题很大的架不合适。他对黄茜家天天中午吃汤面早有意见，早想发表看法，但不应选择早上。对于这种必吵一架的事件，选择时间很紧的早上不是时候。他偃旗息鼓，在黄茜的怒视中草草收兵。黄茜准备稍微收拾一下出门的打算落空。

从门厅镜里，黄茜看到自己热气腾腾、横步而入的样子，心灰得不行。她几乎走过屏风了，但仅存的那点作为美丽女人的心情拉住了她。黄茜羡慕那些经过岁月洗礼越发光彩的女性，还在少女时代就把那种女性作为楷模。而现实是，她硬是没顶住岁月和生活的秋风横扫，眼睁睁看着自己花瓣样一片片飘零，美丽、清雅、轻盈和所有过去珍视的东西都消散了。她惊心动魄，却束手无策。

不过黄茜已经没了在镜子前伤感的心情。她过的日子，把她变得如同底层小户人家的女儿，想到什么就赶紧抓住什么，没有富余的机会，也没有闲适的心情反复斟酌，再产生点诸如“犹豫”、“彷徨”之类的忧郁病。她转身奔出主研楼，在马路对面的发屋匆匆洗了头，狠狠犒劳自己的做了个流行发型。当她重新经过那面镜子，看见自己多少有点神采飞扬，一股好梦重温的感觉袭上，脚步也放慢了。

下午，黄茜坐在办公室回想和李硕民三个小时畅谈时发现，他们根本没谈及论文，好像两人都有意留下再见一次的借口。这种有点儿“叵测”的小动作，让黄茜脊背上的皮肤紧了一下，然后就忽地松弛了。好像第一次脱下厚重棉衣就走进3月小雨中，她对要不要先给李硕民打电话踌躇起来。

这天晚上，黄茜又跟蒙蒙撕拼了3小时才把他放倒。她喷了发胶的头发耸起来，鸟巢似的，惹尽了常伟小心翼翼地嘲笑。黄茜一边弓着腰在盆里洗头一边想，这种“踌躇”过于奢侈了，自己奢侈得起么？她急需成功。成功对于她，就像性对于男人，耻于说出，但的确心急火燎地煎熬着。她没工夫搞什么“矜持”、“距离感”和“欲言又止”，她必须直奔主题，直接寻求他的帮助。她和李硕民之间如果产生一点儿春样的情感，以她的品德便不能接受李硕民的帮助。这种帮助只能是朋友间的。

## 4

晚饭时蒙蒙跪在椅子上，一会儿站起来拈这个，一会儿拎着筷子捅那个，黄茜注意到父亲脸色难看。她知道父亲对她教育小孩的方法有看法，她却认为父母的事事讲规矩，严重影响孩子的性格和处事能力。她和弟弟就是例子。父母这样堪称精英的人物，组合繁衍的后代应该是最优秀的，事实却不是。父母给他们的温良恭俭让的教育，使他们瞻前顾后，凡事三思而行。“三思”的结果往往“行”不成。而那些底层上来的，生存环境使他们经过“一思”就去做了，而做了就可能成功。谁都认为他们姐弟有教养有礼貌人又聪颖，但她28岁，弟弟也25岁了，却一事无成。她把这归咎于父母“礼让三先”的教育方式。所以，她要在自己孩子身上实施开放式教育。

蒙蒙爬上爬下闹腾的结果，是自己的嘴磕在桌沿上，一盆刚上桌的排骨汤溅洒一桌。汤流众人救，大呼小叫。蒙蒙撞疼牙齿没敢吭气，见众人一齐呼吼以为是嚷他，便厉声哭叫起来。黄茜方才看见蒙蒙齿间渗出的血珠，做母亲的本能使她一跃而起，踢翻椅子，再次溅翻了汤，流了端坐其间的黄教授一裤子。一时间小孩哭大人叫，叮叮哐哐，黄教授把筷子一拍，愤然离席。

“黄茜，看你还惯孩子！”常伟见黄教授离席本能地抵触。但他是男人，男人知道这时候该做什么，便虎着脸说。

黄茜抱起蒙蒙狠狠瞪了他一眼。她最烦常伟在父母面前逞能。他们对女儿教育孩子有看法，但并不见得愿意听他告状。蒙蒙这时止住哭声，乜斜着瞪常伟一眼。

常伟看到了。这孩子仗着娘经常藐视他，贼着眼向他示威多次了。他猛地冲过去，一把抓过蒙蒙。蒙蒙比他想象的轻得多，一下就从黄茜身上扯下来。他原以为蒙蒙和黄茜会和他拉扯几下，扯不下来也就完了。没想到一把就把蒙蒙拎在半空，他一时没了主张。小时候自己被父母收拾时，要么跟父母对打，要么逃跑，即使招致更凶狠的一顿揍，也不会束手就擒。但平时神气活现的蒙蒙，遇上点儿事就这么鬼气死样，这就是教授子孙！气愤的常伟不甘心就此收场，情急之下他拎着蒙蒙冲进里间。蒙蒙叽叽哇哇嚎叫，过于细长的四肢无目的地舞着，软弱无力的挣扎更激怒常伟，他挥手抽了蒙蒙两个耳光。

黄茜还没明白过来，就听到两声清脆的耳光，她本能地扑向里屋。

“常伟，你干什么！”由于愤怒，黄茜嗓音都变了。她冲上去，一把抢过蒙蒙。被打蒙了的蒙蒙这时才捂了脸，俯在她肩头哭。小孩子隐忍的哭泣使黄茜愈发不忍。从理论上黄茜明白在管理孩子上父母要态度一致，她甚至可以就这个问题写篇论文，但遇到蒙蒙这“具体情况”，她根本忍不住自己的情绪，而且她从根本上鄙视常伟的做法：要么不管，要管就是打。

“黄茜，你把蒙蒙放下！”常伟吼起来。他一根手指指着她，脖子上的紫筋凸暴。

黄茜不理他，抱着蒙蒙往外走。常伟眼都红了，他从黄茜背后扯蒙蒙，蒙蒙尖叫起来，细胳膊拼命往回挣。常伟火到了极点，他龇牙咧嘴，怒目暴突，扑过来，抓住蒙蒙用力一扳。这下用力太大了，黄茜抱着蒙蒙一齐向后倒去。

华教授听到这边闹大了赶过来，正好看见黄茜抱着蒙蒙仰面跌倒在地，她失声惊呼起来。

黄茜感到背上剧烈疼痛，听到母亲进来，想起来，腰却像断了似的。蒙蒙也吓呆了，睁着泪眼，惊恐又茫然地看着妈妈。

“还不快把蒙蒙抱走！”华教授冲常伟喊。常伟余怒未消，气咻咻地站在那儿。他觉得黄茜真没意思，躺在地下，像泼妇一样。

“抱他干啥，让他自己起来。”他不耐烦地吼道。

“你没见黄茜起不来吗？”华教授也提高声音，她一把抱起蒙蒙。许是看到有人袒护，蒙蒙又凄厉哭叫。

听到蒙蒙的哭声，本来就怒不可遏的常伟恼羞成怒，冲着华教授喊：“你什么都要管！这是我们家的事！”

正扶黄茜起来的华教授，听到这话便住了手。她震惊地看着常伟，她这辈子大概都没受过这种待遇，回身怨怒地斜了黄茜一眼，甩上门出去了。她卧室的门也“砰”的一声，震得所有门窗哗啦哗啦响。

“常伟——你太过分了。”黄茜羞耻地闭上眼睛。她没想到事情闹成这样，她不能容忍常伟在父母面前给自己丢脸，更不允许他肆无忌惮冲自己母亲喊。母亲是谁？常伟拎清没有！泪水涌出眼眶，她挣扎着起来，但疼痛和羞愧使她一点力气都没有，泄了气一样重新瘫回地上。

黄茜羞愧难当的表情刺激了常伟，他意识到事情严重。他弯下身拉黄茜，蒙蒙一直隐忍地哭泣，这时突然扑向他："不许你打妈妈！不许你打妈妈——"抓住常伟的手就是一口。没有防备的常伟先是一惊，本能地一甩，蒙蒙便像只兔子，"嗖"地被甩出去很远，登时，"嗷嗷"的号啕声充满了整个房间。

门被打开，一直保持沉默的黄教授威严地站在门口。

"你们喜欢闹回自己家闹去，别在这里闹个不休！"他斜了一眼依然躺在地上的黄茜，更加严厉地说："黄茜，你也学会撒泼打滚了？我和你妈妈是这样教育你们的？快起来带上蒙蒙走，我看这顿饭也不要吃了。"

黄茜满脸羞愧，奋力支起身子。常伟上前扶她，她甩开常伟自己撑着桌子站起来。她拉了拉衣服，父亲一直希望孩子们在事业上要有成绩，在家庭生活中要有尊严，可自己七仰八叉地躺在地下，不知让父亲多丢脸。

他们来到饭厅，父亲胳膊伸得老长，笨手笨脚地收拾碗筷。黄茜准备上前帮忙，黄教授立即制止她："你们走吧，不要你们动手。另外黄茜，你考虑一下，快放暑假了，人都在家里，我看还是各做各的饭，星期天来聚一聚就足够了。你们考虑一下，先别发表意见……"

"我看这样行！"常伟抢着说，他发现今天的祸惹大了，想说几句话缓和缓和。

"哎？我说先不要发表意见嘛！你们商量好了，通知你妈妈就行了。"黄教授神色威严，说话时始终不看他们。

黄茜紧抿双唇。她知道这下得罪了父亲，但又对父亲不满。仿佛他只看到他们添了乱，根本不顾混乱中她是否受了伤。

黄茜自觉受了伤，但第二天还是挣扎着上课去了。她不能躺倒，躺倒就得常伟照顾，她不想理常伟。这学期的课上完后，黄茜到附属医院拍了个片子，片子出来后医生告诉她，一节脊椎错位，肋骨与脊椎的连接处有裂隙。认识她的李医生问为什么当时不来看，现在已是陈旧性的了，要么手术，要么维持。她问维持是不是一辈子就这么断着了。李医生看着她的眼睛，同情地，但不理解地，良久才说这是最好的，八成以上还要发展，风湿或骨质增生。从医院出来，黄茜充满对自己的怜悯和不平。自己要一辈子“断着脊梁骨”了，没有脊梁骨怎么做人？！

回到家，她便躺倒了。当晚，常伟看见那张片子，沉默地做饭，默默地给蒙蒙洗澡，喂各种补剂，哄他睡了又帮黄茜洗澡。之后，默默地洗衣服，想着心事，没看电视。第二天他就打电报叫他母亲来，他对黄茜说，一方面照顾她，一方面照顾蒙蒙。

黄茜毫无办法。自己一下子就起不来了，饭要吃，学生要考试，蒙蒙要人管，自己也需要人帮忙，这个时候别人家女儿最靠得住的娘家，却起不到一点作用。自从分开吃饭后父母就没来过，他们甚至不知道黄茜受伤，甚至，他们根本就没意识到黄茜会受伤，会和常伟僵持着。没办法，黄茜只能容忍常伟继续小心翼翼地献殷勤，容忍他不征求意见就打电报召他母亲来。他母亲来和她一起起居，她还怎能不理他，还怎么跟他谈离婚——她竟然要他照顾自己养好伤后再和他谈离婚！

躺在床上，黄茜一遍遍想：妇女不从经济上独立就不可能在政治上独立；姑且在经济、政治上独立了，不能在身体上伦理道德上独立，谈独立还是枉然。

## 5

李硕民打电话来，他文雅、整齐的声音从发出的第一个音节起，便像春水样覆盖了黄茜。他说——

我等你的电话等得
心都干了
头发也干了
嘴唇也干了
你给我送来一种
非常珍贵的
情感
（他停顿了一会儿说——）
这种情感
叫作
——思念

黄茜靠在被子上冷汗一股一股从脖颈流下来，当她意识到自己的手在哆嗦，想到自己是断着脊梁骨跟一个“自由的春天”说话时，她把电话挂断了。

## 6

刚考完试，常伟的母亲如期而至，随她来的还有常伟的哥哥和他 14 岁的儿子。小屋里一下充满了烟的气味、汗的气味以及闹哄哄的噪音。他们每次来给黄茜的感官刺激，都使她在他们走后还心有余悸；而他们每次来弄出的新花样，又使自以为做好心理准备的黄茜始料不及。

但黄茜不能将他们拒之门外，这是她的教养，也是她做人的原则。当常母“哗”地推开房门，不言不语，仿佛她在这儿住了一辈子、只是上街买菜回来似地径直闯进来，抬手把黄茜正看的书、杂志推到一边，放上汗津津咸渍渍的人造革包，并毫无陌生感距离感地询问蒙蒙时，黄茜自觉，自己的教养和做人原则那么羸弱、先天不良。常伟哥哥和他儿子站在门口，大人操着乡下人做客的矜持，小孩则亢奋地斜着眼，越过父亲的肩头，看着穿透明睡衣的婶娘。

“你怎么了？”常母说。她对屋里没有儿子和孙子有些遗憾。

“受了点伤。”黄茜不得不起来，不得不当着侄子火辣辣的目光，在吊带睡裙外加一件有袖的短衫。

“那你躺着。”常母挑剔地打量她明晃晃的睡衣，转身招呼大儿子大孙子进来。

常伟哥哥夹着香烟，故意“目不斜视”，因怕被看不起而刻意做出倨傲，跟黄茜打招呼：“休息着了。”他是要说“歇着了”。这位仁兄每一次来，都让黄茜发觉，他实际上比她想象的更让人受不了。

常家人鬼子进村般占领了她的家：把行李放在她的书上，汗毛巾放在她家最值钱的电视机上，人嘛，一排一片地坐在她静卧养伤的床上，方才还盖在身上的雪白毛巾被压在他哥哥的屁股底下。而她自己，则被他母亲“挂”着，被他哥哥“拘礼”地漠视着，被他 14 岁的侄子放肆又无知地盯着。

“蒙蒙嘞？”一边倒洗脸水，常母高声叫道，好像她跟黄茜隔着一个足球场。

“在幼儿园。”即使没有办法保持文雅，黄茜也不会放弃文明。

“这么热的天还上幼儿园。把孩子热坏了。”

常母是埋怨她在家，却把孩子送幼儿园。但黄茜没说什么，说也白说。

“常伟上班了？”常母拿过电视机上的汗毛巾咵嚓咵嚓搓着，一盆水很快变成浓黄色。黄茜赶快把眼睛移到别处。

“妈，你慢点儿。”常伟哥哥不耐烦地低喝。娘的作为破坏了儿子的矜持。

“监考去了。”

常伟母亲迟疑了一下，但知道是做活去了。儿子只要做活儿就比待在家里的儿媳强。

“你妈可好。”

“好。”

“她还上着班嘞？还不退休？”

黄茜知道，常母与其是问候，不如说是表示一种情绪。常母始终认为，华教授是那种贪小便宜丢大事的人。她在家听儿子媳妇们说，退休比不退休一个月少拿百十块钱，一个月挣千把块，少拿百十块把一个家扔了，真是越有钱越小气。见黄茜不说话，常母自以为黄茜嘴短，十分舒心地端起水盆出去了。

“啊，没啥给你们拿的。”常伟哥哥打破沉默地指指地下装得一疙瘩一疙瘩的包。他希望黄茜把那些东西一件一件拿出来，像在自己家一样，没等客人开口，老婆孩子就七手八脚往外扒，主客说着客气话。黄茜没动，也没作声。除非你拿出来她收下，否则，她不会去动那些包。

“黄茜，把火门抽开吧，烧点茶。”常母倒水回来在走廊里喊。

“打开吧。”

“黄茜，火不好，撒点盐吧。”常母说着一只湿手伸进盐罐里。黄茜把脸调过去。

“黄茜，叫你妈给你买个气炉子，她那么有钱给你买个不算啥！”

黄茜觉得这个说法很可笑，她真想笑一下，在别的场合她早笑了。但他们是常伟的亲人，即便下周她和常伟离婚了，她也不会当面取笑他们。她从衣柜拿出门的衣服。她不能穿着睡衣，让常伟哥哥假装正经地目不斜视，让那男孩像窥探自己父母秘密一样窥视她。她拿出衣服发现没地方换，她窝火起来。她去了公共厕所，这种集体宿舍式的厕所要多恶心有多恶心。现在，她却要在里面换衣服。

“黄茜——”常母见黄茜把睡衣和书籍塞进提包，她说话了。

“你们坐吧，常伟一会儿就回来。”

“你哥他们来，有事和你们商量。”

“我去趟办公室，”黄茜撒谎道。她撒谎是不想让他们难堪。“常伟回来你们商量吧。”

“你去你妈家？”人家还不领情，并以当面拆穿别人自得。“不用。我俩和蒙蒙睡床上，他们铺个席子睡地下就行了。”

“你们和妈住这里，我跟前进住招待所。”常伟哥哥说。前进是他儿子。

“住那儿做啥？对付一两天，花那钱？”常母生气地说。一家子都是败家子，有俩钱不会回去盖房子。那招待所有什么好住的。

“不方便——”常伟哥哥恼火地说。他娘快把“底儿”掉完了。

“黄茜穿长裙子睡有什么不方便……”

“你懂什么！”常伟哥哥低喝道，常母闭了嘴。

“你们在这儿吧。”黄茜轻声淡气地说。她的家一下子成姓常人的家了，只有她一个外姓人。常母虽不姓常，但她的做派哪点不向着姓常的。

“哎，黄茜，打扰你了——”常伟哥哥客气地说。

“你们想吃什么做什么。”黄茜拎起包，挡住常伟哥哥不痛不痒的客气话，“下午让常伟去接蒙蒙。”

“我们去接，我们去……”常母热切地说。看来他们并不希望她在场，在他们“有事要商量”的时候。他们爱怎么商量就怎么商量去吧，黄茜想，等他们商量好，她和常伟可能就离婚了。离婚在她心中，不是过不下去那么强烈，但也不愿放弃；她感到，真要发生还很遥远，但心中一直期待着。

黄茜先去了趟办公室，把学生的卷子和分数交到教研室，再看看有没有信件。自从那个电话后李硕民再没来过电话，她想过去个电话，但没有清静的环境和心情，或者说，她明知道那是一个怡人的情感花园，但她不是阳光下的蝴蝶，不能从容地徜徉其间。她觉得自己像打春后窖里的萝卜，还有一层光亮的皮，里面已经糠了。

李硕民的邮件果然在桌上，一份长达40页的大纲和几本划了红线的杂志参考书。李硕民几乎替她写好了论文，只需把划了线的内容充实进去，便是一篇非常漂亮的论文。大概顾及黄茜的自尊，李硕民没就论文再说什么，他只用漂亮的字写道：

昨天散步我看到两只燕子，一只追着一只在

绿锦般的水田上滑翔。

它们勾头回望的神情让我想起少年时所见的

燕子和那时候看到燕子时对爱情漫无边际的畅想。

我整个少年时代都游手好闲，游荡在对爱情
的惬意遐想中。但至今没感到切身的幸福。
昨天的黄昏，田园的气味和湿润凉意的空气
拥挤着我，这个年龄，能自由回想少年时对爱情
的渴望，竟使我幸福得麻木了，有一刻我担心会
睡着在田边。
现在，写这些字的时候，我能自由从容地对
您说出“爱情”、“幸福”这些光明得难以启齿
的字眼儿，这使我一个下午什么事都不能做。我
都动摇了，我想给您打电话。

黄茜把这张很白很挺的信笺锁进抽屉里，心紧张得跳不动了似的，面部的皮肉都麻木了。

## 7

黄茜打开父母家的门，屋里灰蒙蒙的。母亲越来越不愿把时间用在做家务上，却也不愿请个保姆。她自认为处不好“主仆”关系，“我不可能不对他平等，但一平等他就放肆”。她处得最得意的就是师生关系，夫妻关系、母子关系都是师生关系的延展。

父母各自关着房门，黄茜以为家里没人。她伸直两腿靠在沙发上，大脑疲惫而空白。大约过了 10 分钟，一路的酷热和李硕民来信引起的酸楚缓和许多，她想趁父母不在睡上一觉。现在，一个人安安静静睡上一觉变成不可期遇的幸福。她起身换了拖鞋，轻轻走进自己房间，刚关

上门，就听见母亲房门“嘎”的一声响，黄茜登时屏住气息。她不知自己一声不响待这么长时间是不是对父母的冒犯，如果父母有什么惬意被她听到了，她会更不受欢迎。

她不好意思向父母抱怨常家亲戚三天两头对她的扫荡，也不好意思抱怨住房紧，经济拮据，任何风吹草动那个小家庭都吃不住。一旦抱怨父亲立即会直指问题症结——她为什么不听劝告非要嫁给常伟。常家的状况在结婚之前她就是知道的；常伟无能，升不了副教授，当然要住这种“转不开屁股”的房子，也当然会受穷。父亲这样说倒不是看不起常伟，常伟怎样是常伟的事，父亲看不起的是黄茜没出息眼界低。“你选择的，你就要承担。”有了父亲这些话，黄茜对自己的窘境只有遮遮盖盖。

“我听见开门声以为是你爸呢。”母亲声音干涩地说，“常伟说你不舒服，好了没有？”

“好多了。”黄茜希望母亲能深问几句，她就可以撒个什么谎，在这儿清静几天。黄茜经常撒一些谎让父母安心，特别是在自己家庭生活上。一个谎言堵另一个谎言，父母也许根本不知道她过的什么日子。

“妈，他们家来了几个人……”母亲没继续问，她就只有主动开口了。“一屋子男的，我回来住几天。我一个人。”

“回来嘛。”母亲那么随便地，仿佛没发生过那场不愉快地答应了，黄茜高兴起来。“爸爸呢？”得到母亲恩准，她又有了让父亲首肯的信心。

父亲书房门关着，黄茜想了想觉得还是老实点儿，别惹父亲讨厌。她敲了敲，里面没应，又敲了敲，回头看母亲，不正常地对母亲挤眉一笑。“没人。”她边说边推开门。父亲不在，但冷气开着，翻开的书、稿纸和蘸水笔静静承受着清凉。

冷气的吹送和父亲不在家的窃喜，使黄茜又轻松一节，仿佛没了跟常伟的别扭，也没了常家亲戚的骚扰，几乎算是快乐了。

“茜茜，你没回来这几天，家里发生了大事。”母亲突然说，声音里有股张力，眼睛射出热烈的光芒。

“怎么了？”黄茜咽回刚刚泛出的那点儿喜悦，“你和爸爸吵架了？”她终于发现，从一开始，母亲的神情就是抑郁严肃的。转而一想怎么会呢？爸爸和妈妈？他们虽常常争得脸红脖子粗，但什么时候真正吵过架呢？就算吵了，要不上半天他们又会瞌睡遇枕头，凑在一起了。

“茜茜，你都想不到，你爸爸，这么个著名学者，这么个教育界权威，他，茜茜，你说他恶心不恶心！”母亲激愤地喊道，捏笔的手因用力过度僵直了，笔掉在地板上。黄茜忙扶母亲坐到沙发上。

“他可以不顾惜我，这么一把年龄了，却不顾惜自己的名声，自己的地位，也不顾惜这么大的一双儿女——越老越没廉耻了！”

不用说黄茜也知道发生了什么。但她没料到，自己的父亲竟然也会发生这种事；没料到她的父母——那又是怎样风花雪月，同舟共济，患难与共，相濡以沫铸就的关系——竟也会出现危机。她脑子空了，或者说，面对这个事实，她懵了。

“茜茜，我不会饶恕他！这次我坚决不饶恕他！”

黄茜昏然地看着悲愤的母亲，看着她青黄的脸，冒着黄焰的眸子。这次不饶恕，那么说还有过一次或几次，也就是说，连父母的关系也掺杂着水分和虚伪？这个世界真是臭不可闻。

弟弟被商品经济牵着鼻子走了，常伟终究不是她家的人，况且她还要跟他离婚。母亲，这位属于她那个年纪的成功女性已经乱了方寸，那么这件事造成的精神压力，除了母亲，就只有她承担了。真恶心，女儿为父亲处理这种事。

“是谁？”她的声音从喉管发出。

“那柳梅竹。”

那个父亲的女研究生。白皙的脸，戴副金丝边眼镜，很长的腿，总穿件灰色时装西服。黄茜像中了弹，没出征，自己先负了伤。

“到哪一步了？”黄茜尽量压抑声音中的虚弱。

母亲捉定她的眼睛，凝视几秒钟，然后站起来，以她年纪不相称的快步回到自己房间，出来时，手里拿着一封信。

信封是三角封口的，进口铜版纸，三色套印徽记和地址。徽记是两朵并立的梅花，瓣叠瓣，蕊连蕊，这是父亲黄临梅和柳梅竹的专用信封，这套叠双梅是他们心心相印的见证！黄茜一阵虚弱，想那柳梅竹一个学国史的，追随一个导师从本科一直读到博士，他们之间产生爱情太不出意料了。这是一个同龄人对自己父亲的爱情，她能指手画脚什么呢。但母亲是他们爱情的受害者！就在身边，惶惶不可终日地盯着她，希望看到她的反应。她不得不忍着一阵强似一阵的眩晕，在母亲逼视下，展开信。

信笺上同样印着双梅徽记和他们的地址，哗啦哗啦风卷绸缎般的声音，透着“牢不可破”、“坚不可摧”的味道，拿着它，黄茜相形见绌。自己从没这么高雅、奢华过。相比之下，自己的爱情粗制滥造。

信竟是写给父亲的。黄茜吃惊地看母亲，她以为是柳梅竹给母亲摊牌。

“收发小童路上碰到我，说黄教授一封信忘了投，准备再跑一趟，看见我就给了我。”母亲艰难地说，“我看信封上有英文，回家就戴上眼镜想仔细看看。一看，落款竟是你父亲的研究室。一个单位给一个单位的人写这么长的信太不正常了，而且这信封太精心了，精心得什么心事都在上面。茜茜，妈妈不是鸡零狗碎的人，但我有过一次教训，那是生你弟弟时，我不方便，家里又拮据，你爸爸承受内外压力，我可怜他原谅了他。但现在，是另一回事了。我就打开了，我还为私拆信自责呢，他，却让柳梅竹怀孕了！柳梅竹还一定要把孩子生下来。”

黄茜托着信，信的称谓是“黄教授”，一个把情人称为“教授”的女人的信，黄茜不想读。她的胃开始痉挛。她同情地看着母亲，但说不出一句安慰话——她是她母亲，又是位德高望重的教授。她对母亲的尊重，使她不能把母亲当成弱者。这就是她家类似事情难办的地方。在别人家，也许儿女们一哄而上，就把父亲的“贼胆儿”吓破了。

“他知道吗？”这时，她叫不出他是父亲。

“我揭露了他！”

“信也给他看了？”黄茜心中有个模糊的东西，她要剥离它，抓住它，让它给自己指明方向。

“还没有，我等待他反驳。如果他胆敢撒谎抵赖……”

黄茜突然想起常伟常讽刺她妈妈好像生活在真空。母亲这语言多文绉绉、书呆子气呀。

“不，妈妈，别让他看信，”黄茜觉得在一步步接近那模糊的东西。“不要让他知道——”黄茜脑子里嗡嗡乱叫，“不要让他知道柳梅竹怀孕了。”黄茜猛地向前一扑，在那模糊东西即将溜走之际，抓住了它。文明的事，要用粗野的办法解决。文明对文明，一种文明就要向更高的文明妥协。谁能说连绵10年的爱情，相对于平稳的、几十年的夫妻关系不是更高的文明？反正，以黄茜和母亲的学识，她们不会否认，只是，当她们自己是受害者时，不愿接受罢了。

“千万不能让他知道柳怀孕了，”黄茜感觉思路有点清楚了，“也千万不能让他知道你已经知道柳怀孕。”她把信折好。

“她在哪儿？”她眼前浮现那个穿灰色时装，戴金丝边眼镜的女博士。心想，这次要对不起她了。她有些愧疚，但想到母亲干灼的目光，哪一个更人道呢。

“在上海。他们的合著出版，她去校对。”

“她的博士不是已经通过了？” 、

“5月底就发证了。她没走，说要等合著出版。我从没多心，他们却……”

“妈妈，”她打断母亲，“她分了吗？分到哪儿？”

“留校。不过上海社科院也要她……”

“动员她，让她走。把胎堕掉。”

黄茜的声音也像常母，仿佛失去了女性的柔软。什么样的女人才会发出这种声音，黄茜有点儿明白了。

“这事——”她停顿了一下，想了想，“我出面。”

听到这话，母亲一下子流露感激的神情。像母亲这么大智大勇的人也落得这田地，可见人生无常。

“妈，你要避免再和爸爸正面冲突……”

“我不会原谅他！”

“妈妈！”

母亲显然没想到女儿会打断自己。黄茜咽了口唾液，压了压情绪：“你不原谅他，又能怎样？不原谅正好让他投奔柳梅竹，也许正好称他的心。”

“那就离婚！”

“你都快60了，离什么婚？你们又不是没有感情基础，‘文化大革命’这么艰难都挺过来了，到老了，离婚了？”

“他，竟然愚弄我……”

“妈妈，”黄茜伤心地摇摇头，“别说什么愚弄不愚弄欺骗不欺骗。有忠贞的爱情，几乎没有忠贞的婚姻。要论欺骗愚弄，那是普天下一张网，不被框住只是极少数。”黄茜又一次伤心地摇摇头，“现在的婚姻，不是说他是否欺骗过你，而是看你还想不想和他继续在一起……”黄茜伤心地打住。她再说下去，母亲要崩溃了。

“感情变质了，还维持什么婚姻……”

“离婚只有你受损失……”

“我损失什么，我有事业，我有追求，我有儿女和我做人的尊严……”

“妈妈，”黄茜再一次激愤地打断母亲。她说起话来，简直像25岁的少妇。“妈妈，你都快60了，即使有了这一切，又能怎样呢？当你为了尊严和他离了婚，你就平衡了？”

“他不会平衡。”

“他不平衡就能代替你不平衡？即使他什么都没有了，名誉、地位、儿女，但如果他们两个真的是爱情，对于像他这样的人，不是什么都有了？”

眼泪溢出黄茜的眼角。她既对父亲愤慨又为母亲不平，同时又为自己痛惜。今天对母亲说了这番话，以后再怎样面对李硕民和他的情感？

母亲的眼泪也流出来，为自己这种丢人现眼的事让女儿为难而难过。她恨丈夫，也恨自己。

“那就纵容这种虚伪，继续生活在虚伪里？茜茜，你知道妈妈内心有多清高……”

“我知道。但，你要清高，丢的是尊严。他的声名如日中天，学术界德高望重，谁会把他离异一个年老妻子看作是妻子的清高和自尊！这么个社会氛围，他做了，也许非但没有名誉扫地，反而更添光彩呢！那个柳梅竹又不是多差的人。人们也许会对他们近 10 年的师生恋大唱赞歌呢。妈妈，你想想，亏的，没面子的，失落的，不还是你，你要那清高有什么用？”

母亲脸色苍白，目光呆滞。即使她接受再完整的唯美教育，也会认为女儿的话有道理。

“那就这么窝窝囊囊，像个没文化没地位的旧式妇女？”

“妈妈，事情已经这样了，就要承认现实。”

“毫无尊严地活着？”

“还有最后的尊严可以挽回，那就是沉默。蔑视他，以养育儿女的身份蔑视他，以无视他们男盗女娼、苟且偷欢的行径蔑视他。让他感到，你对他、对他们的关系不屑一顾。让他感到你的尊严，让他为自己羞愧。”黄茜昂起头，像要发动一场战争那样，下定了决心。

“妈妈，千万不要让他看出你的妥协和不安。从现在开始你不能松一点儿劲，用你的全部聪明才智，争取最后的胜利。剩余的事，由我来做。”

黄茜坚定地一句一句说完，慢慢坐回沙发。

## *8*

母亲回自己房间去了。她看上去有了点儿信心，至少，黄茜对她的同情和对父亲的谴责，让她有了些信心，她回卧室继续校勘译稿了。

母亲把房门“嘎”地碰上，黄茜木然地靠回沙发，一种难言的痛苦和激愤充斥了她的心。母亲的处境就像离婚案里的原告，打输了官司是输，打赢了还是输，无论输赢，一个耗尽大半生心血的女人，能在这样的官司里取得实际意义的胜利，那才是天方夜谭。在这样的对应关系中，女人，只要开始，就输了。

那么自己呢，自己和常伟这场离婚官司如果打了谁又是最后的赢家呢？女儿和母亲一起离婚，也新潮得太离谱了！即使能在离婚官司里占天大的便宜，现在这种情形，她只能放一放。温良恭俭让，母亲第一。

午后两点半，黄茜醒来，听见父亲的门像往常那样响过，接着是客厅门响，父亲去他的研究室了。从关门声听来，父亲没悔意，不打算向母亲赔罪，那么，父亲是等着母亲发作了。发作的结果是什么？离婚？这房子是分给父亲的，如果离婚，只有母亲走了。这么一个小老太太，大半生都过完了，却突然没有家了。不仅没有家的内容，连家的形式也没有了……泪水又一次涌出黄茜的眼眶。

接着，听见母亲开门的声音，很轻，很小心，也许怕吵醒她，也许是害怕了。自己上午的话肯定让她万念俱灰，而且把勇气摧毁了，她恐怕不能做到蔑视那对狗男女，而是像这个年纪的妇女遇到这种事情常表现的那样，委曲求全，赔着小心。这样父亲也许不会走，维持现状，但从此蔑视母亲。母亲也从此没了尊严。黄茜“腾”地一下子坐起来，脊椎折裂处一阵刺痛，她不得不又躺回床上，扭着身体，让伤处适应身体的自然弯曲，然后慢慢下床。

黄茜打开门，母亲一手夹着笔，一手端着一杯白开水。她果然全线崩溃，那么衰老、可怜地轻轻走着，像一个影子。

“妈妈，”黄茜盯着母亲，认真且充满感情地说，“你一定要挺住。”

“茜茜，我恐怕……”母亲的泪下来了。

“妈妈，你怕什么？有我和弟弟，爸爸他不敢怎样。否则，他别想有一天安静日子。”

“可是，像你说的……”

“妈妈，现在还没撕开脸还有救，你保持沉默就行了。他终归是公众人物，他不要自己，别人还不让他不要自己呢！妈妈，你一定要拿出平时的风范。他现在是偷偷摸摸，不敢怎样。我要让他清楚，他只要敢走那一步，就是我，也要让他身败名裂。”

母亲定定地看着她。黄茜发觉母亲看自己时目光中的陌生——她对自己也陌生。这不是她家的风范。但有什么办法呢，讲风范，就只有让母亲年近60突然没了家。她对母亲说出去走走，别闷在家里。见母亲踌躇，她又一次诚恳地看着母亲，那是母亲对儿女才有的、充满感情的目光。母亲看到了有些感动，但避开了。她踌躇地说出去干什么呢，黄茜说买两斤面粉吧，我们晚上包饺子。我们就是要让他看到其乐融融的家庭生活，比偷偷摸摸好得多。

“你都快成阴谋家了。”母亲不自然地一笑，转而又说，“你上午说的那些，是不是你和常伟……”

“妈妈，你想哪儿了？常伟他敢！如果有，也是我不要他。”

“谁也别不要谁。平稳才能发展。把时间精力都用到这上面，还怎样实现人生的升华。什么都是虚的，自己的生命和生命价值才真正属于自己。”母亲不自然地一笑。这可能是她一中午的思考，或者是大半生生活的体会。黄茜尊重这种来自生命深处的体会。

母亲走后，黄茜立即动手拆电话。她把客厅的外线装到自己房间，然后把父亲房里的副机听筒装上干扰器——弟弟教她的，而且她知道弟弟那些稀奇古怪的元器件放在哪里。她想起母亲那句“阴谋家”，她不仅觉得自己是阴谋家，而且是卫道士。

刚拆装好，大门有钥匙转动的声音。黄茜一惊，虽然一再告诉自己捍卫的是母亲，但还是像做了贼似的。她深吸一口气，用力坐在沙发上，一副摊牌的样子。钥匙转来转去打不开，黄茜突然想起自己在里面加了保险，只好站起来去开门。开门的一刹那她有点胆怯，对面是一向尊敬的父亲，她还敢那样说话吗？

门开处，是常伟。黄茜差点儿没一下放松昏过去。

“腰怎么样了，黄茜？我中午准备来呢，考虑到爸爸妈妈……所以……”常伟在表述时常省略关键的、难表述的，停顿一下就省略了。黄茜讥笑他教出的学生，大学本科毕业最多只能达到中专水平。

“没想到我哥会来。他们想找黄赛看看有没办法做点生意，过两天就走。”

“他们走了又怎样呢？我和你睡在床上，旁边睡着你妈。老太太不知得意成什么样呢！”

“黄茜，你也有这种意识？”常伟讨好地笑着说。

“我说的是你妈的意识。她回到村里，可有龙门阵好摆了，她在城里的儿子可是威猛呢！”

“说什么呀，哪有的事。”常伟支吾道，但他清楚的确会那样。村里妇女们在一起，年轻的吹丈夫，年老的吹儿子。母亲有一个在城里读完大学又教大学生的儿子，不知吹成什么样呢。摊上自己这个家，连工厂的小工人都要委屈，别说黄茜了。他心中泛起不忍。

“你先住这儿也行。”他难过地说，“放假后我去社调，你再回去。”

“你们想怎么闹就怎么闹，只要把蒙蒙看好。他要是生病了学野了，我找你。”

“那你放心。”常伟讨好地笑道，弓身托着黄茜的背让她靠在枕头上。要么爷要么孙子，黄茜最讨厌这种习气。但今天，她压抑了呵斥的冲动。

“管好蒙蒙。谁也别来。让我好好休息几天……”她疲倦地说。凭良心说，常伟对她不错。先把父母的事摆平，自己的事以后再说。

## 9

常母有很多“名言”，最著名的三句是：①常伟，你买电视机干啥，那都是玩的。有玩的钱，不会给你哥盖房子？②常伟，你买冰箱干啥，菜冻冻再吃，吃出肉味儿了？有这胡花的钱，不会给你弟娶媳妇？③常伟，我只当你哥是败家子，你有点儿出息上了大学好一点呢，你比你哥还败家子。

相比之下，常伟哥哥的“名言”则是一个程式的，也就是以不变应万变。就是：月初不管用什么办法要走一二百，月底又来要。问及，逼得没法，答曰：打牌输了。斥之，脖子像鸭子般勾起，急嚷：你当兄弟的总不能眼看我让人家打死吧！

常母这次携子孙来，不知是为了印证哪条“名言”。他们叽叽咕咕商量几天，突然呼啦一下都走了，倒让黄茜吃惊不已。这么好的事让她感到远处还有更大的危险。但她没精力多想，管他呢，想怎样就怎样吧，她做出大家闺秀的姿态跟他们撕拼够了。当家里只剩常母、蒙蒙和她三个人时，黄茜长舒一口气，心酸地想，总算能安安静静侍候她的论文了。

但，她不知怎样处理李硕民给她的提纲和材料。就这么老着面皮用了？那跟剽窃没多少区别，这不是黄茜所能干的；如果不用，自己又能写出什么？那叫“成就”的东西又在哪儿？她连往哪儿下手都不知道，还怎样接近？“成就”是块心病，她必须不遗余力向它靠拢，即使最终什么都没有。她要给父母争气，或者看上去正在给父母争气。要不然，她觉得父母的心会很苦，会感觉一生不完善。也就是说，她要用半生的努力去完善父母的一生。这是她的宿命，她无法抗拒。

黄茜坐在办公室里，两滴清泪慢慢溢出眼角。她拿起电话拨通李硕民，当对方整齐、文雅的声音传来，黄茜气馁了。这么好听的声音让她羞愧，她一句话没说放下电话。她用了最笨最无能的办法：掷硬币。

硬币掷出去了，是正面，也就是“用”。黄茜捏着硬币，脸皮都麻木了。她决定再给自己一次机会，如果假期结束前实在写不出，再用李硕民的材料。这个决定让她稍稍轻松些。

## 10

黄赛从海南回来了，牛气哄哄的。他现在越来越神出鬼没，赚起钱来出神入化的。他那个翻译公司好像已经不限于翻译了，否则，跑海南干什么。但黄茜没工夫考究这些，无商不奸的，他既然从了商，“奸”是不可避免的。虽然父亲一再教导黄赛什么“实业兴国”，“当事业来做”，黄茜只给弟弟一个告诫：别叫法律的绳套住！黄赛说，黄茜这句话还像个 90 年代人说的话。言下之意，她说的其他话都是父母 50 年代“古典”、“唯美”语言的翻版。

“怎么了，气氛像要倒闭似的。”黄赛一副南部沿海高级打工仔的打扮，仍然喜欢围着母亲和姐姐喋喋不休。在父母这件事上黄茜真想有人帮她，便正色说：“黄赛，你已经是大人了，咱家的事你应该知道。”黄赛夸张地把手举起来：“吓，姐，你怎么跟李奶奶似的。”黄茜也觉得自己跟乡下大嫂似的，但有什么办法呢，人就像茶叶，生活之水一遍遍冲淘之后，就成渣滓了。她苦笑一声：“别闹，跟你说正事。爸爸和他的女博士有染……”黄茜话至一半停住了，她料定黄赛会一窜而起大发雷霆。儿子对父亲这种事多这样。她不敢一下子说完让黄赛无地自容。黄赛收起玩笑，阴郁地看她一眼，然后低下头，良久不作声。

“你怎么不说话？”黄茜吃惊地看着黄赛，他的表现太出她意料了。“我早知道。”黄赛嘟囔道。黄茜差点儿没跳起来。

“你早知道为什么不说？”

“说了怎么样，让妈妈生气？妈妈那么高尚的人哪容得了这种事。”

“不说就不生气？”

“不知道还生什么气。”

“黄赛，你就这态度？”黄茜眼珠突了出来，她上身倾过去，怒向黄赛。

“不这种态度还能什么态度？”黄赛换了一只脚，靠在桌边。

“那可是爸爸妈妈！”黄茜嚷起来。

“正因为是爸爸妈妈你才没法办！”黄赛也嚷道，“说开了妈妈不好受爸爸好受不了。还能怎样？难道拆开他们？”

“当然拆开他们！”

“算了吧黄茜！你要是心平气和去看，就不能说那女孩儿呕心沥血的不是爱情。她使爸爸已经停滞的事业又突破性地向前推了一大步。可以说，没有这个柳梅竹，爸爸这五六年就不可能迈进史界大家的行列。你没看见这几年老爷子发自心底的幸福感吗？”黄茜愣住了，她没注意这些，她连自己都顾不了，哪有心思关注别人。

黄赛说的也许是真的。“这种至诚至性、延续10年的关系你去拆散它？你有良心没有？拆散他们，妈妈也许得救了，爸爸可能一蹶不振。”黄赛继续情绪激烈地说：“你和妈妈一个类型，不顾一切地拼呀拼呀，拼来的‘棒子’丢了一路，落下的只有手里最后一根‘棒子’。这根‘棒子’就是你们自己。辛苦一路只剩下自己，你们不绝望才怪。”

“但是，我们就看着不管？”黄茜有些犹疑。

“妈妈真可怜，但可怜也没办法，维持吧。”

“维持不下去了。妈妈已经知道这件事，而且柳梅竹怀孕了，她坚决要把孩子生下来。如果孩子生下来，爸爸不可能不管她，那么，爸爸妈妈只能离婚。妈妈这么大年纪离了婚怎么办？搬出去住招待所？那不要老太太的命！妈妈那心性，让她落到这田地，她宁可死！”

黄赛又看一眼黄茜，眼神阴郁。他转而把眼睛投向窗外，黄茜看到，他投向窗外的目光是锐利的。“这倒是个问题。他们离婚，咱俩连家都没有了。我不可能在那漂亮妞跟前晃，更不可能让一个襁褓里的小孩儿做我弟弟……”

“黄赛，你怎么考虑起自己来了，我们要考虑的是妈妈……”

“那是一样的。你考虑妈妈我考虑自己，结论都是不让他们离婚。”

“你真令我吃惊……”黄茜瞪着眼睛说。

“姐，你这句话就像19世纪法国上层沙龙女主人。你一会儿像乡下大嫂，一会儿像贵妇人，真让人受不了。你要出去再谈恋爱，一准比现任姐夫好。”黄茜又气又恼，最后还是笑了。

“怎么办呢？”黄赛多少有了点正形。

“咱们商量商量？”

“不！”黄赛正色说，“我只做你的打手，不与你同谋。我还没迎来自己的灿烂爱情呢，给别人使坏，我怕遭报应。”说着他就嬉皮笑脸，“我可以跟你们统一立场统一口径，有什么场合需要我站你们一边的我就站，但我不跟你同谋。那个漂亮妞儿真可怜，干嘛要生下孩子呢？相爱就相爱了，要什么孩子！没劲！”

黄茜看着弟弟，心中生出怜悯。对柳梅竹，对父亲，也对自己。现在，她一点点扼杀柳梅竹的爱情，就好像也一点点扼杀自己还没有萌生的爱情；她用什么恶劣手段对她，也许有一天，也会有人用同样恶劣手段对付自己。黄茜打个冷战。如果不是黄赛在，她真想哭一场。

黄茜准备在父母结婚纪念日上做文章。这是个契机，她要以此为突破口，势如破竹冲过去，撕开虚伪的帷幕。

她让黄赛请来工匠，把家里墙壁“喷塑”一遍。不顾父亲的不耐烦，又把他的书房装修一下，添了两个直顶天棚的大书橱。整理的结果是那张床没地方放了，挤进母亲的卧室。母亲的书房兼卧室当然也要整理一下，换了新窗帘，增加一道洋红色的帷幔。帷幔一落，起居分开。虽然还是各用各的台灯，各看各的报纸，但想要“清静”是不可能的了。

黄赛瞪大眼睛说：“黄茜，你教书太屈才了。你复杂得赶上政府干部了。这套娴熟手腕，当个省市妇联主席富富有余。”母亲也帮腔说：“我看茜茜也快成阴谋家了。这套把戏，我们家的人做不来。”黄茜和黄赛大眼儿瞪小眼儿。她这样，是为了谁？

黄茜又打上海的114，查到出版社，找到责编，进而找到柳梅竹。

柳梅竹接到她的电话很惊讶，她好听明亮的嗓音像鸟鸣一样婉转流畅。有一刻黄茜都气馁了，但想到母亲黄麻纸样的脸就硬了心，把想好的话一拨一拨送出去。她说，某日是父母结婚30周年纪念日。父亲为表达对母亲30年如一日操持这个家的感谢，要送母亲一块罗马表。她说30年前父母结婚时，父亲曾把祖父那里继承来的罗马表送给母亲。30年的世事变迁，那只罗马表一直走着。现在父亲要送一只新表给母亲，让它再走30年。所以，父亲请柳梅竹在上海，给华教授物色一块罗马坤表，并希望在结婚纪念日之前收到。同时邀请女弟子参加庆典。黄茜像流水线上的打包机，一批一批地把事先想好的话投出去。当她上气不接下气地说完，已经搞不清自己说了什么。

黄赛靠在床上翻书，见黄茜放下电话，便把书合上。

"黄茜，你无聊不无聊。"

黄茜一手擦着额头沁出的汗珠，一手弯到背后捶自己的背。一个脊梁骨被丈夫敲断的女人哪还顾自己无聊不无聊。她站起来冷漠地说：

"我不无聊谁无聊！"

"你这样累不累呀！"黄赛毫不掩饰鄙夷，穷追猛打。

"如果不是我累，就是妈妈累！女人不能总吃亏。"说到这儿她又想到自己。这一句好像是给自己听的。

"喊！有没有搞错！柳梅竹不是女人？"

"少用你那东南沿海鸟语！我管不了那么多女人！她吃的亏让你父亲替她内疚吧。"

"喊，爸爸成我的了……"

"都是你们这些狗男人干的好事！"黄茜大吼一声，凶狠地瞪着黄赛，一滴青光迸溅的泪珠从眼角溢出。黄赛快快地靠在床上，不敢再惹她。

姐弟俩忙乎了三周的黄教授、华教授结婚30周年纪念活动，终于在表面热热闹闹、其实心怀鬼胎、每个人也知道别人心怀鬼胎的不尴不尬的气氛中结束。柳梅竹及时从上海寄来罗马表，黄教授在孩子们的起哄声中为华教授戴上了。黄赛伶俐，赶忙凑上前讨要那只旧表。他肉麻地说那是父母爱的见证，自己是父母爱的结晶，“结晶”希望得到“见证”，让自己一生一世记住父母的养育之恩。华教授脸上笑开了花。黄教授也笑着附和说，传下去吧传下去吧。黄赛拿到表，说，这几天忙乎也不是没有一点收获。

狠狠美餐一顿后，黄教授趁书房只有黄茜，严肃但谨慎地对她说，他看得出儿女的苦心。黄茜背过身，边收拾书架上的小零碎边嬉笑说，算什么苦心呀就算孝心吧。黄教授看她一眼，思忖了会儿，谨慎地选着词儿：“茜茜，那件事你不要管，我会妥善处理的。”黄茜扭回身，笑容明朗地问：“爸爸，什么事呀？有什么难办的事，我和弟弟帮你办。”她眼珠一转，咯咯笑起来，说：“爸爸，你发现没有，黄赛一股子小商人气，世俗得很呢，简直一副黑白全通的架势。有什么难办的事交给他，恐怕比我们办得好。”说完又咯咯地笑起来。

黄教授笑着看着她，看出她的花招，但找不到反击的契机。同时，他受的教育使他做得出说不出，特别对子女说不出。他思忖良久才一字一句说：“我一直以为茜茜很单纯的……”黄茜看出父亲正在寻突破口，要用他的优势打她的弱势，连忙挡住，笑容可掬但内紧外松地说：“爸爸，我都28岁了，不可能像10年前那么单纯。”她看了一眼父亲，收了一点笑容，“同时，我们这代人更早熟，更世俗，也就更坏一些，不像你们年轻时那会儿……”说着她又笑起来。她觉得这已经够了，像父亲这样胆识过人的人不可能不明白她的意思。她希望父亲“自觉革命”，这样对谁都好。她出去了，在客厅里大声起哄：“妈妈，你和爸爸偏心眼儿，还有这样重男轻女的……”华教授笑着说，“我从来不重男轻女，我自己就是女的，怎么会……”“那你为什么把爸爸给你的结婚信物给黄赛不给我，我好歹是长女！”华教授又认真起来，她老是听不出弦外之音。“这怎么能说我不给你呢，要我说谁都不给，自己的结婚纪念品自己保存，要不是你爸爸说传下去，我……”

黄茜和黄赛相视一愣，旋即大笑。黄赛直嚷：“谁让你不抢呢！”黄茜也跟着嚷：“噢，谁抢到手就是谁的呀！”

“那可不，商品社会，手疾眼快就是财富！”

“去，去，去，又来了，铜臭气！”姐弟俩笑成一锅粥。华教授则为自己的结婚信物被孩子们“抢”来“抢”去痛心不已。

## 11

黄茜接到一个电话，下午 5 点钟来的，正是热暑始退，凉风吹送，外面的阳光呈金红色的时候。电话里没人说话，由远及近飘来歌声：

你知——不——知道

你知不——知道

我等得花儿——

已凋了

这是今年最流行的歌。黄茜从学院大喇叭里听过，也从学生那里听过，却从没有这感觉：歌者唱得心田都干涸了。她立即想到“心都干了”这句话，头皮和整个后背都麻木了。当常母以为是常伟的电话，站在一旁等着说上两句时，黄茜把电话挂了。

她有种心跳过速快要昏过去的感觉。她知道人世间有这种拧拧绕绕浪漫如诗的感情，但从来没想到就针对自己。黄茜现在悟出一点：爱情像做西北拉面，面和得时间越长，反复抻拉的次数越多，最后拉出的面条就越长越劲道。而大多数人好赖把面揉两下，制成形状就下了锅，结果，不是一盆糨糊，就是虽算面条，但食之无味，弃之可惜。她觉得她的婚姻就是这样，她甚至以为多数人的婚姻都是这样。但这个暑假，她同时看到父亲延续10年的爱情和李硕民“花园样的情感”，然而这些都是婚外情。也许正是由于婚外情才使它们如此绚丽，经久不息？如果它们殊途同归指向婚姻的话，还会有这份绚丽吗？这想法如当头一棒，黄茜塌陷下去。

常母见她挂了电话板着脸说：“常伟来电话莫事不让我说两句。”她说：“不是常伟的电话。”常母提高声音：“怎个不是常伟电话？我听见是男人说话。”她说：“是男的就是常伟？”常母脸板得更紧了，扔下手里的菜盆，牵着蒙蒙出去了。她靠在床上甚至笑了一下，等自己跟常伟离婚，她才生气呢！

## 12

前两天下雨阴湿，背上的伤隐隐作痛，黄茜知道是受凉了，并且知道这样下去会风湿。但知道归知道，并未采取措施。她没时间，没闲心静静养着，只能以漠不关心的态度任其发展。今天又热了，太阳扣在潮湿的空气上，捂沼气似的。一边大汗淋漓一边不能吹风扇，黄茜在教研室煎熬一天，回到家快散架了。

刚进门，蒙蒙就挤过来，偎在她身上。

“妈妈，你是不是不要我了。”蒙蒙撇着嘴，稚气地问。

“谁说的，妈妈怎么会不要你。”黄茜尽量堆出笑。今天，她连笑的力气都没有了。

“奶奶说的。”常母听见蒙蒙这么说，忙勾头，端个水盆出去了。黄茜见老太太慌慌张张躲出去的背影，想了想，轻声说：

“别瞎说。妈妈怎么会不要蒙蒙。”她这样说是想就此打住。常母不过发泄一种情绪罢了。

“不是瞎说，奶奶跟张奶奶、刘奶奶和小微妈妈都说了。”

“好了，蒙蒙，你是妈妈的孩子，妈妈不要你要谁？”黄茜想结束这个话题，做结论地说。

“奶奶说，你不要我，她要我，带我到小常村去。妈妈，我想去小常村。”

黄茜意识到问题严重。这种恶毒教育，给孩子的只能是摇摆不定，投机取巧，见风使舵。她推开蒙蒙站起身。

“奶奶说，你给男人打电话，是水名幺姑。”水名幺姑是常母街坊的老婆，卖假金货还嫌赚得不快，干脆做了婊子。两年就修起来一座四层楼，让小常村的女人既唾弃又羡慕。黄茜收起脸色来到水房，有几个人在那里洗米洗菜。

“你来一下。”黄茜正色地对常母说。

洗米洗菜的都回头看她，见她面有愠色，又回头看常母——她的身架塌陷下去，整个人弓着，苍黄的脸抹直了，一副苦相——偷偷交换眼色。黄茜不管什么眼色，她已被说成是水名么姑还管谁的眼色。

常母佝偻着，她显然意识到篓子捅大了，后悔自己嘴坏。她总是在一时得意忘形，一时又天塌地陷中过日子。黄茜被但等下文的人们看得发窘，只好放下一句："你快点儿！我有事问你。"说完转身回屋了。

水房传来老妇人泼野的哭声，接着是年轻人的喊喊喳喳。黄茜听见这烟酒嗓子的哀鸣，大脑闪现的不是此事的后果而是想笑。好呵，教授女儿也会虐待婆婆了，多有趣！蒙蒙听见有人哭，来了精神，撒腿跑出门。黄茜喝了一声没喝住，这个少根筋的孩子才更让她伤心。自己忍受这一切到底为了什么！

见黄茜出来，常母忙低头避开她的目光。一丝怜悯从黄茜心底泛出：这是长期受压迫练就的生存伎俩；是终年蜷缩蛰伏、偶然伸展一次的把戏。这副瘦小骨架生养了三男二女又饱受丈夫老拳，到这时，好不容易把丈夫熬死了，没人再敢对她挥拳了，反而这般凶悍起来。儿子不能欺，孙子舍不得欺，可欺的只有儿媳。大儿媳把她扫地出门，只好来欺城里的媳妇。文雅有时表现为软弱无能，至少在强人和愚人眼里如此。黄茜深叹一口气，怜悯地看着老太太。这时电话铃响了，响到第三声她进去接。电话是常伟弟弟打来的，巧了，当妈的正在跟她闹，小叔子却向她要钱。

"借三千。"常小钢总算读过高中，总算为"借钱"这种事难为情。

"干什么用？"黄茜冷静地问，同时瞥一眼中止哭号的常母。她显然看出电话是谁打来的。

"我……不好意思说。"常小钢吞吞吐吐。

"那就不要说了。"黄茜倒斩钉截铁。5年来这家人不断这样"磨"，她的心也硬了。

“我，还必须跟你说。我超生，交罚款……”

“你又生一个？”

“没有。怀孕7个月了。”

“怎么？不让生？不让生就不生嘛。”黄茜简直要呕出来。他们生孩子，让我交罚款，这也滑稽得太离谱了。

“你说不生就不生了？！”常母一声嚎叫冲将过来，一把抓住话筒，瞪着黄茜，简直要拼命一样。

黄茜猝不及防，惊讶地看着常母，下意识地紧抓听筒，常母就跟她争夺起来。夺了两个回合，黄茜发现这事儿荒唐得没边了，便放了手。常母拼足了力气的，黄茜手一松，听筒磕在牙齿上，牙龈立即渗出血珠。

“你不让生，就不生了。你有儿子，不让小钢生儿子，你这个女人太黑心了！”抢过听筒的常母，发现听筒没用，就用力一甩，愤怒地向黄茜咆哮。听筒忽忽悠悠一长一短地在半空中荡。

“不是我不让他生，是你们村干部不让他生。”几乎要昏过去的黄茜，强忍颤抖，声弱地说。这有她啥事儿，而面对这么强悍的对手，她快要哭出来了。

“他跟你要钱，为啥不给！交了钱，就让生了。那可是个儿子！”常母几乎逼到黄茜脸上。走廊里，终于有人看出了眉目，讪笑起来。

“他生孩子，干嘛向我要钱。没钱还生什么孩子！”黄茜眼里绽出泪花。这恶毒语言平时她是说不出口的，现在，在这种情况下，她毫不费力，甚至也恶狠狠地脱口而出。

常母也愤怒地颤抖着。在她眼里，黄茜不仅心黑手辣、六亲不认而且不可理喻。她这时的情绪，恐怕黄茜再说一句，她就会刮她的耳光。

“他又不是要你的钱，他要常伟的钱！”

“常伟的钱和我的钱有什么区别……”

“他是我儿子！我要儿子的钱，应该的。”

“应该。但现在不是你要。”

“就是我要！你现在就给我三千，你把我儿子的钱给我！”常母歇斯底里了，本来就破败的嗓子，这时已喊得变了调。黄茜想，为什么她的两个乡下儿媳要把她赶进厨房住。如果她长期住在这儿，动不动就这样号啕一通，她把她请进厨房也说不定。然而她连厨房都没有，只能忍受白天跳着脚跟她闹，晚上钻一个帐子睡一张床。

“他们都把你赶出家门了，你还这么袒护他。”她低声地、几乎是体己地说。

“那是我儿子，他想怎么……你把我儿子的钱给我！把常伟的钱给我！我现在就回家！”常母的脸已经变了形。黄茜看着她，真觉得可怜，但对这样一个跳脚嘶喊，几乎要把她撕吃了的老妇人，她不知该怎样怜悯。

“我没有钱。”她不想再争了。跟一个农妇争论他儿子是不是应该计划生育，比对牛弹琴还无效。她直奔主题，结束这场闹剧算了。

“你有钱！你和常伟一个月赚七八百，怎么没钱！把常伟的钱给我！”

有人起哄，黄茜羞愧难当。这算什么呀，一楼人挤在自家门口，看自己家吵架，这在她们黄家闻所未闻。

“不管谁的钱，我现在没钱。”黄茜冷漠地说。

“你把常伟的钱藏到你娘家了！”

又有人哄笑。

“我们这点工资刚够吃饭的，有什么钱藏到我……娘家？我父母又不缺钱。”

“人家父母是教授。教授，懂不懂？”有人这样对老太太喊。

“教授怎样，还不是吃饭睡觉生孩子？哪个见钱不要的？！你今天必须给我三千块。”

“我没钱。”

“我不管你有钱没钱，小钢那可是怀了 7 个月的儿子……”

“他儿子管我什么事？”

“你不是常家人？”

“谁是常家的人？”

“好你个婊子！这可是你自己说的不是常家人……”常母又一次号啕，扑打着大腿，“老二呀，你看你找的好人呀——我说你攀高枝没有安生日子你不听我的呀——啥球教授女儿，婊子！跟男人打电话不让我听见呀——”小屋里充满唱歌般的调子，围观的在这调子中竖起耳朵。

“你回去！”黄茜也歇斯底里了，“回你的小常村去！”她的嗓音也败了，不比泼妇好多少。

常母立即停止号啕：“这是我儿子的家，你让我走我就走了？”

黄茜抓起一直没挂断的电话，听到里面还有嘈杂声，便对着听筒歇斯底里地叫：

“你们听着，所有常伟家的人，我一天不和常伟离婚，就一天不许你们进我家的门！”她愤怒地摔下电话，快步奔到衣柜前拎出提包，从里面抽出二百块钱。

“看看看，这不是钱？”常母冲过来，“这不是有钱吗？给小钢交孩子钱！”

黄茜一躲闪，让开老太太准备抢夺的身手，把钱甩在桌上。

“这是路费，你现在就走。”

“你有钱……”

“有钱也不会给你。你立即就走，再别进这个门。”

黄茜愤怒地、厌恶地乜斜着老太太。她没走的意思，那就自己走吧。让她再向众人哭诉一番，自己没趣走掉吧。根据她的把家劲儿，她会把门窗关好的。

黄茜打开衣柜，拿了两件衣服塞进皮包，分开人群走出家门。

蒙蒙怯生生地跟上，把手放进她手里。她牵着蒙蒙回父母家了。

## 13

黄茜在父母那儿吃了睡，睡了吃，浑然不觉过了两天。她没认真考虑家里的事，想必常母会收拾东西自己走掉，也许会向刘奶奶等哭诉一番，再让刘奶奶的儿子送她去车站。管它呢，她愿求谁求谁吧，反正自己早已斯文扫地。

蒙蒙这两天倒很乖，一个人安安静静坐在地板上玩积木。黄茜一边沉沉昏睡，一边潜意识里重复一句话：家庭不和导致孩子性格压抑怪癖。浅睡中她还念叨，等休息过来了，一定带蒙蒙去公园看看动物，划划船，不能让大人的无聊影响了孩子。她还叮咛自己别忘了纠正蒙蒙坐地下的毛病。她早预见常母带蒙蒙养出的坏毛病，远不是两个月能改掉的。她让常母带蒙蒙是为了写论文，到现在暑假过了一半，论文在哪儿呢？她惊慌起来，当心跳得就要把她逼醒时，她又一身冷汗地想到李硕民。李硕民给她的提纲、资料就浮在眼前，这让她放心下来。她想无论如何要给李硕民去个电话，或者干脆见他一次。甚至可以告诉他，自己收到他的信接到他的电话很感动，每一次都惊得脸皮木了……黄茜就这样想着睡着，不知是睡着了，还是浅睡的冥想。

第三天下午，一阵电话铃响，黄茜还在深睡中就仿佛看见蒙蒙一跃而起的样子，用软乎乎的小手推着她，轻声叫她妈妈。那种上嘴唇碰下嘴唇自然发出的声音，真是人类最美妙的语言，真该用来称呼母亲。

她睁开眼睛，房子里充满植物气味。蒙蒙果然站在床前，右手抓着一大把积木，左手抚着她的上臂，稚气地看着她。几天来，她第一次给孩子一个微笑，孩子也回报她一个放心的笑；她觉得很甜蜜，很想搂着他、跟他玩一会儿。但，她抓起了电话。

电话是同楼徐老师打来的，她急促地说，常母正在楼门口卖彩电，三千块卖给收旧电视机的小贩。黄茜一身温汗变得冰凉，她从床上跳下来，抓起一件短袖衫罩在无袖睡裙上。蒙蒙紧张地叫起来。“蒙蒙，妈妈有急事你在家。不行也得行。咱们的电视……你好好在家。”黄茜不由分说把门锁上，蒙蒙立即爆发跟他祖母一样的哭号。这就是“榜样的力量”，连声调都是一样的！

一路上，没有回家的学生侧眼看她，一些修剪花木的工友停下手里活儿，惊奇又怜悯地，像看一个被追打的疯子。黄茜也觉得自己像个疯子。

楼门口聚集一堆人，好像在听一个人津津乐道。有人笑，有人在叹息。

黄茜向那堆人跑去。毫无疑问，常母一定在那儿，正做着交易。卖掉一台彩电，换回一个可能性的孙子。这种事他们做得出。意外的是竟敢卖她的电视。她的家庭在这所大学赫赫有名，父母说句话校长也得停下来听一听。这么个农村老太太，竟敢把她的电视机卖了！

黄茜跑得气喘吁吁。两天的昏睡，睡得她虚脱。那群人在眼前摇晃，像放映机校正幕布。她知道自己太虚了，这样跑下去会出问题，但她不能停，她必须制止这场买卖。现在金钱已是第二位了，她不能让称作“亲戚”的这样欺负。现在像她这样中产阶级家庭，欺辱反而来自家庭内部，比如仁慈过度的母亲和自私的孩子，比如软弱的妻子和粗暴的丈夫，再比如就是体面的并不遗余力维护体面的人和他们无产无业、胆大妄为的亲戚。人积累的邪恶，在社会上不敢释放，“亲戚”成了他们释放的对象。

人们发现黄茜都侧过身看她，几位男教师甚至流露出怜悯。人群中央站着常母，满脸像菊花绽放，手里攥着钱。

黄茜看着那张挑衅的脸，应该上去抽它两个耳光。管她是谁的母亲，管它泼妇不泼妇。她现在就想当泼妇。她过的日子一点一点逼着她变泼，她早是泼妇早没这种事。但是，精神和力气正一丝一丝从她体内抽出，沿着纷乱的头发逃离她的躯体，在头顶上叽叽喳喳像一群归巢的工蜂。

“你来也没用，我卖了。”常母得意地说，掩饰不住得胜的狂喜，声音都变了。

“……”黄茜感到口渴。她蹙着眼皮看常母的得意和由于得意手脚特别多的动作。那动作像皮影一样划过来划过去，使整个人像动画人物，纸片儿样单薄、滑稽。她觉得口渴。她眼前一波一波流动着水，有一滴滚在她的嘴角，她想可能是自己的汗，她用力舔了一下，够着了，咸的，很锐利。她感到心满意足，闭上了眼睛……

黄茜在众目睽睽之下，大汗淋漓地向后倒去。就在落地的一刹那，下意识地弯了一下腿。

黄茜倒地前的屈腿救了她，被几位青年教师送到校医院，李医生说差点磕到后脑勺。华教授半小时后赶到医院。当看到黄茜七仰八叉躺在急救床上，亮晶晶极不严肃的睡裙撩在膝盖上，露出丑陋不堪的半长筒袜和袜子遮不住的那截皮肉，她眉头皱了起来。她不知跟黄茜说过多少次，穿袜子要么穿连裤长袜，要么穿短袜，这种长不过膝的袜子最难看。黄茜为什么总买这种袜子，就为比连裤袜少两个钱？她摇摇头，要讲究就真讲究，没钱就别讲究。这种经不住推敲的假讲究让她最瞧不上眼。

华教授把黄茜的裙子向下拉拉，常母畏缩地站起来想跟她打招呼，华教授似乎没看见，微皱眉，低声对值班护士说："怎么不给她盖一下，到处都是学生。"护士偷眼看了一下李医生，李医生正在收拾血压器，装作没听见。华教授以为护士没听见，便提高声音："去找块被单给黄茜盖上。"值班护士挨不过，嘟囔说保管员下午不上班，没有干净被单。李医生不忍护士太为难，声调庄重地说，"去拆个手术包。"见护士睁大眼睛盯着自己，便不耐烦起来，"叫你拆你就拆"。值班护士眼睛一翻，把手里的消毒盒顿得叮叮当当，愤愤地出去了。躺在急救床上的黄茜羞愧得清醒了。即使闭着眼睛，她也能感到常母正惊异地看着母亲。连农妇都听出人家不满，作为教授的母亲硬是听不出来。值班护士把湿牛皮一样的手术包单盖在她身上。

"黄茜！"母亲发话了。母亲一生对人对己都要求挺直腰杆，无私心杂念，也不要太多小儿女情绪。所以看见黄茜眼皮动一下，便知道她醒了。

“你是回家呢，还是回你自己那儿？”黄茜结婚这些年，始终把父母那儿叫作“家”，把自己家叫作“那儿”。父母也这么叫。他们似乎不认为那个吃饭睡觉看书看电视洗澡洗衣服的大房子，可以叫作“家”。而这时，遭遇这种事，别的母亲会毫不犹豫把女儿“抢”回家，厉害的还会跟亲家大打一场，不闹出个究竟决不罢休。母亲却问自己回哪儿。如果问她，她只能说回自己家。实际上她也想回自己家，发生这种丢人现眼的事儿，怎好意思面对父母。

“回我家，我管她。”常母好不容易找到一个收拾残局的机会，嘟囔道。

华教授没理她，直视黄茜。黄茜被看得背都麻了，只好坐起来。除了生蒙蒙那会儿，黄茜不习惯，也从来没有躺着跟父母说话。她坐起来，华教授也没意识到有什么不妥。

“回我那儿。”黄茜虚弱地说。

“也可以。”华教授认真地说：“蒙蒙可以在我那儿住几天。”她微微侧过脸，像是对常母，又像是对什么人说：“做些流食给她吃，清淡点，她现在虚脱不宜补。”

华教授说完，常母才意识到是对自己说，但对说的什么不甚了了。反正是吃。如果是吃就没什么不好办的，只要有钱。

黄茜回到自家的大房子，日光灯灰白，不知谁家又烧电炉了。常母勾头弯腰匆匆地干这干那，时不时偷眼看她。水烧开后，给她倒了一大盆洗澡水，拿了香皂放在盆边。黄茜再想不理她不可能了，只好撑起身子下床。她的衣服早被汗水浸透一遍又一遍，自己闻着都馊了。常母把毛巾丢进澡盆，自己躲出去了。

这天稍晚的时候，黄茜看着常母把洗澡水一盆一盆倒进小盆端出去，心又软了。她也可怜，自己也可怜，各有各的可怜法。还是两人各自回到自己的生活，至少，两个可怜人别再相互折磨了。

“你拿上那三千块，明天走吧。”黄茜轻声说。

“钱我不要了！明天我去找那收电视的，把电视机给你换回来。”常母哆嗦起来，预感大难临头似的，无助、可怜又可悲。

“别找了，拿着钱，明天回家去吧。”

“我去找收电视的……”

“找到他，他也不会再换给你。”

“哪有那么不讲理的……”

“哪有你这么愚蠢的。”她料定常母听不懂。她一万多的彩电，只能换一句对方听不懂的谩骂。常母愣怔又可怜地看着黄茜，她认为平静背后是阴谋，没有人家出了这等事会善罢甘休。黄茜让她回去，然后让她爸、她弟弟、她弟弟的同学打到小常村去，或者，干脆直接揍她的常伟。如果那样，还是她留在这儿担着吧。反正是她惹的祸，反正她也活到 60 多，老头儿也死了，儿子们没有一个对她好。

“我不回去……”她呦嚎起来，感到棍棒拳脚已经落到儿子们身上。“你们要打就打我。钱，我给你找回来……”那从村东传到村西的嗓门，即使 60 多了，一旦亮开，依然毫不逊色。

听这调门儿，黄茜刚换的衣服又汗湿了。

“好好，你不回去，你想在这儿住多久就住多久。行了吧？还哭什么？你非让别人再冲进来劝架才算完？别哭了，再哭，我明天就让人把你送回去！”常母立马止住哭声，连抽泣之类的缓冲都没有。暴力强权真好！

几天过去，黄茜已经起来看书了。华教授领着蒙蒙来过两次，虽不大理常母，但也没更激烈的表示，常母便安下心来。安下心，便惦记着家里的老三，不知被“计划生育了”没有。如果还没被捉去引产，手里这三千块就还能派上用场。如果派上用场，这电视机就卖得值，大吵一架也吵得值，黄茜病一场也病得值。所以，她就琢磨着回家了。她小心翼翼绕着弯子说要回去的意思，同时又说可以把蒙蒙带回去，等幼儿园开学再送回来。黄茜等母亲来看自己时告诉了母亲，她想大凡母亲是会双手同意的，但还心存侥幸。

华教授腰杆笔挺，想了想，字正腔圆地说：“这大概是最好的办法了。”

黄茜目光很深地看母亲一眼，又看看蒙蒙，移开眼睛时眼眶里一层泪。她闭了一下眼睛把这层泪压回去。华教授不会发现。黄茜知道母亲不会发现，她对走进来的常母说：

“你把蒙蒙领回去吧，开学前让常伟去接他。”

常母立即放下水盆，在闲置的电视机罩上擦了把手，翻箱倒柜收拾自己衣服，并用身子遮住大家的视线。黄茜知道，她是把那三千块钱放到她认为合适的地方。

黄茜把蒙蒙的衣服和钙冲剂锌冲剂补血冲剂奶粉蜂蜜收成一包，华教授皱着眉头看着她，她愧疚起来。自己至今在事业上无所作为，大概就是对这些琐事太挂心。

她一狠心，只把一袋衣服和一小包常用药交给常母，把他们送出门。

母亲是来告诉她，柳梅竹回来了。

## 14

黄茜哀怨地看着母亲，她连孩子都牺牲了，刚打发一茬，没喘口气又来一拨。她痛苦地想，自己是否一辈子都要在娘家婆家丈夫孩子之间奔波支应呢？自己那舍不下又毫无起色的事业呢？那份始终不敢触动的“花园样情感”呢？自己什么时候才能收拾起精力、心境为自己活呢？她突然感到，父亲躲进小屋营生那些根本没人看的史著，考订那些不知被多少人考订、诠释的史实，圈拢一个天分不一定很高但极其虔诚的女博士，并不一定图什么“事业”、“爱情”。像父亲这样韬略过人又到了这个年龄的人，相信什么“爱情”？他不过是历经沧桑，需要一份遁入内心的宁静罢了。他不断著书是“遁退”的一部分，笼络女研究生也是“遁退”的一部分；一方面是死亡恐惧引发的日益膨胀的贪恋，另一方面是中国知识分子对世事和生命无能为力、以宁静致远为幌子的逃避。实际上，如果他不著书，随便当个钟表匠、雕梁画栋的油漆匠、刻弧挖圆的木匠什么的都行；实际上，他深情抛掷的对象不一定是女研究生，只要年轻一点美貌一点的，谁都行。冠以博士学位操一两种外语，对父亲这个年龄的男人，没多大意义。父亲所以拢个女研究生而没拢别人，不过是女研究生近在身旁，又愿意崇拜他献身于他罢了。迷失官场，遁入内心，几乎是中国知识分子的最后归宿。黄茜现在就想遁逃。遁失前，带上一份“事业”，携上一份“爱情”。只是她的逃遁比父亲早得多，既没有一份可恭可贺的事业，也没有一份可歌可泣的爱情。

如此说来，她是一面渴望如父亲一样遁入“小楼”，一面又不择手段摧毁父亲的“小楼”。就为了母亲？母亲为什么不能遁入她的“小楼”？她不能遁逃是因为没有爱情这支麻醉剂。以父亲黄昏恋的标准，像母亲这样事业有成的女人，对有成就的老年男子没有吸引力。而有成就的老年女性却无法得到比她年轻、健康的男子青睐。那么有成就的老年妇女的感情出路在哪里？母亲的感情寄托在哪里？这个问题得不到根本解决之前，她的感情寄托只能是子女，那么做子女的，只有责无旁贷地捍卫母亲。现在不仅出于对母亲同情，即便出于女人对女人的同情，黄茜也必须帮助妈妈。

困难的是怎么操作。母亲不善于处理这种事，黄赛也许深谙此道，但不屑用在男女苟且这类鸡毛蒜皮事情上，那只有她顶上。就是说，她深谙拆山头挖墙脚挑拨离间之术，而且上蹿下跳乐此不疲？她不禁对自己怜悯地一笑。一个人扮演什么人生角色是注定的。妄想摆脱？那就准备输得干干净净。黄茜眯了眯眼，把双眼的焦距拉平。近来她总需要有意拉平眼焦，眼前的人、物才能成像。“好吧，”她对母亲说，“这事我来处理。”“你身体吃得消吗？”母亲问。黄茜记得这是暑假以来母亲第一次询问自己的身体，她怆然一笑，轻声说没事。这次母亲也听出并非真的没事，但以母亲把她和弟弟全托在幼儿园、一托一个学期的一贯作风，已经不习惯表现更多的温情。“妈妈，这事交给我。你先回去吧，我要一个人想想怎么做。”

黄茜真感到累了，倦了。她已经没精力顾及对方的面子、自尊、情感诸如此类高尚而没用的东西，也没有耐心搞什么“点到为止”的文明游戏。眼看假期快过完了，论文还没影呢！她体恤别人，谁体恤她呢？自私不是平白无故滋生的，而是事情把你挤对到不自私无以安生。她要不“自私”地为自己挤出几天，谁会高尚地赠给她几天？她直接打电话约柳梅竹出来谈谈。她要用最简单但最管用的办法，让它一针见血、立竿见影。

第二天下午，黄茜在小憩园见到柳梅竹时，她还是四季一贯制的银灰色服装。这个女子能把银灰色穿得不陈不腐不厌，说明她有极深的自信和轻易不被说服的固执。黄茜为自己难为情。从形象上自己不比这个同龄女子差，可自己从精神到肉体都垮了，散了，加上身上这件居家便服，自己看上去像这个人的小姨妈。而这个女人，黄茜突然笑了一下，却幻想当自己的后母。

“笑什么呢？你突然一笑吓我一跳。”柳梅竹神色明静，声音鸟叫一般婉转动听。

“我在笑，”黄茜悲悯地想，可惜了这好听的声音，“你这么年轻怎么可能做我的后母。”黄茜很薄的上眼皮微微蹙起。她觉得这样一句开场白，这样一副刻薄倨傲的嘴脸很是对头。这场较量她只能成功不能失败，而成功与否要看她表现得狠不狠。这句开场白和这副嘴脸，奠定了这次谈话“狠”的基调。

柳梅竹果然一时语塞。她一定想不到迎头撞上这种泼皮话，这在她延续 10 年的大学生活中可能还是头一遭。

“这件事我不与你谈。”她冷峻地说。黄茜想，如果有一天有人也这样质问，自己大概做不到这样自持。她心中生出强烈的不舍，好像已经把一份真挚的爱割舍了。这种情绪引发的酸痛，她需要深呼吸才能换过气来。

“这件事，在我们家，也只配跟我谈。”黄茜道，她又突然那么一笑，“要么就不谈，我直接找你们研究生院，或者……黄教授的领导。”黄茜斜着眼，看着柳梅竹灰白的脸。“算了，梅竹，我们还是谈谈吧。你坐下。你不谈也没用，这件事，最终必须以你和黄教授分手告终。我找你谈，不是为你好——我也不假惺惺——只是让你下决心赶快原路返回。晚了，你肚子里的胎儿就太大了。”

柳梅竹像挨了当头一棒，跌坐石凳上。

“谁让你来找我的？黄教授？华教授？”

“我父母没我这么无聊……”

“你也承认无聊？”柳梅竹讪笑。她觉得黄茜朽木不可雕，完全是小门户里伶牙俐齿的柴火女郎。她的神情刺激了黄茜。

“你们不干这种无聊事，我再无聊也没无聊到管这种鸡狗之事。”黄茜狠狠地一字一句说。

“真没教养……”

“我有教养你就凭白给我添个小弟弟。你不觉得恶心了点儿吗？！我儿子已经4岁了！”

“你没权管你父亲的私生活……”

“别用这词儿！什么叫私生活？他和你的关系叫私生活，与我们全家的关系就不叫私生活？与其说我干涉了他的私生活，不如说你闯入了我们的私生活。他这艘大船因为你在方向盘上跳舞就要触礁了……”

“恰恰相反，我看到的是，”柳梅竹掷地有声，甚至有些得意地说，“黄教授感到非常幸福，他脸上泛出这个年纪少有的红晕……”这可怜女人怎么说话像母亲？这种文质彬彬、咬文嚼字的语言，如出自50年代的母亲之口令人肃然起敬，出自90年代的她嘴里，简直就叫人起鸡皮疙瘩。

“你想说，”黄茜眯缝着眼睑，很黑的上下睫毛阖在一处，使她整个脸像刚成年的男孩子一样又英俊又狡黠，“这是爱情的力量？”

“是的，我从不畏惧说这两个字。”柳梅竹像作什么宣言，让黄茜哧地一下笑出声来。

“你做了他10年学生，因为一成不变的师生关系才产生你们称之的爱情。它基于一种不平等才能产生，保持不平等关系才能延持下去；如果你们不是师生而是已婚的同事会怎样？好，即便你们相见恨晚产生了爱情，维护所谓的爱情要保证男人不丢官不丢名不丢人，保证女人不丢前夫留下的孩子，一项不能保证，你们伟大的爱情就完了。梅竹，你是聪明人，你愿意陷入这种漩涡？你没陷入这种尴尬并不是你拥有了崇高爱情，而仅仅是你们在众人面前掩盖这种关系。你一个好好的女孩，为什么要过见不得阳光的生活？另外，如果黄教授因为你身败名裂，他对你还有没有爱情就要再论了。”

柳梅竹先是惊愕，然后平静且严肃。在她的盯视下，黄茜觉得自己仿佛是不被主家认同自说自话的媒婆。但在说的过程，她不仅认同了自己说的话，而且变得苦口婆心。

“这已经是陈词滥调。什么是平等关系，除了商品交换，没什么关系是平等的，爱情尤其不平等。不平等的爱情里才有美妙可言。我要的是感觉，不是平等关系，更不是夫妻关系。”这次轮到黄茜错愕了。同在一个文化氛围，做教员和做学生多么不同。柳梅竹拼命吸纳身外事物只嫌不够，自己抢头抢尾死守到手的那丁点东西，并把时间精力用在为这点儿既得利益搜刮理由。

柳梅竹俯视自己的阵线，确信没失一兵一卒后莞尔一笑：“这只是一种观点。实际上黄教授是认真的，这一点我没必要自欺欺人。黄教授虽为学术权威，但以他的年龄在感情上不占主动。你可以不相信一个外人的话，但可以去看看你父亲美满的神色和这几年的学术成就。你是经历过感情的人，当你幸福的时候，除了你爱的人还考虑过别的什么人吗？当这个时候来临，你只有一直往前冲，圆满你的爱，成全你的爱……”柳梅竹哽咽了，她又一次为自己的爱而感动，这让黄茜陌生又嫉妒。

两个女人对峙着。黄茜捏紧两只手，就在快挺不住时，一根稻草浮现在她的意识里。

“你母亲多大了？”把这句话说出，黄茜几乎把肺里的气挤尽了，但她知道，自己抓住了这根稻草。

“60岁。”柳梅竹有点惊异。她已经全线准备好了，却没料到黄茜跟她拉家常。她审视自己的阵线，确信没有漏洞。

“她看上去已经老了？”

“60岁的人，都那样子。不算老太太，也不是中年妇女。”柳梅竹审度这一话题，说得很慢。

“你很爱她吧？”

“当然，自己的母亲。”她有点儿不耐烦。她喜欢面对面的短兵相接，而不是行政干部式地绕圈子。

黄茜吸了口气，柳梅竹正一步一步落进她的圈套。她从乱了阵脚的窘态中修恢复过来，重新怜悯地看着柳梅竹，准备收套了。

“你很爱你母亲。”

“嗯。”

“她已经60岁了，看上去已经老了。”

“嗯？”

“她已经没多少能力征服生活，而生活，一步一步开始征服她了。”她盯着柳梅竹的眼睛，而且看出柳梅竹发现了她的意图，便紧跟上一句：“是不是？”

“嗯。”柳梅竹意识到黄茜要绕什么圈子，但已经晚了，黄茜的问话都是她刚才说过的，在她的逼视下，不得不承认。

“梅竹，”黄茜声音凝重，富有感情，“我母亲马上也60岁了，和你母亲一样，慢慢需要人帮助和同情。而这时，有人把你父亲，以爱情的名义从你母亲过了大半生的生活里拉走了，突然间，你 60 岁的、养大几个儿女的母亲没有家了。你怎样看这事，你会怎样对你母亲？这是 60 岁的弃妇，而不是 30 岁，40 岁，甚至 50 岁的。这个岁数的中国女人已经开始等死了，却被生活了几乎一生的丈夫抛弃了。她是你母亲，你怎样想？

“梅竹，从理论上我赞同你们，但你的对手是我母亲！”

“他们已经没有爱情，只剩下情分了……”

“别谈什么爱情。爱情是最不堪一击的。这样说吧，你指望情分也别指望爱情，甚至，你指望金钱也别指望爱情。因为你们是师生，师生之间除了授受，关系单纯，所以你们才产生爱情；因为你们的关系躲躲藏藏，你们就觉得它是爱情；因为你们之间没有利害冲突，所以维系了这么多年。但是，如果我母亲放弃婚姻，也就是黄教授是自由身了，你们会产生爱情吗？即使你们结合了，住在一个屋顶下，也要面对金钱、性格、生活琐事，处理和我母亲的关系，处理和我们的关系，千头万绪一齐涌向你的时候，你能保证你们还有爱情？男女之间的感情，戛然而止就叫作爱情，持续下去就叫作情分。这已经是最好的了！你不比别人高明多少，如果刚开始你们就结婚，现在，跟另外一个女人谈判的不是我而是你也说不定！”

“真庸俗，我不和你谈判。”柳梅竹微蹙眉头，开始不耐烦了。

“不管庸俗不庸俗，今天，我是跟你谈判。”黄茜咽了一下唾液，压住胃里的翻动。

“别说了，黄茜，你同情华教授，我也同情，但这不能阻碍我和黄教授的感情。什么都不能使我们分开。”柳梅竹拉开架式，准备结束这场谈话。

“真的没一种力量能使你们分开？”

“我不惧怕一切世俗力量……”

“就算你不怕，我父亲不怕？他经历过战争，也经历过‘文革’，倒退10年他也许不怕，而现在他已经老了，是拿着筐子收果子的时候，他会眼看着一阵风把他经营一生的果子吹走吗？梅竹，你听我说完。我也是他的孩子，我和我弟弟，两个人。他哺育、培养了我们二十多年。这二十多年是一天天、一小时一小时积累起来的，是他年轻时对幸福的憧憬和对世界的感激中得来的，我和我弟弟从出生到现在，28年。要谈维系爱情，它不比一个胚芽维系得更紧？

“另外，不要以为我父母之间没有爱情。”黄茜透了一口气。她有种越战越勇的感觉，而这种感觉正在一点一点摧毁她对自我的认同。“他们也是师生恋——”柳梅竹惊讶地抬起脸。“他们的爱情。当时惊动了整个大学。学校不准师生恋爱，但他们恋爱了，忠贞不渝。为了这场爱情，父亲先是受了处分，后因在情书中讨论有人对“大鸣大放”出尔反尔——被母亲同寝室的偷去上交了组织——被补打成右派。母亲没发毕业证。他们是经过挫折和洗礼的，你能说他们之间没有爱情？！

“从胆识、智慧、勇气和成就，你都不如我母亲——我公正地说，你的优势是年纪轻、学历高和特殊身份。我说过，一旦进入婚姻生活，除了年轻，你根本不如我母亲。如果仅仅因为年轻而被我父亲看中，你不是太自贬了么？”

她的嘴仿佛上了发条，转开来就停不下。柳梅竹已经泪水满面。

“那我怎么办？”柳梅竹身心俱毁地说。

“你自己考虑。”黄茜声调柔和。她不是居心险恶的人。如果不是因为母亲，她会同情她。

“我走。去上海。”

“先把胎堕掉。”

柳梅竹没作声。也许是舍不得，如果是自己也会舍不得。但她还是说：“情分断了，还留孩子干嘛？生下来让他没父亲，让他受歧视？”

“我舍不得——”柳梅竹伏在自己腿上痛哭起来。黄茜也流出眼泪，自己这是做的什么事！她握住柳梅竹的手，仿佛也握住了对爱情的绝望。

柳梅竹终于停止号啕，抽泣着，摘下眼镜。黄茜发现，摘下眼镜的柳梅竹一点儿不漂亮，甚至有几分苦相，这是命运不济的面相。黄茜愧疚地低下头。

“我明天陪你去……”

“不用……”

“不是监督，是——同情……女人对女人的同情。”

柳梅竹抬头看看她，凄然地，没说话，点点头，站起来走了。

黄茜呆坐在那儿，像被别人夯了一棒，一下子塌了前胸。

## 15

父亲一进门就紧锁眉头，嘴唇威严地甚至有些刻毒地紧抿着。黄茜正和母亲剥毛豆，看到父亲这神情，就知道摊牌的时候到了。她早就严阵以待，甚至迫不及待。她像渴望白刃战的斗士，临了这阵势，心反而定了，甚至带着稳操胜券者对弱者的一丝嘲讽和惜悯。她把母亲叫进厨房，把自家门钥匙给她，几乎是满怀深情地对母亲说：“去我家，带上你的译稿，我不打电话你不要回来。饭到街上吃。”母亲皱着眉头看着她，愧疚布满她的脸："茜茜……"

"去吧，什么事都不会有。"

"你还要顾惜爸爸的面子。"

黄茜在心里冷笑，突然想起小时候一直说，但不解其意的一些话："新仇旧恨一起涌上心头"，"口诛笔伐把他驳得体无完肤"。她非常渴望跟谁斗一斗。整个假期，她着实实践了那句话：在斗争中求生存。但斗来斗去都是跟虫子斗，柳梅竹也不过是个美猫，现在她要跟老虎斗了，她要用从父亲那儿继承的聪明才智和谋略技巧跟父亲斗了。她不认为在才略上能斗过父亲，但最终，她能达到目标取得胜利。道理在哪儿？道理就在她斗不过常氏一族，道理还在，父亲比她更有教养更要脸面，社会束缚也更多。

母亲在她逐渐变得锐利的目光注视下昂然离去。这就是母亲，饿死的骆驼也比马大！这样看来，柳梅竹也是鸡零狗碎。

黄教授在母女俩君王般的气度做派中不知所措了。他踌躇着，有点压不住阵脚。黄茜看出父亲眼中的紊乱，她用父亲教给她的办法：面对势均力敌的对手，你盯住他的眼睛，并露出微笑，你便在心理战胜了他。她洞察了父亲，同时想到自己必胜，便泰然自若。父亲在她大智大勇的目光下衰朽，原先一览众山小的目光变得孤寂，两只泪囊无不暴露真实年龄地耷拉着，手中的文件袋这时啪地滑落地下。父亲弯腰捡了两下没拾起来，黄茜过去将文件袋拾起来放在父亲手上。父亲吃力地点点头，进书房去了。

父亲坐在写字台前不动了。没看书也没写字，甚至没返身把门关上。平时父亲进书房首先是关门，遇到心里有事还会把门插死，如此这般可见父亲已经土崩瓦解。黄茜坐在沙发上想了会儿，怕父亲悲愤中被冷气吹得中风，便进去把冷气关掉，出来叫上一直躲在自己屋里的黄赛，一起上街吃饭。

“不叫上爸爸？”黄赛看着她的眼睛。

“不用。”

“不叫上妈妈？”

“不用。”

“给他们带点回来？”

“不用。”

“为什么？你这又是什么计？”

“什么计都不是。让他们自己的伤口自己舔。”

“……”黄赛摇摇头，“歹毒莫如妇人心！”

“那先要看妇人心是怎么变歹毒的。”黄茜淡淡地说，“实际上这是尊重他们。俗人才需要台阶。爸爸妈妈，不需要。”

一星期后，柳梅竹揣着派遣证到上海报到，离开她呆了10年的大学。

母亲不忍地看着黄茜，问：“要不要请柳梅竹来家里吃顿饭？显得我们大度。”黄茜看了母亲一眼，真不知该怎样说母亲好。谁会以为这是大度呢？无异于棒打落水狗，又把狗捞上来，看它的狼狈相。但母亲真的毫无恶意，她的境界如此，但这种境界会被理解为恶毒。黄赛越过母亲的肩头，紧张地看着黄茜。黄茜装作没看见，把脸扭向一旁，硬声硬气地说：“不用。”黄赛松口气，踱回自己屋里。

“你的意思是完全不管她，让她自己走？”

“让爸爸去和她告别。如果他想和她告别的话。”

“让你爸爸单独……”华教授提高了声音。

“妈妈，别逼他们。由他们痛痛快快彻彻底底告别罢，告别得越彻底，断得也越彻底……”

“如果他们再……”

“他们连孩子都要生了，管它多一次少一次……”黄茜快要吐了，自己跟小常村摆龙门阵的妇女也差不多了。

“由他们去吧。如果他们能一江泪水向东流，就什么事儿也不会有了。我保证。”

不知父亲怎么跟柳梅竹告的别，反正黄茜看得出，他们延续了多年的师生恋算是断了。

躺在无灯的床上，黄茜想，如果自己准备跟谁恋爱一定先把婚离了，甚至可以先离了再说。

## 16

好了。终于，该走的都走了。千头万绪都挽了个结，心里空得突然没了着落。黄茜坐在自家床上，半张着嘴，痴愣了半天。要把家好好打扫一下，要好好看看李硕民给自己的论文提纲，要好好想想李硕民如沐春风般的眼神和他诗篇一样的信，这些都是她愿意做的，而这个假期只剩下 4 天了。

黄茜狠了狠心，用一个上午把家收拾一新。当她想到自己可以单独待上 4 天，可以光着脚走来走去，甚至可以坐在地板上，一页一页看那字体漂亮的提纲时，她心中涌出一阵怆然的幸福感。她洗了个澡，一觉睡到下午 4 点，被一阵电话铃吵醒。她睁开眼睛，听着一段一段的电话铃声，心中泛出一汪清凉。她想这电话一定是李硕民打的，他已经很长时间没来电话了。那文雅、整齐的嗓音又会说出什么诗篇样的话语？想到有4天干干净净的日子，每天下午都可以接到他的电话，黄茜内心竟汪出飞雪清梅的意境。她躺在床上，伸手拿起电话，调整语气，轻柔、文雅地轻唤：“喂——”

“喂？是黄茜吗？黄赛是你什么人？”不是李硕民，更不是诗篇样的语言。黄茜坐起身子。

“他们犯了事儿，现在看守所。他们指定的家属都是你。你给他们准备点衣服、生活用品送到看守所来。”

黄茜眼前一黑，虚汗就下来了。犯了事儿？看守所？这些她一辈子都想不到的事情和地方，居然也降临到她家了？！这个暑假，她家已经从上九流跌入下九流，现在，有人沦为人渣了？这黑色幽默的节拍也太密集了！到底是什么破坏了这个一统的、有典范可依的知识分子家庭的平衡？让它在这个乱七八糟的浮世中东跌西撞、左崩右裂？难道要维护知识分子的清高和纯正，就必须牺牲人生一半的时间精力去左填右补？在风雨飘摇中孤舟独行？

黄茜放下电话，欲哭无泪。

黄茜回到父亲那儿，父母在沉默中对峙着。父亲的房门紧闭，只有咝咝的冷气声。母亲戴着老花眼镜，桌子上摊了一大堆书。她把自己埋在书籍、字典里，脸色庄严宁静，甚至带着些许满足。弟弟关进看守所这种事怎么能告诉她？夫不忠、子不孝，这不要了老太太的命？！

黄茜摇摇头，闭了闭眼睛把眼焦调平。她到黄赛房间替他拿了衣服用具。电话里虽说的是“他们”，但她确信那不过是行政干部的习惯口语。她收拾了黄赛的东西出来，父母，竟然谁都没有问候她一句。

第二天上午，黄茜去了看守所。见她的警察告诉她，黄赛“犯的事儿”是贩黄团伙首犯。黄茜惊得嘴巴半天合不拢，眼睛眯了又眯，看着警察不断掀阖的嘴。

“有什么问题吗？”对方终于看出黄茜痴狂的神色。

“不可能吧，贩黄？”

“有什么不可能的！你以为你的家属是圣人？什么都有可能，只要为了钱！”

黄茜咽了口唾液，立即承认了这个事实。不错，只要为了钱，什么都可能。这种事不是常氏一族的专利，她黄家人也能干得出。

黄茜被允许去见她的“家属”。黄茜不仅见到了黄赛，还从另一个窗口见到了常伟、常伟的哥哥和另一个不知名的男子。黄茜比亲眼看见UFO还难以置信。她不顾看守一再呵斥，眯着眼睛探过头去。

“你怎么跟他们弄到一起？”她觉得弟弟贩黄已经够卑劣的了，但她还可以想象黄赛只是为了赚钱。就像一个贵族可以杀死他的仇敌而不会卑劣地散布谣言中伤对手。但是，黄赛如果跟常伟哥哥这种乡村无赖弄到一起，简直就是下流了。

黄赛冷笑着，憎恨地看着她：

“去问你那宝贝丈夫，我怎么跟他弄到一起？”

“你为维持公司去贩黄，我几乎能理解。但你跟他们弄到一起，这种腌臜事简直就不是我们黄家人能做的！你拉常伟他们替你兜售的？他不是社调去了吗？怎么跟你在一起？你们鬼鬼祟祟一个假期，竟然不让我知道！”

“就你那蠢材老公，我拉他？就他那卖两张盘就把老底兜出来的智商，我拉他？不是他那倒霉哥哥跪下求我，不是看你面子，我理都不理他！黄茜，我真替你丢人！这种窝囊男人你竟跟他过了5年，他连书都教不好还能干别的？在学校都待不下去还想在社会上待？没出息的人干什么都没出息！离婚吧，离婚吧。”

一旁的看守都笑了，敲了敲铁门，制止这对漂漂亮亮斯斯文文的姐弟。

“你还是替自己丢脸吧！贩黄，恶心不恶心。你怎么跟那种人有联系？那简直是黑社会才干的！”

“还用我跟谁有联系？背个包，海口满大街一转就采办完了，要多少有多少。我不过跟你老公故弄玄虚罢了，他倒好……”

“好了，这些话留着跟法官说吧。”看守又敲敲门制止他。

“让爸爸给我请律师。”黄赛对黄茜说。

“爸爸不会管你的事。”

“他为什么不管，他是家属。”

“我是你家属。”

“你是常伟的家属。你去管那帮窝囊废吧。他们拘留几个月，让我蹲两年——让爸爸给我当家属！”

“他不会管你的事……”

“让他给我请律师。”黄赛吼起来。他外表虽还斯文，作风上已经一派商人气了。

黄茜看了他一眼退出来。退出来后发觉自己根本没跟常伟说话。她连质问他为什么不去社调而去贩黄这种嘴边话都懒得说。常伟更是塌了脊梁骨似的，龟缩着，不敢抬头看她。他等着呵斥，然后向她解释？她才不呢！

汗涔涔两眼冒金花的黄茜，被领进一个霉湿的砖头小屋。屋里的气味令黄茜胃里一阵一阵痉挛。一个年青警察客气地说你要给常伟、常雄、李福安请律师。黄茜觉得自己快虚脱了，无力地摆了一下头。她立即发觉这是在专政机关，除了语言，没人理会你的表情，只好虚弱地说：“不用。”坐在对面的警察盯着她，突然一笑说：“什么不用？”

黄茜眯了一下眼又眯了一下眼，让眼中的图形成像。“不用请律师。”她轻声说。

“什么叫不用请律师。”年轻人压不住轻狂。他大概是耻笑眼前这个女子看起来读点书的，却连这都不懂。黄茜没理他，沉浸在自己的世界里。

“他们犯了罪，该判，不用请律师。”

“该不该判，法院判。你作为家属要给他们请律师。”

“我都要跟他离婚了，还给他请律师？”

“离婚前你还是他的家属，你就要给他请律师。”

“我不请！”

“我们指定，你出钱。”

“我不出钱！”

“你是他家属，就要出钱。”

“他们这鸡零狗碎的事，我还给他出钱请律师？”

“你是真不懂还是有毛病。”年轻人光火了。这很好。

“我就是有毛病！”

“回去吧回去吧，换个正常人来。通知常伟，让他指定个正常人来。”

黄茜被赶了出来。出门时，一个面目奇丑的年轻女子说：“真可惜，这样打扮的，脑子有毛病。”黄茜听见了，停下，慢慢扭过身，乜斜那触目惊心的丑脸，忽地粲然一笑，轻飘又清晰地说：“你这么丑的人怎么适合当警察？你比罪犯还面目可憎。”

如果不是拦着，黄茜可能要挨丑女人一耳光。她被他们连推带搡地轰出来，丑女人好像还踢了她一脚。她觉得这样很好，望着骄阳似火的8月天，长吁一口气。人家不把她当正常人，她就可以被当作没有资格管这腌臢事，她就可以不管了！她真不想管了，多一件她就会爆炸。当走到十字路口，她暗自得意的微笑还僵在脸上，就又痛苦地想到，如果她不来他们家谁又会来？是她德高望重著作等身的父亲，还是高傲的母亲？是那个目不识丁的农村老太太常母，还是自己生孩子叫嫂子交罚款的常小钢？另外，他们这种家庭，成员出了事没人管也是笑话。只有叫天天不应或者根本没凝聚力的家庭才不管。不管不行，要管只有她管。她眯着眼，用力又视若无睹地盯着红绿灯看了一刻，便确定无疑地往前走。她甚至还嘲笑旁边东张西望的女孩小家子气。现在，谁都能把自己打扮得淑女似的，现在，区别真正的淑女只能看作派和风范了。走个路，东张西望缩头勾脑，一下子就泄尽了底气。黄茜脸上挂着轻蔑地笑，昂首收腹，向马路对面目不斜视地走去——

一声刹车的凄厉长嘶，经久不息地回荡在正午马路的上空，接着，警车救护车的鸣笛，响作一团……